EN LETTRES **D'ANCRE**

DU MÊME AUTEUR

LES VAGUALÂMES, 1993, Robert Laffont.
LA FORCE DU PASSÉ, 2002, Plon.
CHAOS CALME, 2008, Grasset.
TERRAIN VAGUE, 2010, Grasset.
XY, 2013, Grasset.
UN COUP DE TÉLÉPHONE DU CIEL, 2014, Grasset.
TERRES RARES, 2016, Grasset.
SELON SAINT MARC, 2017, Grasset.

SANDRO VERONESI

LE COLIBRI

roman

*Traduit de l'italien
par* DOMINIQUE VITTOZ

BERNARD GRASSET
PARIS

*L'édition originale de cet ouvrage a été publiée
par La nave di Teseo en 2019 sous le titre :*

IL COLIBRÌ

Couverture : © Gettyimages/Dorling Kindersley RF

ISBN 978-2-246-82421-3

*© La nave di Teseo editore, 2019.
© Éditions Grasset & Fasquelle, 2021, pour la traduction française.*

À Giovanni,
frère et sœur

Je ne peux pas continuer, je vais continuer.

Samuel BECKETT

Disons-le
(1999)

Le quartier Trieste à Rome est, disons-le, un des centres de cette histoire qui en compte de nombreux autres. Ce quartier a toujours balancé entre l'élégance et la décadence, le luxe et la médiocrité, le privilège et la banalité, et pour l'heure nous nous en tiendrons là : inutile de le décrire davantage parce qu'une description en début d'histoire pourrait s'avérer ennuyeuse, voire préjudiciable. Du reste la meilleure description qu'on puisse donner d'un lieu, c'est de raconter ce qui s'y passe, et il va se passer ici un événement notable.

Prenons les choses par ce bout : un des épisodes de cette histoire qui en compte de nombreux autres se déroule dans le quartier Trieste, à Rome, un matin de la mi-octobre 1999, plus précisément à l'angle de la via Chiana et de la via Reno, au premier étage d'un de ces immeubles que nous ne nous attarderons donc pas à décrire et où se sont déjà déroulées des milliers d'autres scènes. Sauf que ce qui va s'y passer est décisif et, disons-le, potentiellement fatal pour le héros de cette histoire, le docteur

Marco Carrera, ophtalmologue comme l'indique la plaque posée sur la porte de son cabinet – cette porte qui, pour un court instant encore, le sépare du moment le plus critique de sa vie, laquelle en compte de nombreux autres. À l'intérieur de son cabinet, au premier étage d'un de ces immeubles, etc., il rédige une ordonnance pour une patiente âgée atteinte de blépharite ciliaire : collyre antibiotique suite à un traitement innovant, révolutionnaire même, disons-le, à base de N-acétylcystéine instillée dans l'œil, qui, dans d'autres cas, a déjà réglé le principal problème de cette pathologie, à savoir sa tendance à devenir chronique. De l'autre côté de la porte en revanche, le destin s'apprête à bousculer la vie du docteur Marco Carrera par l'intermédiaire d'un petit monsieur qui répond au nom de Daniele Carradori, chauve et barbu, mais doté d'un regard – disons-le – magnétique, qui bientôt se concentrera sur les yeux de l'oculiste, y instillant d'abord l'incrédulité, puis le trouble et enfin une douleur devant lesquels sa science (celle de l'oculiste) sera impuissante. Le petit homme a désormais arrêté sa décision, qui l'a conduit jusqu'à cette salle d'attente, où il est assis à présent, le regard rivé sur ses chaussures, indifférent au large éventail de revues toutes belles toutes neuves – et pas de vieux numéros défraîchis datant de plusieurs mois – disséminées sur les tables basses. Inutile d'espérer qu'il se ravise.

Nous y voilà. La porte du cabinet s'ouvre, la mamie bléphariteuse franchit le seuil, se retourne pour serrer la main du médecin et se dirige vers le comptoir du secrétariat pour régler la consultation (120 000 lires), tandis que Carrera passe la tête par l'entrebâillement pour appeler le patient suivant. Le petit homme se lève, s'approche, Carrera lui serre la main et l'invite à entrer. Encastrée dans l'étagère à côté du fidèle amplificateur Marantz et des deux baffles en acajou AR6, la chaîne hifi d'époque – une Thorens maintenant dépassée, mais qui en son temps, c'est-à-dire un quart de siècle plus tôt, était une des meilleures – passe en sourdine le disque de Graham Nash intitulé *Songs for Beginners* (1971), dont la pochette énigmatique, posée sur la susdite étagère et représentant le susdit Graham Nash armé d'un appareil photo dans un environnement mal identifié, est l'élément le plus voyant de la pièce. La porte se referme. Nous y sommes. La membrane qui séparait le docteur Carrera du plus gros choc émotionnel d'une vie qui en compte pas mal d'autres est tombée.

Prions pour lui, et pour tous les bateaux en mer.

Carte postale poste restante
(1998)

Luisa LATTES
Poste restante
67 rue des Archives
75003 Paris
France

Rome, 17 avril 1998

Je travaille et je pense à toi.
M.

Oui ou non
(1999)

« Bonjour. Je m'appelle Daniele Carradori.

— Marco Carrera, bonjour.

— Mon nom ne vous dit rien ?

— Il le devrait ?

— Oui, il le devrait.

— Pourriez-vous le répéter, s'il vous plaît ?

— Daniele Carradori.

— C'est le nom du psychanalyste de ma femme ?

— Exact.

— Oh ! Excusez-moi, mais je ne pensais pas vous rencontrer un jour. Asseyez-vous. Que puis-je pour vous ?

— M'écouter, docteur Carrera. Et quand je vous aurai dit ce que j'ai à vous dire, éviter si possible de me dénoncer à l'Ordre des médecins ou pire à la Société psychanalytique italienne, ce qui, en tant que confrère, vous serait assez facile.

— Vous dénoncer ? Et pourquoi ?

— Parce que je vais faire quelque chose d'interdit, que ma profession sanctionne avec la plus grande sévérité.

De toute mon existence, je n'ai jamais pensé en arriver
là, même fugitivement, c'était purement et simplement
inconcevable, mais j'ai lieu de croire que vous courez un
grave danger, et je suis la seule personne au monde à le
savoir. C'est pour cette raison que j'ai décidé de vous
informer, même si j'enfreins de la sorte une règle de déontologie fondamentale.

— Diable. Je vous écoute.

— Mais avant, j'aurais une requête.

— La musique vous gêne ?

— Quelle musique ?

— Non, rien. Que vouliez-vous me demander ?

— Je voudrais vous poser quelques questions, juste
pour confirmer ce qu'on m'a dit sur vous et votre famille
et exclure qu'on m'ait brossé un tableau trompeur. C'est
à mon avis assez improbable, mais je ne peux pas l'exclure
totalement. Vous comprenez ?

— Oui.

— J'ai préparé des notes. Répondez-moi simplement
par oui ou par non, s'il vous plaît.

— Entendu.

— J'y vais ?

— Allez-y.

— Vous êtes le docteur Marco Carrera, quarante ans,
vous avez passé votre enfance et votre adolescence à Florence, vous êtes diplômé en médecine et chirurgie de
l'université La Sapienza de Rome et spécialisé en ophtalmologie, c'est exact ?

— Oui.

— Fils de Letizia Delvecchio et Probo Carrera, tous les deux architectes, tous les deux retraités, domiciliés à Florence ?

— Oui, mais mon père est ingénieur.

— Ah, d'accord. Frère de Giacomo, un peu plus jeune que vous, résidant aux États-Unis et, veuillez m'excuser, d'Irene, morte noyée au début des années quatre-vingt ?

— Oui.

— Marié avec Marina Molitor, de nationalité slovène, hôtesse au sol de la Lufthansa ?

— Oui.

— Père d'Adele, dix ans, inscrite en CM2 dans une école publique près du Colisée ?

— Oui, l'école Vittorino da Feltre.

— Qui, entre trois et six ans, était persuadée d'avoir un fil dans le dos, ce qui vous a poussés, vous ses parents, à consulter un spécialiste en psychologie de l'enfant ?

— Manfrain le Magicien…

— Pardon ?

— Non rien, c'était comme ça qu'il se faisait appeler par les enfants. Mais ce n'est pas lui qui a réglé le problème du fil, même si Marina est convaincue du contraire.

— Je comprends. Donc il est exact que vous vous êtes adressés à un spécialiste en psychologie de l'enfant ?

— Oui, mais je ne vois pas le rapport avec—

— Vous comprenez pourquoi je pose ces questions, n'est-ce pas ? Je dispose d'une seule et unique source, alors je vérifie sa fiabilité. C'est une précaution dont je ne saurais me dispenser eu égard à ce que je suis venu vous dire.

— D'accord. Mais qu'êtes-vous venu me dire ?

— Quelques questions encore si vous voulez bien. Elles seront un peu plus intimes et je vous prierais d'y répondre avec la plus grande sincérité. Puis-je poursuivre ?

— Allez-y.

— Vous jouez à des jeux d'argent, exact ?

— À vrai dire, plus maintenant.

— Mais dans le passé, on peut considérer que vous avez été un joueur ?

— Oui. Dans le passé, oui.

— Est-il exact que jusqu'à quatorze ans, vous étiez beaucoup plus petit que les garçons de votre âge, au point que votre mère vous avait surnommé *le colibri* ?

— Oui.

— Et qu'à quatorze ans, votre père vous a emmené à Milan suivre un traitement expérimental à base d'hormones, à la suite duquel vous avez récupéré une taille normale, gagnant presque seize centimètres en moins d'un an ?

— Oui, en huit mois.

— Est-il exact que votre mère y était opposée, c'est-à-dire qu'elle désirait que vous restiez petit, et que ce voyage à Milan constitue l'unique occasion où votre père a fait valoir son autorité paternelle, puisque, au sein de votre famille, pardonnez-moi si je reprends les termes exacts sous lesquels on m'a rapporté la chose, il compte pour du beurre.

— Non, c'est faux, mais pour la personne qui vous l'a dit, c'est exact : Marina en a toujours été convaincue.

— Il est faux que votre mère s'y opposait ou que votre père compte pour du beurre ?

— Il est faux que mon père compte pour du beurre. Sauf que c'est une impression qu'ont souvent les gens, surtout Marina. Ce sont deux caractères si différents que la plupart du temps—

— Vous n'avez pas à expliquer quoi que ce soit, docteur Carrera. Répondez-moi seulement par oui ou par non, d'accord ?

— D'accord.

— Est-il exact que vous êtes toujours amoureux d'une femme avec qui vous entretenez une liaison depuis de nombreuses années, qui s'appelle Luisa Lattes, résidant actuelle—

— Attendez, qui dit ça ?

— Devinez.

— Allons ! C'est impossible, Marina ne peut pas vous avoir dit que—

— Répondez simplement par oui ou par non, s'il vous plaît. Et essayez d'être sincère, afin que je puisse évaluer la crédibilité de ma source. Êtes-vous toujours amoureux ou avez-vous pu donner l'impression à votre femme que vous étiez toujours amoureux de cette Luisa Lattes, oui ou non ?

— Mais non !

— Donc vous ne la fréquentez pas clandestinement, pendant les congrès auxquels il vous arrive de participer en France, en Belgique, aux Pays-Bas ou dans des lieux relativement proches de Paris, où habite Mme Lattes ?

Ni en été, à Bolgheri, où il se trouve que vous passez le mois d'août dans des maisons de famille mitoyennes ?

— Mais c'est ridicule ! On se voit chaque été sur la plage avec nos enfants et il nous arrive de bavarder, mais nous n'avons jamais imaginé « entretenir une liaison », comme vous l'avez dit, et encore moins nous voir en cachette quand je vais à un congrès.

— Sachez bien que je ne suis pas là pour vous juger. J'essaie seulement de comprendre si ce qu'on m'a dit sur vous est vrai ou faux. Donc il est faux que cette femme et vous vous voyez clandestinement ?

— Oui, c'est faux.

— Et vous excluez que votre femme puisse en être convaincue, même si ce n'est pas vrai ?

— Mais bien sûr que je l'exclus ! Elles sont même devenues amies. Elles font du cheval ensemble, je veux dire seules toutes les deux : elles nous refilent les gosses, à nous les maris, et partent se balader toute la matinée dans la campagne.

— Ça ne prouve rien. On peut devenir l'ami de quelqu'un et le fréquenter chaque jour précisément parce qu'on éprouve une jalousie maladive à son égard.

— D'accord, mais ce n'est pas le cas, croyez-moi. Marina n'éprouve de jalousie maladive à l'égard de personne, je lui suis fidèle et elle le sait très bien. Et maintenant pourriez-vous me dire s'il vous plaît pourquoi je serais en danger ?

— Donc vous ne vous écrivez pas des lettres depuis des années, Luisa Lattes et vous ?

— Non !

— Des lettres d'amour ?

— Mais non !

— Êtes-vous sincère, docteur Carrera ?

— Mais oui !

— Je vous le demande encore une fois : êtes-vous sincère ?

— Bien sûr que je suis sincère ! Mais pourriez-vous me dire—

— Alors je dois vous présenter mes excuses, car contrairement à ma conviction qui, je vous l'assure, était solide, sinon je ne serais pas ici, votre femme n'a pas été franche avec moi, et alors vous n'êtes pas en danger contrairement à ce que je croyais, raison pour laquelle je ne vous dérangerai pas plus longtemps. Je vous prie de ne pas tenir compte de ma visite et, s'il vous plaît, de n'en parler à personne.

— Comment ça ? Pourquoi vous levez-vous ? Où allez-vous ?

— Je vous prie à nouveau de m'excuser, mais j'ai fait une grave erreur d'appréciation. Au revoir. Je connais le che—

— Ah non ! Vous ne pouvez pas venir ici m'annoncer que je cours un grave danger à cause de ce que vous a dit ma femme, me soumettre à un interrogatoire policier, puis vous en aller sans souffler mot ! Parlez ou pour le coup je vous dénonce à l'Ordre !

— Calmez-vous, je vous en prie. La vérité est que je n'aurais pas dû venir, voilà tout. J'ai toujours pensé que je pouvais croire ce que votre femme me racontait sur elle et sur vous, et je me suis fait une idée précise du trouble qui l'afflige précisément parce que je l'ai toujours crue. Partant de ce présupposé, devant une situation qui m'a semblé très grave, j'ai estimé que je devais sortir des limites que m'impose la déontologie, mais vous m'apprenez maintenant que votre femme n'a pas été sincère avec moi sur un élément aussi basique, et si elle ne l'a pas été sur celui-ci, il est probable qu'elle ne l'ait pas été sur beaucoup d'autres, y compris sur ceux qui m'ont conduit à penser que vous étiez en danger. Comme je vous le répète, il s'agit d'une erreur de ma part, dont je ne peux que m'excuser une fois de plus, mais depuis que votre femme a cessé de venir en consultation, je m'interroge sur—

— Pardon, ma femme ne vient plus chez vous ?

— Non.

— Et depuis quand ?

— Depuis plus d'un mois.

— Vous plaisantez.

— Vous l'ignoriez ?

— Bien sûr que je l'ignorais.

— Elle ne vient plus depuis la séance du… du 16 septembre.

— Pourtant elle me dit le contraire. Le mardi et le jeudi, à 15 h 15, comme toujours, c'est moi qui récupère Adele à l'école parce que Marina va vous voir. Cet après-midi aussi elle a rendez-vous.

— Qu'elle vous mente ne me surprend pas, docteur Carrera. Le problème, c'est qu'elle m'a menti à moi aussi.

— Bon, elle vous a menti sur un point. D'ailleurs, si je peux me permettre, les mensonges ne sont-ils pas, pour vous, plus révélateurs que la vérité qu'on cache ?

— Pour vous, qui ?

— Pour vous, les analystes. Ne tirez-vous pas parti de tout, de la vérité comme du mensonge, et ainsi de suite ?

— Et qui dit ça ?

— Mais je ne sais pas, vous... Les psychanalystes. La psychanalyse. Non ? Depuis que je suis petit, je vis entouré de gens qui sont en analyse et j'ai toujours entendu dire que le cadre, le transfert, les rêves, les mensonges, enfin tout ça a son importance parce que la vérité cachée par le patient y reste piégée. Je me trompe ? Alors où est le problème si Marina a inventé une histoire ?

— Non, si elle a affabulé autour de Luisa Lattes, ça change beaucoup de choses, et c'est votre femme qui est en danger.

— Mais pourquoi ? Quel danger ?

— Écoutez, je regrette beaucoup, mais il n'est plus à propos que je vous parle. Et ne dites pas à votre femme que je suis venu, je vous en prie.

— Parce que vous croyez que je vais vous laisser repartir après ce que vous m'avez dit ? Ça suffit, j'exige que vous—

— C'est inutile, docteur Carrera. Dénoncez-moi à l'Ordre si vous le jugez bon, du reste, je le mérite, vu l'erreur que j'ai commise. Mais vous ne pourrez jamais m'obliger à vous dire ce que—

— Écoutez, ce n'est pas de l'affabulation.

— Pardon ?

— Ce que Marina vous a raconté sur Luisa Lattes n'est pas une affabulation. C'est vrai, nous nous voyons, nous nous écrivons. Sauf que ce n'est pas une liaison, et surtout ce n'est pas une infidélité : c'est quelque chose qui nous appartient et que je ne saurais pas définir, et je ne comprends pas comment Marina peut être au courant.

— Êtes-vous encore amoureux d'elle ?

— Là n'est pas le problème. Le problème est que—

— Excusez-moi d'insister : êtes-vous encore amoureux d'elle ?

— Oui.

— Vous êtes-vous retrouvés à Louvain en juin dernier ?

— Oui, mais—

— Dans une lettre d'il y a quelques années, lui avez-vous écrit que vous aimiez sa façon de se jeter à l'eau depuis le rivage ?

— Oui, mais comment dia—

— Avez-vous fait vœu de chasteté, c'est-à-dire de ne pas coucher ensemble même si vous le désirez ?

— Oui, mais enfin, comment Marina peut-elle savoir tout ça ? Et pourquoi ne me dites-vous pas ce que vous avez à me dire sans faire toutes ces histoires ? Il y va d'un mariage, bon sang, avec une enfant au milieu !

— Je suis désolé de vous l'annoncer, docteur Carrera, mais votre mariage est fini depuis longtemps. Et pour ce qui est des enfants, il y en aura un autre bientôt, mais il ne sera pas de vous. »

Malheureusement
(1981)

Luisa Lattes
via Frusa 14
50131 Florence

Bolgheri, 11 septembre 1981

Luisa, ma Luisa,

enfin non, hélas, pas ma Luisa, juste Luisa (Luisa Luisa Luisa Luisa Luisa Luisa Luisa Luisa, ton nom me martèle le crâne et je ne sais pas comment l'arrêter) : j'ai pris la fuite, dis-tu. C'est vrai, mais après ce qui s'est passé et avec le sentiment de culpabilité qui m'a envahi pendant ces longues journées invraisemblables, je n'étais plus personne, ni moi-même, ni un autre. J'étais comme en transe, je croyais que tout était ma faute parce que j'étais avec toi à ce moment-là, parce que j'étais heureux avec toi. Et je le crois encore.

Maintenant tout le monde dit que Dieu en a voulu ainsi, que c'était le destin et ce genre de conneries, et je me suis fâché à mort avec Giacomo, pour moi c'est aussi sa faute, et je n'ai pas non plus envie de regarder mes parents en face. Je veux juste savoir où ils sont pour ne pas me trouver au même endroit. Si j'ai fui, ma Luisa, enfin non, hélas, pas ma Luisa, juste Luisa (Luisa Luisa Luisa Luisa Luisa Luisa Luisa Luisa, ton nom me martèle le crâne et je n'ai aucune envie que ça s'arrête), je suis parti dans la mauvaise direction, comme ces faisans que j'ai vus pendant les incendies de forêt quand j'étais pompier, qui s'envolaient terrorisés par le feu, la panique les poussait dans la mauvaise direction, ils s'approchaient des flammes au lieu de s'en éloigner, s'en approchaient trop et finissaient par tomber dedans. Voilà, je ne me suis pas aperçu que je fuyais : il y avait tant de choses à faire, toutes terrifiantes, et puis cette vieille comédie des Montaigu et des Capulet où il était impossible de franchir la haie (en réalité j'étais bouleversé, Luisa, c'était tout à fait possible, Luisa, je ne le nie pas, Luisa Luisa Luisa Luisa) et je ne l'ai pas franchie, et je ne t'ai même pas dit au revoir.

Maintenant je suis seul ici, vraiment seul puisqu'ils sont tous partis, ils ont dit qu'ils ne reviendraient jamais, qu'ils vendraient la maison, qu'ils ne remettraient plus les pieds sur une plage, qu'ils ne prendraient plus jamais de vacances ; et vous êtes partis vous aussi, et maintenant je franchis et refranchis la haie sans que personne me voie et je vais à la plage, je vais aux Mulinelli, je vais derrière les dunes, et il n'y a personne et je devrais réviser mes cours, mais je n'essaie même pas, je pense à toi, je pense à Irene, au bonheur et au désespoir qui me sont tombés dessus en même temps et au même endroit et je ne veux perdre ni l'un ni l'autre, oui, je les veux tous les deux, en réalité j'ai peur de les perdre aussi, de perdre cette douleur, de perdre le bonheur, de te perdre toi, Luisa, comme j'ai perdu ma sœur, et je t'ai peut-être déjà perdue parce que tu dis que j'ai pris la fuite et malheureusement c'est vrai, je me suis enfui, mais pas pour m'éloigner de toi, c'est juste que je suis parti dans la mauvaise direction comme les faisans Luisa Luisa Luisa Luisa Luisa je t'en prie tu viens de naître ne meurs pas toi aussi et même si j'ai pris la fuite attends-moi pardonne-moi prends-moi dans tes bras embrasse-moi ce n'est pas la fin de ma lettre c'est juste la fin de la feuille,

Marco

L'œil du cyclone
(1970-79)

Duccio Chilleri était un grand ado disgracieux, mais doué en sport, même s'il ne l'était pas autant que l'avait imaginé son père. Brun, un sourire chevalin, si maigre qu'on avait toujours l'impression de le voir de profil, il traînait la réputation de porter malheur. Personne ne savait dire quand ni comment s'était répandue cette rumeur qui, par conséquent, semblait l'avoir toujours accompagné, ainsi que le surnom qui en avait découlé – l'Innommable –, alors qu'enfant il en portait un autre : Blizzard, par référence à la marque des skis qu'il utilisait en compétition dans l'Appenin tosco-émilien, où il s'était signalé comme espoir d'abord chez les benjamins, puis chez les cadets et les juniors. En fait, comme pour tout, il y avait eu un début, et il remontait justement à une compétition de ski, un slalom géant dans la station de Zum Zeri – col des Due Santi, comptant pour les qualifications inter-zones. Ce jour-là, Duccio Chilleri avait bouclé la première manche à la deuxième place de sa catégorie, derrière un jeune champion de Modène plutôt antipathique, un certain Tavella.

Les conditions météo étaient déplorables, il y avait beaucoup de vent, ce qui n'empêchait pas le brouillard de noyer la piste, au point que le jury envisagea d'annuler l'épreuve. Puis le vent tomba et la seconde manche eut lieu, malgré le brouillard qui avait encore épaissi. Dans l'attente du départ, son père et entraîneur lui frictionnait les muscles des jambes en l'incitant à attaquer le parcours sans crainte, attaquer, attaquer, à mort, pour enfoncer ce Tavella, et quand Duccio Chilleri se présenta au portillon de départ, prêt à s'élancer sur la piste invisible, tandis que son père et entraîneur continuait à lui répéter qu'il pouvait le faire, qu'il pouvait gagner, qu'il pouvait battre Tavella, on l'entendit prononcer la phrase suivante : « De toute façon, il va tomber et en plus il va se faire mal. » Duccio arriva en bas avec le meilleur temps et tout de suite après, ce fut le tour de Tavella. Dans ce brouillard à couper au couteau, personne ne vit exactement ce qui se passa, mais peu avant le premier temps intermédiaire, dans une sortie de mur, on entendit un cri sur la piste et les juges qui avaient accouru trouvèrent Tavella par terre, évanoui, un piquet enfoncé dans la cuisse – à cette époque on utilisait encore des piquets en bois et il arrivait que le bois casse – tandis qu'une mare de sang émaillait de rouge l'amalgame laiteux de neige et brouillard. On aurait dit qu'il avait été attaqué par les Indiens. Il ne mourut pas vidé de son sang parce que le piquet avait traversé le muscle et seulement effleuré l'artère fémorale, mais ce fut l'accident le plus grave de l'histoire de cette station, objet au cours des saisons suivantes de nombreux récits qui étaient autant d'occasions de rappeler les paroles prononcées par Duccio Chilleri avant de prendre le départ.

C'est ainsi qu'à l'orée de l'adolescence, il avait été frappé d'une soudaine réputation de porte-malheur, dont il n'avait pas pu se défendre. Personne, pas même rétrospectivement, ne s'était jamais donné la peine de relever que le sens du mot *blizzard*, en anglais, était « tempête » – ce qui somme toute l'assignait dès l'enfance au karma que son surnom d'adulte désignerait sans ambiguïté. Et personne non plus ne s'était aventuré à suggérer que son nom de famille, assez rare en Italie et circonscrit à certains endroits de Toscane, pouvait venir (de façon parlante dans son cas) de l'anglais *killer* : on se serait trompé, puisque ce nom de famille résulte probablement d'un échange de consonnes avec le nom plus commun de Chillemi – dont la branche noble est originaire de Lombardie et qu'on trouve beaucoup en Sicile dans les couches populaires – ou alors de la migration en Italie de membres de l'ancien vicomté français des Chiller. Cela pour donner une idée de la superficialité absolue du phénomène qui le frappa, de l'absence totale d'approfondissement dont il fut accompagné. Il portait la poisse, un point c'est tout, qu'y avait-il à approfondir ?

Pendant son passage de Blizzard à l'Innommable, il avait vu fondre le butin d'amitiés conquises grâce à ses résultats sportifs et, à seize ans, le seul copain qui lui restait dans tout Florence était Marco Carrera. Ils avaient fréquenté les mêmes classes en primaire et au collège, et fait ensemble du tennis au C.T. de Florence et du ski jusqu'au moment où Marco avait arrêté la compétition, puis, inscrits dans deux lycées différents, ils avaient continué à se voir tous les jours, y compris en dehors du sport, principalement pour écouter de la musique de la côte Ouest américaine – Eagles, Crosby Stills Nash & Young, Poco, Grateful Dead – sur laquelle ils avaient tripé tous les deux. Mais surtout, *surtout*, leur amitié avait été scellée par les jeux d'argent. À vrai dire, le mordu c'était Duccio ; Marco suivait, entraîné par la passion de son copain et savourant avec lui le formidable sentiment de liberté, on pourrait même dire de libération, que ce tournant avait apporté dans leurs vies. En effet aucun des deux ne venait d'une famille sujette, ne fût-ce que de façon lointaine ou à une époque reculée, à ce démon : aucun grand-oncle ruiné dans les salons de baccara de l'aristocratie fasciste, aucune fortune du XIXe siècle dilapidée en deux temps trois mouvements par un aïeul à qui la Grande Guerre avait détraqué la cervelle. Le jeu avait été leur découverte personnelle. Duccio en particulier y recourait comme à un passe-partout pour s'évader de la *cage dorée* (on disait ainsi à l'époque) où le tenaient ses parents, et la perspective de dilapider leur patrimoine dans les tripots et les casinos l'attirait au moins autant qu'eux-mêmes l'avaient été par le projet d'en accumuler un dans le commerce de vêtements. De toute façon, il avait quinze, seize, dix-sept ans : que voulez-vous dilapider à cet âge ? Le montant de son argent de poche hebdomadaire avait beau être généreux (plus ou moins le double de celui de Marco), il ne risquait pas de compromettre la prospérité de sa famille : tout au plus, dans les périodes noires, Duccio se retrouvait-il en dette auprès de Mondo Disco, le magasin de disques de la via dei Conti, où Marco et lui s'approvisionnaient en musique d'importation – dette qu'en l'espace de quelques semaines, il était toujours en mesure d'honorer seul, sans que ses parents en soient même informés.

Il faut dire que la plupart du temps, il gagnait. Il jouait bien. Au poker entre copains (ces innocentes parties du samedi soir où l'on pouvait gagner tout au plus vingt mille lires), personne ne faisait le poids contre lui, et pour cette raison, à laquelle s'ajoutait sa réputation qui entre-temps l'avait transformé en l'Innommable, il fut bientôt exclu. Mais l'exclusion ne toucha pas Marco, qui pendant un certain temps continua d'y participer, gagnant toujours lui aussi, jusqu'au moment où il abandonna de son propre chef ces parties gentillettes pour suivre son ami sur des routes plus professionnelles. D'abord les chevaux. Encore mineur, Duccio Chilleri n'avait pas accès aux salles de jeu clandestines et encore moins aux casinos, en revanche à l'entrée des Mulina on ne réclamait pas de pièce d'identité. Là aussi, il avait un talent, il n'agissait pas à la légère. Le voilà donc séchant les cours pour passer des matinées entières à regarder trottiner les chevaux, en compagnie de vieux types catarrheux qui l'initiaient aux secrets du monde des trotteurs. Et le voici de plus en plus souvent flanqué de Marco, aussi bien pendant ce précieux apprentissage matinal que dans les salles de pari l'après-midi ou de nouveau là-bas, aux Mulina, le soir, pour parier sur les chevaux qu'ils avaient observés ou sur ceux destinés à remporter les courses truquées pour lesquelles ils avaient eu le tuyau. Là encore, les gains des deux amis excédaient de beaucoup leurs pertes.

Mais contrairement à Marco qui n'avait pas lâché ses autres copains, ni le sport, ni la fréquentation des filles et avait toujours caché cet intérêt à sa famille – c'est-à-dire qui préservait ses chances d'accéder à l'existence brillante que tout le monde lui prédisait –, Duccio se servit du jeu pour couper les ponts avec son destin bourgeois. Autant il avait été d'abord humilié de découvrir qu'il était devenu l'Innommable, autant il apprit par la suite à se prévaloir de cette situation. Même si ses anciens copains l'évitaient comme la peste, il les voyait quand même tous les jours au lycée et, Florence n'étant pas Los Angeles, il lui arrivait aussi de les croiser au cinéma, en centre-ville, au café. Dans ces circonstances il avait compris que tout jugement tombant de ses lèvres avait une valeur religieuse d'anathème et comme, tôt ou tard, il arrivait à tout le monde de connaître une mauvaise passe, « je te trouve bonne mine » ou « tu ne me sembles pas en grande forme » se révélaient pour son interlocuteur des formules également redoutables qui le tétanisaient. Pour ahurissant que cela pût paraître en effet, à la fin des années soixante-dix du XXᵉ siècle, tous ces jeunes gens croyaient dur comme fer que Duccio Chilleri avait le mauvais œil. Sauf Marco naturellement et tout le monde finissait par lui poser la même question : « Mais pourquoi tu continues à le voir ? » Et sa réponse était invariablement : « Parce que c'est un copain. »

Pourtant, même si Marco ne l'aurait jamais admis, deux autres raisons beaucoup moins pures expliquaient cette fréquentation. L'une, nous l'avons dit, était le jeu : en sa compagnie, Marco éprouvait des montées d'adrénaline incomparables, il gagnait de l'argent et découvrait tout un monde souterrain que ni sa mère, si élégante, ni son père, un homme tranquille, ni son frère et sa sœur – l'une, Irene, de quatre ans son aînée, absorbée dans ses problèmes relationnels, l'autre, Giacomo, un peu plus jeune, dévoré par l'esprit de compétition – n'avaient jamais pu ne serait-ce qu'imaginer. L'autre raison était éperdument narcissique : on lui pardonnait, à lui, de continuer à fréquenter un individu que les autres avaient exclu. Grâce à son intelligence, à son bon caractère, à sa générosité – peu importe la raison –, Marco jouissait du pouvoir d'enfreindre les lois de la horde sans risquer de sanction et ce pouvoir lui renvoyait une image gratifiante. À vrai dire, c'étaient les seules raisons pour lesquelles, les années passant, il avait continué à voir Duccio Chilleri, tandis que celles qui avaient nourri leur vieille amitié s'évanouissaient les unes après les autres. En effet Duccio avait changé et, comme c'est le cas pour tout changement ainsi que Marco le comprit à cette époque, changé en pire. Physiquement il n'était pour ainsi dire plus présentable : quand il parlait, une bave blanchâtre se déposait aux commissures de ses lèvres ; il se lavait peu et la plupart du temps sentait mauvais. Avec le temps, il avait perdu tout intérêt pour la musique : l'Angleterre renaissait – Clash, Cure, Graham Parker & the Rumour, l'univers rutilant d'Elvis Costello –, mais ça ne l'intéressait pas, il n'achetait plus de disques et n'écoutait pas les cassettes que Marco lui enregistrait. Il ne lisait plus ni livres ni journaux, à part *Trotto Sportsman*. Sa façon de s'exprimer était contaminée par des expressions ringardes tout à fait étrangères au vocabulaire de sa génération : « ça gaze », « dacodac », « ça me botte », « on se calte », « midi à quatorze heures », « tu blagues », « minute papillon ! ». Il ne pensait pas aux filles, il trouvait son compte auprès des professionnelles, au parc des Cascine.

Non, Marco avait toujours de l'affection pour lui, mais comme ami, Duccio Chilleri n'était plus sortable, et pas à cause de sa réputation d'Innommable. Au contraire, fort de son impunité, Marco continuait à combattre cette réputation avec acharnement, voire héroïsme quand c'était devant une fille qui lui plaisait : vous êtes fous, disait-il, je ne comprends pas comment vous pouvez y croire. Et quand les autres se mettaient à égrener la liste de sinistres, deuils et coups du sort signalés en concomitance avec une de ses apparitions, il persistait à les condamner en brandissant indigné la preuve ultime : mais bon sang, prenez mon exemple. Je le fréquente : il ne m'est jamais rien arrivé. Vous me fréquentez et rien à signaler. Où est le problème ?

Mais il était désormais impossible de briser le carcan forgé autour de la personne de Duccio Chilleri, alors pour réfuter le raisonnement de Marco, on avait fait appel à la théorie de l'œil du cyclone. Elle consistait en ceci : tout comme on ne subit pas de conséquences quand on se trouve au centre des cyclones qui dévastent les côtes et les villes, on ne risquait rien si on restait en contact étroit avec l'Innommable, comme le faisait Marco ; mais un léger écart – une rencontre fortuite, un trajet en voiture, voire un simple bonjour de loin –, et on subissait le même sort que ces villages balayés par l'ouragan. Ça réglait tout : les copains de Marco pouvaient continuer à plaisanter, mais aussi à croire sérieusement que le Baron Samedi (un autre des qualificatifs attribués à Duccio Chilleri, avec Loa, Bokor et Méphisto) portait la guigne, et Marco Carrera continuer à les fréquenter, mais aussi à leur reprocher d'être superstitieux. C'était un équilibre, le seul possible. La théorie de l'œil du cyclone.

Cette chose
(1999)

Marco Carrera
c/o Adelino Viespoli
via Catalani 21
00199 Rome
Italie

Paris, 16.12.1999

Elle est arrivée, pour ça elle est arrivée. Elle est arrivée, et personne n'a rien vu. C'est une sacrée lettre, Marco, et je ne sais que dire, comme d'habitude.

C'est vrai, je ne suis pas heureuse, mais ce n'est la faute de personne, la faute est tout entière en moi. Non, je me suis trompée, je n'aurais pas dû écrire faute, je devrais peut-être dire « chose », pas faute.

Je suis née avec cette chose, je la traîne depuis trente-trois ans et elle ne dépend de personne, elle ne dépend que de moi, comme le sentiment de culpabilité, il ne dépend de personne, sauf qu'on ne naît pas débile, alors on se le coltine.

Et maintenant que te dire ? Je te dis que oui, tu aurais maintenant l'occasion de voir si ce que tu penses et écris est vrai, sans te soucier d'être beau et riche. Maintenant tu es propre comme un moineau, tu n'as rien à te reprocher, tu peux tout recommencer à zéro, tu peux même te tromper si tu veux, de toute façon tu pourrais faire machine arrière.

Pas moi, Marco, je suis dans une situation complètement différente, qu'il me faudrait bouleverser, ce serait ma faute, et ensuite je n'aurais peut-être plus la paix du tout. Mais je sais que tu me comprends parce que tu es fait comme moi, tu as la même façon d'aimer que moi, nous sommes terrorisés à l'idée de faire du mal à nos proches.

Je crois que tu es la meilleure part de ma vie, celle qui ne connaît pas le mensonge, la trahison ou les brouilles (tu m'as appelée maintenant, et maintenant je me perds), la part dont on peut rêver même la nuit, parce que je rêve toujours de toi.

Est-ce que cela restera un rêve ? Est-ce que tout arrivera ? Est-ce qu'il arrivera quelque chose ? Je suis ici et j'attends, je ne veux rien faire, je veux que ça arrive tout seul. Je sais, c'est une théorie à la con, parce qu'il ne m'arrive jamais rien, à moi, mais je ne peux pas prendre de décision, pas sur ce point, pas en ce moment.

Je me suis peut-être entraînée à ne rien faire pendant toutes ces années pour réussir cette chose. Quelle chose ? Je ne sais pas, je ne sais rien, je commence à délirer, j'arrête.

Luisa

Un enfant heureux
(1960-70)

Pendant toute son enfance, Marco Carrera n'avait rien vu. Il n'avait pas vu la mésentente entre sa mère et son père, l'exaspération hostile de la première, les silences horripilants du second, les scènes nocturnes à voix basse pour ne pas être entendus des enfants, ce qui n'empêchait pas sa sœur Irene de les épier assidûment et de tout graver dans sa mémoire avec une précision masochiste ; il n'avait pas vu la raison de cette mésentente, de cette exaspération, de ces disputes, si claire en revanche pour sa sœur, c'est-à-dire qu'il n'avait pas vu que ses parents, bien que *déracinés** tous les deux (la mère, Letizia – qui n'incarnait guère la joie de son prénom – venait du sud des Pouilles ; le père, Probo – qui portait bien le sien en revanche – était né dans la province de Sondrio), n'étaient pas du tout faits pour vivre ensemble, ils n'avaient presque rien en commun, peut-être même n'existait-il pas deux personnes plus différentes

---

* Les mots en italique suivis d'un astérisque sont en français dans le texte (N.d.T.).

sur la surface de la terre, elle architecte, obnubilée par la théorie et la révolution, lui ingénieur, ne jurant que par les chiffres et l'activité manuelle, elle lancée sur le toboggan de l'architecture radicale, lui meilleur modéliste du centre de l'Italie ; par conséquent Marco n'avait pas vu que le confort ouaté dans lequel ils étaient élevés avec son frère et sa sœur cachait le naufrage du couple, qui ne sécrétait qu'amertume, récriminations, provocations, humiliations, sentiment de culpabilité, rancœur, résignation, c'est-à-dire qu'il n'avait pas vu que ses parents ne s'aimaient pas, voilà tout, du moins pas dans le sens qu'on attribue en général au verbe « s'aimer », qui suppose la réciprocité, parce que, certes, il y avait de l'amour dans leur couple, mais il était à sens unique, tout entier de lui vers elle, un amour malheureux donc, héroïque, canin, irréductible, indicible, masochiste, que sa mère n'avait jamais réussi ni à accepter ni à payer de retour, ni par ailleurs à refuser non plus, puisqu'il était évident qu'aucun autre homme au monde ne pourrait jamais l'aimer de la sorte, alors cet amour était devenu une tumeur, mais oui, un engorgement, une prolifération maligne qui rongeait sa famille de l'intérieur et la vouait au malheur dans lequel, sans s'en apercevoir, Marco Carrera avait grandi. Non, il n'avait pas vu que les murs de leur maison suintaient le malheur. Il n'avait pas vu que dans cette maison le sexe était absent. Il n'avait pas vu que les activités fébriles de sa mère, l'architecture, le design, la photo, le yoga, la psychanalyse n'étaient que des tentatives pour trouver un point d'équilibre, ni que parmi ces activités figurait aussi celle qui consistait à tromper son père, non sans maladresse, avec des amants qu'elle pêchait parmi les intellectuels qui, en ces années-là, peut-être pour la dernière fois dans l'histoire, conféraient à la ville de Florence un prestige international, les « bergers de monstres » de Superstudio et Archizoom et leurs disciples, au rang desquels elle se comptait, bien qu'appartenant à la génération précédente, elle qui possédait une fortune personnelle suffisante pour se permettre de consacrer son temps aux projets de ses jeunes idoles sans gagner un centime. Il n'avait pas vu, mais pas un instant, que son père était au courant de ces infidélités. Marco Carrera n'avait rien vu pendant toute son enfance et c'était la seule raison pour laquelle son enfance avait été heureuse. Et même plus : n'ayant pas, contrairement à sa sœur, douté de son père et de sa mère, n'ayant pas compris tout de suite, contrairement à elle, qu'ils n'étaient en rien des figures exemplaires, il les avait pris pour modèles, mais oui, et imités en mélangeant non sans peine des caractéristiques empruntées à l'un et à l'autre – les mêmes qui dans leur tentative d'union s'étaient révélées inconciliables. Qu'est-ce que le petit Marco avait pris de sa mère pendant qu'il ne voyait rien ? Et quoi d'autre de son père ? Et à l'inverse, que finirait-il par refuser toute sa vie à cause de l'un et de l'autre, quand il aurait enfin tout vu ? De sa mère, il avait pris l'inquiétude, mais pas la radicalité ; la curiosité, mais pas la soif de changement. De son père, la patience, mais pas la prudence ; la propension à supporter, mais pas à se taire. D'elle le talent du regard, en particulier à travers un objectif photographique ; de lui, celui pour les

41

travaux manuels. En plus, étant donné que l'abîme entre son père et sa mère se comblait soudain quand il s'agissait de choisir des objets, le fait d'avoir grandi dans cet appartement (c'est-à-dire de s'être depuis sa naissance assis sur ces chaises, endormi dans ces fauteuils et ces canapés, d'avoir mangé à ces tables, travaillé sur ces bureaux, à la lumière de ces lampes, entouré de ces bibliothèques modulables, etc.) lui avait transmis une sensation arrogante de supériorité, typique de certaines familles bourgeoises des années soixante et soixante-dix, l'impression de vivre sinon dans le meilleur des mondes possible du moins dans le plus beau – primauté dont le patrimoine accumulé par ses parents était la preuve. C'est pour cette raison, et pas par nostalgie, que même quand il aurait vu tout ce qui n'avait jamais marché dans sa famille et même quand sa famille, d'un point de vue technique, n'existerait plus, Marco Carrera aurait toujours beaucoup de mal à se séparer des objets dont elle avait été entourée : parce qu'ils étaient restés beaux et le resteraient toujours – et que cette beauté avait été le ciment entre son père et sa mère. À leur mort, Marco serait amené à les répertorier un par un, dans la douloureuse perspective de les vendre en même temps que l'appartement de la piazza Savonarola (son frère, arc-bouté sur sa décision de ne jamais remettre les pieds en Italie, utiliserait au téléphone le verbe « s'en débarrasser »), mais il obtiendrait le résultat inverse et se les coltinerait le restant de ses jours.

D'un autre côté, le soin maniaque avec lequel son père rangeait toutes ses affaires – sans exiger qu'on l'imite, il faut le dire, mais qui n'était pas pour autant moins absolu, intimidant et, en définitive, violent – fit de Marco une personne souverainement négligée, tandis que sa mère fut responsable de son incoercible aversion pour la psychanalyse, qui par la suite se révélerait cruciale dans ses relations avec les femmes, puisque le destin voudrait que toutes les femmes de sa vie, à commencer justement par sa mère et sa sœur Irene, pour continuer avec ses copines, fiancées, collègues, filles, toutes sans exception, se soumettraient à des formes disparates de thérapie analytique, le portant à expérimenter en personne, comme fils, frère, copain, fiancé, collègue, mari et père, le bien-fondé d'une de ses intuitions de toujours, à savoir que la « psychanalyse passive », comme il l'appelait, causait des ravages. Mais aucune d'elles ne s'en souciait, pas même quand il commença à s'en plaindre. Des ravages, lui disait-on, toute famille en provoque, et tout type de relation, chez tout le monde ; en considérer la psychanalyse plus responsable que – mettons – la passion pour les échecs, était un préjugé. Elles avaient peut-être raison, mais à cause du prix que Marco Carrera était destiné à payer pour ces ravages, il se sentirait toujours en droit de garder son opinion : la psychanalyse était comme le tabac, il ne suffisait pas de ne pas fumer, il fallait aussi se protéger des fumeurs. Sauf que la seule façon connue de se protéger de la psychanalyse des autres était d'en suivre une soi-même, et sur ce point, il n'entendait pas céder.

Du reste nul besoin d'un analyste pour se poser les bonnes questions : pourquoi, avec toutes les femmes de par le monde qui ne faisaient pas d'analyse, se liait-il toujours et uniquement avec celles qui en faisaient une ? Et pourquoi préférait-il exposer à ces dernières sa théorie sur la psychanalyse passive en s'entendant reprocher d'être superficiel, plutôt qu'aux femmes qui ne la pratiquaient pas et auprès de qui le succès aurait été assuré ?

Un inventaire
(2008)

De : Marco Carrera
Envoyé – Gmail – 19 septembre 2008 16:39
À : Giacomo – jackcarr62@yahoo.com
Objet : Inventaire piazza Savonarola

Cher Giacomo,
Tu continues à ne pas me répondre et moi, je continue à t'écrire. Je compte te tenir informé de mes démarches pour vendre l'appartement de la piazza Savonarola, et ce n'est pas ton silence qui m'arrêtera. L'élément nouveau, c'est que j'ai appelé Piero Brachi (tu te souviens ? Le type du STUDIO B où tous nos meubles ont été achetés pendant deux décennies), qui maintenant, à soixante-dix ans passés, gère un site de vente aux enchères de meubles, spécialisé dans le design des années soixante et soixante-dix, et je lui ai demandé une estimation du mobilier de l'appartement. Comme je l'imaginais, certaines pièces valent cher et on aboutit à un chiffre conséquent, entre autres parce que, les événements que nous

savons ayant dépeuplé cet appartement et anéanti notre famille, ces objets sont presque tous en excellent état. Beaucoup d'entre eux, me dit Brachi, sont exposés au MoMA. Il faut donc décider qu'en faire lorsque nous vendrons l'appartement, sachant qu'on ne nous en donnera pas un meilleur prix parce que nous les y aurons laissés. Nous pouvons les confier à Brachi qui les écoulera sur son site, ou bien nous les partager selon nos exigences ou notre attachement. Je te prie d'examiner ce dont je te parle ici, Giacomo, et qui, pour des raisons évidentes, n'est pas une simple affaire d'argent : il s'agit de tout ce qui reste d'une vie et d'une famille qui n'existent plus, mais dont toi et moi avons fait partie pendant plus de vingt ans, et même s'il s'est passé ce qu'il s'est passé, il n'y a pas de raison crois-moi de « s'en débarrasser » comme tu l'as dit la dernière fois que tu m'as répondu, en rajoutant une louche de malheur. Bref, Brachi était ému de revoir tous ces objets superbes qu'il nous avait lui-même vendus : je ne peux pas croire que tu n'aies pas envie au moins de t'exprimer sur le sort qui leur sera réservé. Je t'assure que je n'objecterai rien, je ferai exactement ce que tu diras, si seulement tu reconnais qu'il est injuste de les bazarder. Les objets sont innocents, Giacomo.

Je joins donc l'inventaire que m'a remis Piero Brachi et ses estimations. C'est lapidaire et dépouillé comme je le lui ai demandé et comme je suppose que tu préfères, même s'il connaissait intimement le parcours de chacun de ces objets : pour qui il avait été acheté, dans quelle pièce il se trouvait, etc.

Inventaire du mobilier de l'appartement de la piazza Savonarola :

2 canapés deux places Le Bambole, *métal, cuir gris, polyuréthane, Mario Bellini pour B&B, 1972 (20 000 €)*

4 fauteuils Amanta*, *fibre de verre et cuir noir, Mario Bellini pour B&B, 1966 (4 400 €)*

1 fauteuil Zelda, *bois teint façon palissandre et cuir couleur naturelle, Sergio Asti, Sergio Favre pour Poltronova, 1962 (2 200 €)*

1 fauteuil Soriana, *acier et cuir aniline marron, Tobia et Afra Scarpa pour Cassina, 1970 (4 000 €)*

1 fauteuil Sacco*, *polystyrène et cuir marron, Gatti, Paolini et Teodoro pour Zanotta, 1969 (450 €)*

1 fauteuil Woodline, *bois plié à chaud et cuir noir, Marco Zanuso pour Arflex, 1965 (1 000 €)*

1 table de salon Amanta, *fibre de verre noire, Mario Bellini pour B&B, 1966 (450 €)*

1 table basse 748, *teck marron, Ico Parisi pour Cassina, 1961 (1 100 €)*

1 table basse Demetrio 70, *plastique orange, Vico Magistretti pour Artemide, 1966 (150 €)*

1 table La Rotonda, *cerisier naturel et cristal, Mario Bellini pour Cassina, 1976 (4 000 €)*

1 bibliothèque modulable Dodona 300, *plastique noir, Ernesto Gismondi pour Artemide, 1970 (4 500 €)*

2 bibliothèques modulables Sergesto, *plastique blanc, Sergio Mazza pour Artemide, 1973 (1 500 €)*

1 lampadaire O-Look, *aluminium, Superstudio pour Poltronova, 1967 (4 400 €)*

*1 lampe de bureau **Passiflora**, plexiglas jaune et opaline, Superstudio pour Poltronova, 1968 (1 900 €)*

*1 lampe de bureau **Saffo**, aluminium argenté et verre, Angelo Mangiarotti pour Artemide, 1967 (1 650 €)*

*1 lampe **Baobab**, plastique blanc, Harvey Guzzini pour Guzzini, 1971 (525 €)*

*1 lampe **Eclisse**, métal rouge, Vico Magistretti pour Artemide, 1967 (125 €)*

*1 lampe de bureau **Gherpe**, plaques en Perspex rouge et acier chromé, Superstudio pour Poltronova, 1967 (4 000 €)*

*1 lampe de bureau **Mezzachimera**, acrylique blanc, Vico Magistretti pour Artemide, 1970 (450 €)*

*3 lampadaires **Parentesi**, métal et plastique, Achille Castiglioni et Pio Manzù pour Flos, 1971 (750 €)*

*12 lampadaires et appliques **Teti**, plastique blanc, Vico Magistretti pour Artemide, 1974 (1 000 €)*

*1 lampe de table **Hebi**, métal et plastique ondulé blanc, Isao Hosoe pour Valenti, 1972 (350 €)*

*3 lampes de bureau **Telegono**, plastique rouge, Vico Magistretti pour Artemide, 1968 (1 800 €)*

*3 bureaux **Graphis**, bois et métal laqué blanc, Osvaldo Borsani pour Tecno, avec blocs tiroirs, 1968 (3 000 €)*

*1 table **TL58**, panneaux lattés et loupe de noyer, Marco Zanuso pour Carlo Poggi, 1979 (8 500 €)*

*3 vide-poche muraux **Uten.Silo 1**, plastique rouge, vert et jaune, Dorothee Becker pour Ingo Maurer, 1965 (1 800 €)*

*4 dessertes roulantes **Boby**, polypropylène et ABS moulé blanc, vert, rouge et noir, Joe Colombo pour Bieffeplast, 1970 (1 000 €)*

7 chaises à roulettes Modus, métal et plastique de différentes couleurs, Osvaldo Borsani pour Tecno, 1973 (700 €)

4 chaises de bureau, acier chromé et cuir, Giovanni Carini pour Planula, 1967 (800 €)

7 chaises Plia, aluminium et plexiglas transparent, Giancarlo Piretti pour Castelli, 1967 (1 050 €)

4 chaises Loop, osier, France, années 60 (1 200 €)

4 chaises Selene, polyester beige, Vico Magistretti pour Artemide, 1969 (600 €)

4 chaises Basket*, acier et rotin beige, Franco Campo et Carlo Graf pour Home, 1956 (1 000 €)

1 chaise Wassily Modello B3, cuir marron et acier plaqué chrome, Marcel Breuer pour Gavina, 1963 (1 800 €)

1 table à dessin à ressort, bois avec bras en fer, Ing. M. Sacchi pour Ing. M. Sacchi srl, 1922 (4 500 €)

2 tables de nuit vintage, teck marron, Aksel Kjersgaard pour Kjersgaard, 1956 (1 200 €)

1 portemanteau Sciangai, bois de hêtre naturel, De Pas, D'Urbino et Lomazzi pour Zanotta, 1974 (400 €)

1 porte-parapluies Dedalo, plastique orange, Emma Gismondi Schweinberger pour Artemide, 1966 (300 €)

1 machine à écrire Valentine, métal et plastique rose, Ettore Sottsass et Perry A. King pour Olivetti, 1968 (500 €)

3 téléphones Grillo, Marco Zanuso et Richard Sapper pour Siemens, 1965 (210 €)

1 radio Cubo TS522, acier chromé et plastique rouge, Marco Zanuso et Richard Sapper pour Brionvega, 1966 (360 €)

1 chaîne hi-fi intégrée Totem*, Mario Bellini pour Brionvega, 1970 (700 €)

2 postes de radio par câble FD1102 n° 5, *Marco Zanuso pour Brionvega, 1969 (300 €)*

1 tourne-disque RR126 MidCentury*, *avec amplificateur et baffles intégrés, bakélite et bois beige, plexiglas, Pier Giacomo et Achille Castiglioni pour Brionvega, 1967 (2 000 €)*

1 mange-disque Penny, *Musicalsound, 1975 (180 €)*

*Les objets signalés par * ont été estimés moins de la moitié de leur valeur parce qu'ils ne marchent pas ou sont en mauvais état.*

Estimation totale : 92 800 €

*Tu comprends, Giacomo ? **Cet** appartement est un musée. Dis-moi ce que je **dois faire de tout** ça, sérieusement, et je le ferai. Mais ne me dis **pas de m'en** débarrasser.*

*Ah, j'espère que **tu as remarqué** qu'on est à égalité pour les astérisques : un tourne-disque cassé chacun…*

Je t'embrasse.

Marco

Avions

(2000)

En 1959, année de sa naissance, le nombre de passagers aériens avait dépassé celui des passagers maritimes. Voilà une information que Marco Carrera croyait avoir toujours sue, car son père la lui avait répétée depuis un âge où il était encore incapable de la comprendre : d'après lui, grand lecteur de science-fiction où l'on prophétisait les déplacements du futur beaucoup plus dans le ciel que sur terre ou sur l'eau, c'était un fait marquant de leur époque. Mais, comme cela arrive avec ce qu'on a toujours su, Marco Carrera finit par sous-estimer cette information, qu'il rangea au nombre des innocentes obsessions de son père plutôt que parmi les germes les plus puissants de son propre karma. Alors que...

Alors que les avions, et le transport aérien en général, étaient un des germes les plus puissants de son karma. Ayant raté jusque-là quelques très belles occasions de s'en rendre compte, Marco le mesura soudain à quarante et un ans, en une de ces matinées qui n'existent qu'à Rome, assis sur la barrière en bois sous les pins de la via di Monte

Caprino où il lisait les accusations infâmes que Marina, désormais son ex-femme, avait inventées dans le recours en justice hallucinant qu'elle déposait contre lui. En effet, un des endroits les plus beaux au monde – à savoir ce qu'on désigne sous le nom de Granarone du palazzo Caffarelli, beau non pas en vertu de qualités architecturales propres, dont il est dépourvu, mais par sa position dominant le flanc sud-ouest de la colline du Capitole jusqu'au Tibre, où l'on trouve les vestiges des temples de Janus, de Junon salvatrice, de l'Espérance, d'Apollon Sosianus, ceux de l'église Sant'Omobono et du portique républicain sur le forum Holitorium, sans compter la basilique San Nicola in Carcere et la roche Tarpéienne intactes et les trois quarts du théâtre de Marcellus, zone qui servit aux siècles sombres de pâturage pour les chèvres et que, pour cette raison, on rebaptisa monte Caprino ; qu'on remit en valeur à la fin du XVIe siècle grâce au palazzo Caffarelli al Campidoglio édifié au sommet par la famille du même nom, membre de l'aristocratie municipale romaine ; que les Prussiens achetèrent à la moitié du XIXe siècle, palais compris, et enrichirent d'autres bâtiments, dont le Granarone évoqué précédemment, où fut transféré l'Institut germanique d'archéologie ; et que la Ville de Rome racheta entièrement en 1918, suite à la défaite de l'empire prussien – cet endroit disions-nous abritait à cette époque, outre le siège du barreau du Capitole, une annexe de la mairie, où les actes judiciaires étaient conservés et communiqués aux intéressés. Ainsi, quand on était l'objet d'une plainte, d'un procès, d'une quelconque action en justice, on devait venir en retirer l'avis au Granarone. En possession de son courrier, à peine ressorti, indifférent à la beauté stupéfiante des lieux – c'est humain –, on se hâtait de déchirer l'enveloppe pour lire sans délai son contenu, appuyé à un arbre, assis par terre ou, comme Marco Carrera ce matin-là, sur la barrière en bois. Non loin, trois autres malheureux comme lui : un très jeune mécanicien en bleu de travail, un homme bien habillé encore coiffé de son casque et un gros type grisonnant d'une propreté douteuse, plongés dans la lecture de leurs missives respectives – dont l'une, dans le cas du mécanicien, était sûrement de même nature que celle qu'on venait de remettre à Marco Carrera, puisqu'en la lisant le jeune homme commentait à voix haute : « Non mais là, elle délire ! », « Ah la conne ! », « Quelle pute ! », prêt aurait-on dit à frapper la feuille qui tremblait dans sa main. Malgré tout, son agressivité semblait plus défensive qu'offensive, son expression plus effrayée que rageuse, exactement comme le serait bientôt celle de Marco Carrera. Parce que c'est là, en cette matinée splendide, dans ce lieu empreint d'histoire et de beauté, à la lecture de ce recours venant après des mois d'incertitude, qu'il sut avec quelle dose de férocité et selon quelles modalités son ex-épouse avait décidé de se débarrasser de lui.

En effet, son plan A ayant fait long feu grâce à l'initiative de son psychanalyste, qui avait enfreint le secret professionnel pour révéler à Marco Carrera les intentions qu'elle caressait, Marina s'était repliée sur un plan B, à coup sûr moins sanglant, mais tout aussi pétri de haine et prodigue de malheurs : une demande de séparation pour faute dans laquelle le mari et père était bombardé de toutes les accusations possibles et imaginables – toutes rigoureusement fausses, mais ça ne changeait rien : car de ce fait, avant de pouvoir attaquer Marina en justice pour sa grossesse extraconjugale arrivée à son terme, son abandon du domicile conjugal, son refus qu'il voie normalement leur fille et autres actes révoltants (il aurait été inutile de mentionner le plan A, avant tout parce que le psychanalyste qui l'avait éventé ne témoignerait jamais au tribunal), donc avant d'arriver à l'attaquer pour tout cela, disions-nous, il devrait se disculper devant le juge des accusations de violence physique et psychologique, séquestration, coups et abus sur sa fille, infidélité conjugale répétée, menaces de mort à toute la parenté slovène de sa femme, non-accomplissement de ses devoirs matrimoniaux, fraude fiscale, infraction à la législation sur les permis de construire – rien que ça. Le tout archifaux, faut-il le répéter (le comble était la fraude fiscale, dont la responsabilité revenait à Marina et qu'il avait seulement essayé de couvrir, quant à l'infraction à la législation sur les permis de construire, qui concernait l'extension de la maison de Bolgheri, effectuée en douce, d'accord, mais par ses parents, les faits remontaient à ce maudit été où sa sœur était morte, c'est-à-dire l'été 1981, donc vingt ans plus tôt, ce qui voulait dire sept ans avant que Marina et lui se rencontrent) et accompagné d'une liste déplorable d'anecdotes, fausses par-dessus le marché (les fameux détails où se cacherait le diable), à l'exception d'un seul épisode authentique – certes insignifiant dans ce contexte hallucinant, mais qui n'en était pas moins vrai et dont la présence au milieu de tous ces mensonges avait pour but de lui rappeler que, même victime des pires calomnies, il n'était pas blanc comme neige. Un épisode qui datait de quand Adele était au berceau, donc dix ans plus tôt. En été. À Bolgheri, justement. Sa mémoire en avait enseveli le souvenir, mais à l'évidence il était resté vivant, puisque à la lecture du recours, il reprit forme dans son esprit, criant de vérité.

Juillet.

Sieste.

Pénombre.

Brise de mer qui agite le rideau.

Chants frénétiques des cigales.

Marina et lui somnolent dans leur chambre (celle soit dit en passant qui avait été ajoutée sans permis en 1981). Près de leur lit, du côté de Marina, le berceau avec la petite endormie.

Draps frais. Oreiller frais. Odeur fraîche de nouveau-né.

Paix.

Et soudain une explosion. Un fracas terrible, prolongé, désastreux, effrayant, une apocalypse. Arraché au demi-sommeil où il flottait un instant plus tôt, Marco Carrera se retrouve debout, tremblant, haletant, appuyé contre un pin, de l'autre côté de la porte-fenêtre de la chambre, le cœur gonflé d'adrénaline et le souffle qui s'étrangle dans la gorge. C'est un état qui dure cinq secondes, peut-être dix, puis Marco comprend ce qui s'est passé et au même instant se rend compte qu'il s'est élancé hors de la pièce où sont restées sa femme et sa fille, alors il rentre, prend dans ses bras Marina assise au bord du lit, elle aussi réveillée en sursaut, encore perdue et terrorisée, la rassure, l'aide à se calmer, lui explique ce qu'il en est – tandis que la petite heureusement dort toujours à poings fermés. Cinq secondes, peut-être dix…

On l'a dit, Marco Carrera avait enseveli ce souvenir, mais ce matin-là, il le retrouva entier en face de lui, plus vivant que jamais, fruit de la mémoire d'une autre personne, seul fait véridique dans cette débauche de contre-vérités vomies sur lui pour le dépeindre comme le plus méprisable des hommes. Dans l'accusation que lui adressait sa femme, il « abandonnait lâchement leur enfant et elle dans la chambre, fuyant seul à la première perception du danger qui en l'occurrence consistait en l'explosion causée par un avion militaire qui franchissait le mur du son au-dessus d'eux, donc un fait inoffensif, mais qui aurait pu être un événement beaucoup plus grave et menaçant ».

Et c'était vrai.

Naturellement l'accusation portée dans le recours ne disait pas qu'il n'avait agi que par réflexe et que sa défaillance n'avait pas duré plus de cinq, allez dix – ou même quinze – secondes : au contraire, elle laissait entendre que sa fuite avait été volontaire et qu'elle avait duré le temps nécessaire pour se soustraire lui seul au danger, abandonnant à leur sort sa femme et sa fille. Ce qui était pure déformation, bien sûr. Mais ce même recours ne disait pas non plus à quoi il pensait pendant ces quelques secondes où il les avait abandonnées avant de reprendre ses esprits et de recommencer à se comporter en mari et en père. Il ne disait pas où ses pensées s'étaient envolées pendant cette folle parenthèse de terreur courte comme l'éclair – sa seule véritable faute parmi toutes les fautes inexistantes que Marina avait inventées, une faute qu'elle ne pouvait pas connaître et qui resurgissait soudain en même temps que le souvenir dont elle avait provoqué le refoulement.

C'est ainsi que le lien établi par son père entre les avions et son année de naissance apparut à Marco Carrera pour ce qu'il était : une prophétie. Il ne l'avait pas mesuré avant, quand il avait échappé à un crash ni quand il avait épousé une hôtesse de l'air en la croyant rescapée elle aussi de la même catastrophe ; il le mesurait maintenant en se reconnaissant coupable d'un seul sur les cent chefs d'accusation qu'on lui imputait – non pas tant sa fuite quand un avion de chasse de la base voisine de Grosseto avait franchi le mur du son au-dessus de sa tête, mais ce qui avait occupé ses pensées pendant quelques secondes, tandis que, bras et jambes coupés par l'épouvante, il haletait, appuyé contre un pin, en regardant, noué d'angoisse, la haie de pittosporum qui le séparait du jardin des voisins. Disons dix secondes : Luisa Luisa Luisa Luisa Luisa Luisa Luisa Luisa Luisa Luisa…

Une phrase magique
(1983)

Marco Carrera
Piazza Savonarola 12
50132 Florence
Italie

Paris, 15 mars 1983

Bonjour Marco,

J'imagine que tu te demandes qui t'écrit à la machine, adresse sur l'enveloppe comprise, de Paris. Ton regard a peut-être déjà couru à la signature en bas de la lettre, tu as peut-être regardé l'expéditeur au dos, où je n'ai mis toutefois que mes initiales, ou bien (c'est la possibilité que je préfère) tu as eu une intuition et compris tout de suite qui je suis. En tout cas, c'est moi. C'est moi qui t'écris de Paris, Marco, avec la machine à écrire de mon père. Moi, oui, moi qui n'ai pas donné signe de vie depuis que nous avons emménagé ici.

Qu'est-ce que je deviens ? Comment je vais ? Je fais mes études. Je suis contente d'aller en cours chaque jour. Et je pourrais continuer, mais ce n'est pas pour te dire ça que je t'écris.

Je pense souvent à toi. Tu es la seule personne de nationalité italienne à qui je pense parfois, ainsi qu'à un autre garçon, que je n'arrive pas à me sortir complètement de la tête. Je pense à lui dans les mauvais moments et à toi dans les bons. Pas seulement quand, comme aujourd'hui, j'enfile ton pull rouge. Je pense à toi surtout en taxi, à ce moment particulier de la fin de la nuit où tu aimais aller acheter de la fougasse encore chaude, mais où tu avais peur de tomber sur ta mère et ses amis. Je pense à toi en taxi, quand je rentre tard d'une fête où j'ai un peu trop bu et où je me sens telle que tu m'as qualifiée un jour : « joyeusement gaspillée ».

Je ne m'étais jamais déplacée en taxi. À Florence, je crois que je n'ai jamais pris le taxi toute seule. J'ignorais le charme de se promener en taxi la nuit. De le héler en agitant la main sur le trottoir, comme dans les films. Je ne savais rien en matière de taxis. Par exemple, j'ai appris que si le voyant lumineux « Taxi Parisien » est orange, cela signifie qu'il est occupé, tandis que s'il est blanc, il est libre. Et s'il est blanc, je t'assure, il suffit de lever le bras et il s'arrête. C'est extraordinaire. Mais tu le sais peut-être déjà, tu le sais même sûrement. Pas moi, je ne le savais pas. Et quand je monte, que je donne l'adresse au chauffeur, que la voiture redémarre et qu'elle roule dans les rues et les places éclairées et désertes, je sens que tout ce que j'ai fait pendant la longue soirée qui s'achève devient flou : les visages des garçons avec qui j'ai dansé, bu, fumé, les banalités, tout est flou et je me sens bien. C'est dans ces moments qu'il m'arrive de penser à toi. Je sens que tout le superflu m'abandonne et je m'aperçois que si on enlève tout le superflu de ma vie, il ne reste plus que toi.

Et pourtant ce n'est pas facile de penser à toi. Surtout après ce qui s'est passé. Et j'ai très peu de points d'appui, très peu d'images dont me souvenir. Je recours presque toujours à celle où tu es assis dans le canapé chez moi, à Bolgheri, avec un casque et un walkman qui t'isolent du monde pendant que mes copains et moi on mange des raviolis. Peut-être à cause de l'heure ou du taxi, je trouve que c'est un beau souvenir.

Et parfois, je rêve de toi.

Cette nuit, par exemple, j'ai rêvé de toi : voilà pourquoi je t'écris, enfreignant en sens inverse la promesse que je t'avais arrachée – je ne me souviens même pas pourquoi – que toi, tu ne m'écrives plus jamais.

Le rêve était très beau, Marco. Limpide. Serein. Dommage que je me sois réveillée en plein milieu. Je m'en souviens bien parce que je n'ai pas pu me rendormir et que je suis restée des heures à y penser. J'étais allongée dans un hamac, dans une sorte de patio mexicain muni d'un immense ventilateur au plafond qui tournait au ralenti, tu étais assis à une extrémité du hamac, vêtu de blanc, et tu me berçais. On jouait à un jeu étrange et on riait d'une façon que j'ai du mal à expliquer. Tu me mettais au défi de prononcer une phrase magique et je n'y arrivais pas. La phrase était très bizarre, je l'ai écrite dès que je me suis réveillée :

60

« *À dix-huit ans, les bénédictins m'ont appris à parler, il m'en est resté quelque chose.* » Je te jure, c'était ça, la phrase. Et j'étais incapable de la répéter, je me trompais tout le temps, et plus je me trompais, plus on riait, et plus on riait, plus je me trompais. À la fin – pour te faire comprendre à quel point on riait – tu n'arrivais plus à la prononcer non plus. Ton père arrivait dans le patio, laconique comme toujours, et on lui demandait de la dire lui aussi, il essayait et se trompait. Je ne te raconte pas le fou rire qui nous a pris, et lui aussi bientôt, alors qu'il essayait encore en se trompant chaque fois. Il n'y arrivait pas, rien à faire. Parfois il disait : « *À dix-huit ans, les franciscains...* » ou bien « *m'ont admis à parler...* » C'était vraiment une phrase magique et on n'en pouvait plus de rire. Puis je me suis réveillée. Raconté comme ça, on dirait un rêve idiot, mais je te jure qu'il ne l'était pas. Et il n'y avait pas une ombre de gêne entre nous. Ni avec ton père. Tout allait comme sur des roulettes. Mais que veux-tu, c'était un rêve.

Encore sous l'emprise du rêve, je me suis levée, je suis sortie, je suis allée à mon cours de gym (je fais de la gym) et j'ai assisté à un phénomène stupéfiant : il neigeait et faisait soleil. Je te jure. Sous l'Arc de Triomphe, il tombait des flocons énormes, lourds et mouillés, mais plus loin le ciel était pur et lumineux et Notre-Dame, au fond, brillait sous le soleil. Et ce n'était plus un rêve, c'était vrai. Ma lettre est très brouillonne, je m'en rends compte, mais ça ne fait rien, j'espère seulement que ça ne te gêne pas, que tu ne vois pas de problème « là où il n'y en a pas ». (Je repense maintenant que la dernière fois que je t'ai vu, c'était dans ce gymnase, *il y a un siècle. Une apparition embarrassée.) C'est pourquoi il est important de continuer à penser à toi en taxi et, si possible, de rêver de toi comme cette nuit. Au passage, rêver de toi voudrait dire que je dors. Je n'en peux plus des insomnies, tu le sais, et de cet autre garçon, de temps en temps, qui surgit en traître dans mes pensées. Je t'embrasse, si tu n'as rien contre.*

Luisa

La dernière nuit d'innocence
(1979)

À vingt ans, Marco Carrera et Duccio Chilleri roulaient leur bosse dans les casinos à l'étranger – en Autriche surtout et en Yougoslavie –, mais Marco avait fini par se lasser des longs voyages en voiture que Duccio planifiait méticuleusement, haltes au bordel et au restaurant comprises. À part le fait que ces dix à douze heures enfermé avec son ami dans l'habitacle de sa Fiat X1/9 lui étaient devenues vraiment pénibles, Marco Carrera ressentait l'urgence de sorties plus professionnelles, sans frasques, sans prostituées, entièrement consacrées à l'optimisation de leurs résultats au jeu. En réalité, comme nous l'avons dit, Marco ne ressentait plus l'amitié – que l'Innommable en revanche nourrissait encore pour lui –, l'envie de faire les quatre cents coups ensemble, l'excitation de partager leur temps : il ne restait plus en lui de vivant que son désir de se présenter dans les casinos en compagnie de ce compagnon formidable, expert en martingales à la roulette, doué d'une inspiration extrasensorielle au craps et d'un instinct de fauve au black-jack. C'est pourquoi, un jour il prit la situation en main et décida que, pour une fois, ils voyageraient en avion malgré la peur que cela inspirait à Duccio Chilleri. Il fallut quatre soirées entières pour neutraliser son aversion des *oiseaux de fer*, en utilisant – et c'était un comble – les mêmes arguments rationnels et antisuperstitieux qu'il opposait aux autres pour vaincre leur peur de l'Innommable. Pour finir, il avait eu gain de cause et par un après-midi de mai qui fleurait bon, les deux amis avaient franchi les portes de l'aéroport de Pise, en route vers un long week-end au casino de Ljubljana, où ils étaient déjà allés l'année précédente en voiture, et où ils avaient gagné une coquette somme. En réalité le voyage serait long cette fois aussi, parce que Marco avait déniché un charter à prix imbattable d'une compagnie yougoslave appelée Koper Aviopromet qui, pour une raison qui lui échappait, coupait le vol Pise-Ljubljana par une escale énigmatique à Larnaca (Chypre). Grâce à cette absurdité, la durée du voyage était multipliée par quatre, mais, mystérieusement, le prix des billets chutait en proportion.

À l'embarquement, Duccio Chilleri était très tendu. Marco lui avait donné des tranquillisants, dérobés dans la pharmacie personnelle de sa sœur, grande consommatrice de psychotropes, mais l'inquiétude de son ami n'avait pas diminué. Une fois assis à sa place, Duccio avait donné des signes d'énervement en constatant l'usure des sièges et des appuie-tête, révélatrice selon lui du mauvais entretien de l'appareil, mais il était surtout terrorisé par les gens qui montaient à bord. Mauvaise pioche, ils sont tous marqués, répétait-il. Regarde-les, on dirait qu'ils sont déjà morts ;

regarde ce type, insistait-il, et cet autre, c'est comme si on voyait leur photo dans le journal. Marco lui répétait de se calmer, mais l'anxiété de l'Innommable ne faisait que croître.

Il se leva brusquement tandis que les gens continuaient à monter et demanda à la cantonade s'il y avait une célébrité à bord, un footballeur, un acteur, un VIP – quelqu'un à qui la vie avait souri. Les passagers qui progressaient tant bien que mal dans le couloir pour rejoindre leurs sièges le regardaient interloqués, une voix s'éleva pour savoir à qui il en voulait. À vous, répondit Duccio Chilleri, parce que vous êtes déjà morts et que vous voulez ma mort aussi. Marco Carrera le prit aux épaules, le fit rasseoir à sa place et s'ingénia à le calmer, usant de douceur, le serrant contre lui malgré les relents de cuisine bon marché dont sa veste était imprégnée, en même temps qu'il tentait de calmer leurs voisins, qui commençaient à s'énerver. Ce n'est rien, répétait-il, et Duccio commentait : ben voyons, on va tous mourir, mais ce n'est rien. Résultat : bougonnant, le visage entre les mains, à deux doigts de pleurer, mais tenu en respect par son ami, il cessa d'importuner les gens et sembla se résigner, jusqu'au moment où apparut un groupe de scouts. Alors la situation dégénéra. Duccio Chilleri se rebiffa : non ! Les scouts, non ! Il se planta devant le premier de la file, un bon gros gars à l'air hirsute, particulièrement ridicule dans son uniforme de chef de patrouille : vous croyez aller où comme ça ? Le gros nounours en resta interdit, il le prit peut-être pour un steward parce qu'il lui montra sa carte d'embarquement.

Faites pas chier, dégagez ! À nouveau Marco dut se hâter d'intervenir, mais cette fois Duccio Chilleri ne se contrôlait plus : il empoignait les boy-scouts à la tête, les secouait – assassins, hurlait-il, allez-vous-en ! – et quand certains réagirent, que bourrades et insultes commencèrent à voler, Marco Carrera comprit qu'ils pouvaient faire une croix sur leur week-end à Ljubljana. Se présentant comme médecin – il n'était qu'en deuxième année de médecine et ça se voyait comme le nez au milieu de la figure –, il diagnostiqua chez son ami une crise d'épilepsie de type B (comme ça, à l'inspiration) et exigea qu'on rouvre la porte de l'avion pour l'évacuer. Le personnel de bord n'en revenait pas de se débarrasser de cet olibrius et donc, après avoir récupéré leur bagage de soute directement sur le tarmac (à cette époque la gestion de l'aéroport de Pise était plutôt bon enfant), les deux copains rentrèrent dans le terminal pendant que l'avion roulait sur la piste. Du reste, à peine descendu, Duccio Chilleri avait retrouvé tout son calme, manifestant même une euphorie absurde, à croire qu'il revenait d'un voyage outre-tombe. Quant à Marco Carrera il était furieux, il avait eu la honte de sa vie, mais pour éviter de s'exposer encore à une situation grotesque, il avait ravalé sa colère tant bien que mal en se réfugiant dans un silence obstiné. Obstiné et de plus en plus sombre, parce que, en conduisant pour rentrer à Florence et déposer Duccio au plus vite, derrière la colère qui grondait dans sa poitrine et derrière la honte, mais oui, qui l'avait poussé à fuir comme un voleur par peur que la nouvelle de leur petit numéro ne s'ébruite hors de l'avion qui en avait été le théâtre, pendant qu'il conduisait sur l'auto-route donc, la portée de leur esclandre lui apparut pour la première fois comme elle serait apparue à n'importe qui. Que s'était-il passé dans cet avion ? Il s'était passé que, cédant à la panique, son copain Duccio Chilleri avait fait capoter un week-end soigneusement organisé. Voilà ce qui s'était passé pour Marco – et rien de plus : mais aux yeux de toute autre personne qui connaissait Duccio Chilleri, que s'était-il passé ? Quel acte énorme et terrifiant l'Innommable avait-il commis dans cet avion ?

Marco n'eut qu'à se mettre à la place de n'importe lequel de ses copains pour sentir un nœud à l'estomac dont il n'arriva plus à se débarrasser. Le jour n'était pas encore levé, il planta son ami devant chez lui sans même lui dire au revoir et, après avoir trouvé un bobard pour ses parents à propos du changement de programme de son week-end, se retrouva à faire la crêpe dans son lit, poursuivi par les visages trop anonymes de leurs compagnons de voyage abandonnés à leur destin dans cet avion, des pauvres boy-scouts inconscients qui croyaient aller Dieu sait où, des hôtesses slaves au maquillage outré, naïvement soulagées de les voir débarquer, l'Innommable et lui, après ce coup de gueule aux accents d'oracle – quand au contraire, si l'on se fiait à la théorie de l'œil du cyclone, ils auraient dû former une chaîne humaine pour les empêcher de descendre...

Tandis que Marco Carrera se torturait ainsi, en nage entre ses draps, incapable de s'endormir et encore moins de savourer le parfum de jasmin étoilé qui pénétrait par la fenêtre entrouverte, au large de la côte septentrionale de Chypre la tragédie avait déjà eu lieu, mais il ne le savait pas encore : le DC-9-30 de Koper Aviopromet, attendu en vain sur la piste de l'aéroport de Larnaca, avait déjà été englouti par la mer de Cilicie ; tous les gens à qui Marco pensait à la fois avec pitié et inquiétude avaient déjà trouvé la mort ; le souvenir de la fatwa que l'Innommable avait lancée contre eux était déjà effacé à jamais par ses propres conséquences et il restait seul sur la surface de la Terre à en avoir connaissance.

Encore ignorant de tout ça, Marco Carrera finit par s'endormir – tard, inquiet, mais il s'endormit – et, dans une vie riche en toutes sortes de dernières nuits, celle-ci fut sa dernière nuit d'innocence.

Urania
(2008)

De : *Marco Carrera*
Envoyé – Gmail – 17 octobre 2008 23:39
À : Giacomo – *jackcarr62@yahoo.com*
Objet : *Romans de la collection Urania*

Cher Giacomo,

Aujourd'hui je voudrais te parler de la collection (presque) complète des romans Urania de papa. Cette collection aussi, même incomplète, a une forte valeur marchande, si on considère le soin avec lequel papa a toujours conservé ces fascicules, la couverture en papier vélin dont il les a protégés un à un et par conséquent l'état de conservation stupéfiant où ils se trouvent au bout de cinquante ou soixante ans : mais là n'est pas la question. De mon point de vue, ces livres devraient te revenir pour les raisons que je vais te donner et comme leur encombrement est minime, si tu ne les veux pas, je les garderai pour toi, mais je ne songerai pas une minute à les vendre.

La collection, donc. Elle va du numéro 1 au numéro 899, c'est-à-dire de 1952 à 1981 et il n'en manque que six. Voici lesquels et pourquoi :

N° 20, Cailloux dans le ciel, *d'Isaac Asimov*, du 20 juillet 1953.

Bizarre − tu ne trouves pas ? − qu'après dix-neuf numéros achetés régulièrement, papa, à vingt-sept ans, fraîchement diplômé, ait raté précisément celui-là, un des meilleurs livres, paraît-il, de son auteur préféré. Effectivement il l'avait acheté parce que, sur les étagères de son bureau où il a toujours rangé ses Urania (dans l'inventaire dressé par Bracchi le mois dernier, que je t'ai envoyé, elles sont désignées comme « bibliothèque modulable Sergesto », et tu t'en souviens forcément parce que tu avais les mêmes dans ta chambre, où elles sont toujours, chargées des Tex et des autres bandes dessinées que tu lisais), sur les étagères disais-je, entre le volume précédent, n° 19, Prélude à l'espace, *d'Arthur C. Clarke, et le suivant, n° 21,* Hantise sur le monde, *de Jimmy Guieu, il y a un petit carton avec la mention « prêté à A. » et la date « 19 avril 1970 ». A., tu en conviendras avec moi, est sûrement son ami Aldo Mansutti, ou plutôt « Aldino » comme il l'appelait, mort dans cet absurde accident de moto dont on a si souvent parlé à la maison et qui a tant fait hésiter nos parents quand il a fallu nous acheter une mobylette. Je me souviens bien que nous sommes tous allés à l'enterrement de cet Aldino, j'étais au collège c'est sûr, probablement en sixième ou au début de la cinquième − ce devait donc être en 1970 justement. Si bien qu'il a dû se passer ceci : papa a prêté le livre à Aldino, il a glissé le carton à sa place dans l'étagère pour s'en souvenir parce qu'il tenait à sa collection, mais Aldino est mort peu après et, évidemment, papa n'a jamais pensé à le réclamer à sa femme – Titti, tu dois t'en souvenir, Titti Mansutti, que j'ai revue il y a quelques jours, très âgée, pour une autre affaire dont je te parlerai. D'autant plus qu'à ce stade, c'est-à-dire en 1970, la collection n'était déjà plus complète, puisqu'il manquait cinq autres volumes, à savoir : les 203, 204, 449, 450 et 451. Reste avec moi, Giacomo, n'arrête pas de lire. Essayons de comprendre la raison de ces cinq lacunes.*

N° 203, **La marée recula,** *de* **Charles Eric Maine, 10 mai 1959 et n° 204,** **Humanité en fuite,** *de* **Gordon R. Dickson, 24 mai 1959.**

Pas de carton dans l'étagère à la place de ceux-là, signe qu'il ne les avait pas prêtés, cette fois il ne les avait pas achetés. Et j'ai compris pourquoi en réfléchissant aux dates : la fameuse chute d'Irene de sa chaise haute. Tu te souviens ? Ils ont dû nous la raconter cent fois : Irene qui tombe de la chaise haute dans la cuisine de l'appartement de piazza Dalmazia, se cogne la tête et reste deux jours dans le coma à l'hôpital Meyer, maman qui jure d'arrêter de fumer si elle survit, Irene qui survit, maman qui n'arrête pas de fumer, Irene qui guérit complètement, mais a posteriori repère dans cette chute la cause de tous ses troubles ultérieurs... Bon, nous deux on n'était pas encore nés, mais il faut reconnaître que le moment le plus dramatique qu'ait connu notre famille, du moins jusqu'à la mort d'Irene, a été sa chute de la chaise haute. Tellement dramatique – voici la raison – qu'elle empêcha papa à deux reprises pas moins, c'est-à-dire pendant vingt-huit jours, d'acheter son roman Urania. Maintenant il n'y a plus personne pour nous dire de quelle période de l'année il s'agissait, mais si tu te souviens, ce qui rend cette histoire encore plus dramatique, c'est que maman était enceinte de moi. (Si on veut, il est dramatique aussi que maman n'ait pas davantage réussi à arrêter de fumer alors qu'elle attendait un heureux événement.)

Moi je l'avais toujours imaginée avec son gros ventre, confrontée à cette enfant qui tombe et s'évanouit, puis dans l'ambulance à côté d'elle, puis à son chevet au Meyer, mais en réalité il suffit de faire l'hypothèse qu'elle n'était qu'au deuxième mois et tout se tient. Je suis né le 2 décembre n'est-ce pas ? Ce qui signifie que j'ai été conçu début mars. Les deux numéros manquants sont du mois de mai, donc autour du deuxième-troisième mois justement. Pas de gros ventre à cette date, mais voilà qui explique que papa ait raté ces deux sorties : Irene était en réanimation, Irene était en observation, Irene venait de rentrer de l'hôpital. Puis au bout d'un petit mois, le danger passé, il s'est remis à acheter les romans régulièrement (n° 205, La planète embrumée, *de Robert Randall, 7 juin 1959) et il a continué pendant plus de sept ans sans rater un seul numéro, jusqu'au moment où il en manque trois, à savoir :*

N° 449, Génocides, de Thomas M. Disch, 20 novembre 1966, n° 450, Il y a toujours une guerre, anthologie (Walter F. Moudy, Poul Anderson, Robert E. Margroff, Piers Anthony, Andrew J. Offutt), 4 décembre 1966,

n° 451, **La puissance d'un dieu,** *de Mack Reynolds,* *18 décembre 1966.*

Ici la raison est évidente : la crue de l'Arno et papa mobilisé dans la plaine inondée sur les canots pneumatiques de la Ville pour sauver les bêtes, puis à la Bibliothèque nationale avec les Anges de la boue pour sauver les livres. Tu me demanderas : mais comment se peut-il, s'il n'a pas réussi à acheter ces trois numéros, qu'il ait acheté le n° 448, Les transformés, de John Wyndham, 6 novembre 1966, quand le déluge durait encore et que Florence était littéralement sous l'eau ? Là, mon cher Giacomo, pour expliquer ça, il nous faut en venir à la raison pour laquelle, selon moi, tu devrais récupérer cette collection. C'est quelque chose que j'ai découvert par pur hasard, et qui pour cela me semble précieux. Écoute. Voilà comment ça s'est passé. Pendant que je parcourais les titres de la collection, tous bien rangés dans la bibliothèque Sergesto bla bla bla, je suis tombé sur un titre et un auteur que je connaissais : Étoiles, garde à vous ! de Robert Anson Heinlein. Heinlein est un des rares auteurs de science-fiction que j'aie lus et ce titre m'a paru familier à cause d'un film que j'avais vu. C'est pourquoi je l'ai sorti du rayon, je l'ai ouvert pour vérifier et en effet, le titre original était Starship Troopers, dont on a tiré un navet à la fin des années quatre-vingt-dix, intitulé Starship Troopers – Étoiles, garde à vous ! Mais, j'en viens à ce qui nous intéresse, après ça, j'ai vu aussi sur la page précédente, c'est-à-dire la première, comment dit-on, celle qui est juste après la couverture, où l'on répète l'auteur, le titre et l'éditeur, comment s'appelle-t-elle ? Là où les écrivains signent *leurs dédicaces, comment on dit ? Page de titre ? Attends, je vérifie. Voilà : oui, on appelle page de titre « la page initiale d'un livre, dit Wikipédia, à savoir celle que le lecteur voit en premier après avoir ouvert la couverture ». C'est bien ça. Je disais donc, j'ai vu sur la page de titre un texte au crayon de la main de papa. Quelques lignes, que je te cite intégralement : « Bonjour Mesdames et Messieurs, je vais vous présenter mon nouvel ami... ou non, amie... Mademoiselle Giovanna... ou non, peut-être monsieur Giacomo... allez savoir... Voilà voilà attention... l'infirmière arrive... on ne voit pas bien encore... voilà elle se baisse... Mesdames et Messieurs, c'est donc Giacomo ! »*

Ce n'est pas fantastique ? Maman venait d'accoucher de toi et lui, jeune, tout ému, était tenu à l'écart, ignorant même si tu étais un garçon ou une fille, dans un couloir de maternité où il fumait ses Muratti et délirait sur la page de titre d'un roman d'Urania. Rien à voir avec nous qui avons assisté à la naissance de nos enfants en blouse verte, savions déjà leur sexe depuis des mois et tenions notre femme par les épaules...

Voilà pourquoi selon moi c'est toi qui devrais garder cette collection, dans ta maison de Chapel Hill que je n'ai jamais vue que du ciel par Google Earth.

Et nous pouvons en venir à l'explication pour ce volume du 6 novembre 1966 : après avoir déchiffré l'écriture de papa sur la page de titre, j'ai refermé le livre et je suis resté les yeux dans le vague, tout chose (tu te souviens de cette expression ? Tu te souviens qui l'employait à chaque occasion ?), puis je me suis ressaisi, j'ai fermé le livre et mon regard est tombé sur le cadre rouge en bas à gauche de la couverture où était écrit le prix (150 lires), le numéro du fascicule (276) et la date : 25 février 1962. Or il se trouve que tu es né le 12 février : comment papa pouvait-il être en possession d'un livre qui ne sortirait que treize jours plus tard ? Mais après un moment de perplexité, une ampoule s'est éclairée. Je me suis souvenu qu'à l'époque où je jouais au tennis, j'étais abonné à Match Ball qui était bimensuel et le numéro m'arrivait toujours à la maison plusieurs jours avant la date portée sur la couverture, ce que pendant un certain temps je crus être un privilège d'abonné, une sorte d'avant-première, jusqu'au jour où j'ai dû déchanter en découvrant qu'en kiosque aussi Match Ball était en vente un bon nombre de jours avant la date de couverture. Mon attention éveillée, je remarquai alors que c'était pareil pour de nombreux hebdomadaires qui circulaient à la maison, Panorama, L'Espresso, et même La Settimana Enigmistica. C'était sans doute une précaution psychologique pour donner une impression de fraîcheur et éviter qu'un journal daté de quatre, cinq, six jours plus tôt fasse craindre au lecteur un contenu déjà dépassé. Même si ça n'a pas grand sens, Mondadori a dû trouver bon d'user de la même précaution pour les romans d'Urania et donc il est plus que probable que la date portée sur la couverture corresponde au dernier des quatorze jours pendant lesquels le volume était en kiosque. Ce qui signifie que le roman que papa a emporté à la maternité, le 12 février 1962, en accompagnant maman qui avait ses contractions (j'ai vérifié sur l'ordinateur, c'était un lundi) venait de sortir, tout frais, postdaté de treize jours ; ou il l'a peut-être même acheté au marchand de journaux de la maternité une fois maman admise.

Voilà pourquoi papa possède le volume qui porte la date du 6 novembre 1966 alors que ce jour-là il était depuis quarante-huit heures déjà sur le canot des pompiers pour sauver des animaux à la dérive sur des radeaux de foin : parce qu'il était sorti treize jours avant.

Après ces trois volumes manquants de 1966, papa n'en a plus raté un seul pendant – tiens-toi bien – quinze ans, parce que, à compter du n° 452 (Le livre des agents secrets, un recueil de nouvelles d'Asimov, Tucker, Van Vogt, Martino et Philip K. Dick), sa collection se déploie sans encombre jusqu'au n° 899, Les Communes de l'an 2000 de Mack Reynolds. Quatre cent quarante-sept volumes consécutifs qu'il a achetés, puis couverts de papier vélin, puis lus, puis rangés dans la bibliothèque, tandis que le prix de ces livres passait de deux cents à mille cinq cents lires et que le monde, l'Italie, Florence, notre famille en voyaient des vertes et des pas mûres.

J'ai gardé pour la fin le dernier fascicule de sa collection parce qu'il est le symbole même de l'achèvement. Je l'ai sous les yeux en ce moment : la couverture blanche au graphisme rouge, l'illustration inscrite dans un cercle (un garçon et une fille debout dans un parc, conversant avec un homme plus âgé assis sur un banc, nus tous les trois, et d'autres silhouettes nues sous les arbres au loin), le titre Les communes de l'an 2000, l'auteur Mack Reynolds et enfin la date : 23 août 1981.

Mais le 23 août 1981 est le jour de la fin du monde. Toutefois ce numéro, nous l'avons vu, était sorti en fait depuis treize jours, c'est-à-dire le 10, quand la fin du monde était encore impensable, et papa l'a sûrement acheté avant le 15 août au kiosque de Castagneto où il prenait les journaux et sûrement aussi lu en deux ou trois jours, comme il le faisait toujours, tantôt à la plage tantôt au lit, allongé sur le côté droit, face à sa table de chevet et tournant le dos à maman, puisque à Bolgheri, en août, quand on y était tous, ils ne pouvaient pas faire chambre séparée par manque de place. Le numéro suivant serait disponible en kiosque le lundi 24 août (peut-être pas à Castagneto, où il n'arriverait que le mardi ou le mercredi), mais cela comme tout le reste est soudain devenu pour lui sans importance. Et cette fois pour toujours. Si bien que le n° 899, Les Communes de l'an 2000, *de Mack Reynolds, est le dernier livre d'Urania que papa ait acheté et lu — le dernier de sa collection (presque) complète, du numéro 1 au 899. Le dernier de sa vie.*

D'accord, Giacomo, j'ai rejeté la faute sur toi et c'est terrible de l'avoir fait. Mais merde, trente ans ont passé. Je te demande pardon de t'avoir accusé, je te demande pardon d'avoir contribué à rendre invivable la vie de notre famille pendant tous ces jours qui, même accumulés, étaient encore tous trop proches de ce jour maudit. Mais trente ans ont passé. Nous étions des gamins, maintenant nous sommes des hommes. Même si nous le voulions, nous ne pourrions pas devenir deux étrangers. D'habitude frères et sœurs se brouillent pour des raisons d'héritage à la mort des parents :

ce serait beau si nous, au contraire, on se réconciliait autour de l'héritage. Et plus encore, ce serait typique de notre famille : de fonctionner à rebours.

Réponds-moi.

Marco

Gospodinèèèè !

(1974)

C'était dimanche, tôt le matin, et la piazza Savonarola avait disparu. Plus d'arbres. Plus de ciel. Plus de voitures. Il n'y avait plus rien. Le brouillard était tombé – comme dans le film qu'il avait vu à Noël avec sa mère, quand le grand-père s'égare à deux pas de la maison – et Marco Carrera errait en bas de chez lui. Le brouillard à Florence, un tel brouillard surtout, constituait un phénomène rarissime. Marco distinguait à peine ses pieds.

C'était dimanche, tôt le matin, et c'était un jour à la con : interdiction de circuler, l'Austerity, comme on l'appelait – et là déjà se manifestait toute l'ironie du sort. Un an à travailler au corps ses parents, vivre en bonne entente avec sa sœur et son frère, décrocher des bonnes notes, manifester bon sens, discernement et tolérance pour les convaincre de lui acheter une Vespa et à peine obtenait-il gain de cause que, le jour même de son anniversaire, on décrétait cette mesure d'urgence qui lui interdisait l'usage de son deux-roues le dimanche. Et ce n'était pas tout. Les raisons de cette urgence étaient absurdes : le pétrole s'était mué en ressource à rationner – comme ça, bing, d'un coup ? – et par conséquent l'essence aussi. Pour Marco Carrera le journal télévisé disait n'importe quoi. Selon lui, avant qu'un bien se raréfie au point de devoir le rationner, on traversait une période intermédiaire de prise de conscience. Alors que là, les événements s'étaient précipités : une guerre éclair, les pays de l'OPEP qui décident de limiter leurs exportations de pétrole, et il fallait tout débrancher dare-dare. En l'espace d'un mois : éclairage public éteint la nuit, programmes télé écourtés, interdiction de chauffer son logement et, pour les particuliers, d'utiliser son véhicule le dimanche. Vespas incluses. Mais enfin : c'était donc si facile de mettre à genoux sa civilisation ? Et pile à l'aube de sa quinzième année, quand se profilait son entrée dans la vie adulte ? Pile quand il avait renoncé aux compétitions de ski parce qu'il voulait avoir du temps pour profiter de sa Vespa le dimanche, y compris en hiver, au lieu de passer tous ses week-ends jusque tard dans le printemps à l'Abetone, à s'entraîner et courir, courir et s'entraîner, pour voir ensuite bomber les jeunes du cru qui, il n'y avait rien à faire, descendaient deux à trois fois plus vite que lui ?

Bref. Il se retrouvait à pied. Et ce jour-là, par-dessus le marché, dans le brouillard.

C'était dimanche, tôt le matin. Marco Carrera n'avait fait que quelques pas et déjà il hésitait, à moins de dix mètres de chez lui, parce qu'il n'arrivait plus à s'orienter. Où se trouvait-il ? Sur le trottoir ou au milieu de la rue ?

Son immeuble était à droite ou à gauche ? Devant ou derrière ? Et aucun bruit de circulation pour l'aider.

Il avait rendez-vous à huit heures et demie à la gare – où Verdi, Pielleggero, les jumelles Sollima et lui prendraient le train avec leur professeur et un accompagnateur du club, destination Lucques, où ils disputeraient la finale du premier championnat toscan en salle par équipes, catégorie junior. (Autre bonne raison d'arrêter le ski : depuis cette année, grâce à la diffusion des structures gonflables, il y avait des tournois aussi en hiver, et autant valait que Marco Carrera se concentre sur le tennis toute l'année plutôt que de continuer à se partager entre tennis et ski. En effet, alors qu'il ne grandissait pas, il s'affirmait en tennis, devenant de plus en plus précis et agressif – ce qui, ajouté au fait que ses adversaires tendaient à le sous-estimer à cause de sa petite taille, lui avait permis d'obtenir des résultats surprenants au cours de la dernière année. En ski en revanche, il n'y avait pas de psychologie, pas de stratégie, pas d'adversaire direct : il n'y avait que la force de la pesanteur, son mètre cinquante et surtout ses quarante-quatre kilos, des handicaps contre lesquels il ne pouvait pas lutter.)

C'était dimanche, donc, tôt le matin, et les lampadaires de la place étaient éteints à cause de l'Austerity. Autour de Marco, le brouillard était total. Il devait aller à l'arrêt de la via Giacomini prendre le bus pour la gare de Santa Maria Novella (les bus au moins circulaient), ce qui se révélait soudain très compliqué. En effet, où était la via Giacomini ? Par rapport à chez lui, elle se trouvait de l'autre côté de la place et longeait l'église San Francesco, mais

– on en revenait là – où était son immeuble ? Où était la place ? Où était l'église ?

L'accident fut brutal et terrible comme tous les accidents. Une seconde avant, Marco Carrera était perdu dans un nuage entouré de rien, sans bruits ni points de repère, et la seconde suivante, tout avait déjà eu lieu : le vrombissement, le choc, le klaxon bloqué, et même les premiers cris humains : tout semblait arriver à ses oreilles en même temps, sans aucune chronologie. Du reste, là où il n'y a plus d'espace, il n'y a plus de temps non plus, oncle Albert avait été clair sur la question.

Les premiers cris humains se résumaient à un mot, qu'il n'avait jamais entendu.

« Gospodinèèèè ! »

Ce mot jamais entendu coupait le brouillard comme une fusée de détresse. Comme pour dire (à lui, Marco Carrera, parce qu'il n'y avait personne d'autre dans les parages) : « Au secours ! On est là ! L'accident, c'est ici ! »

Mais ici, où ?

« Gospodinèèèè ! »

Alors Marco se dirigea vers ce cri. Au moment même où il se mettait en mouvement, le temps lui sembla reprendre sa course : le klaxon bloqué cessa de hurler, il y eut un bruit de tôle, d'autres mots incompréhensibles débités par une voix d'homme, tandis que, oui c'était ça, Gospodinèèèè était crié par une voix de femme.

Et soudain sur le mur de brouillard blanc, cette femme apparut, traîtreusement proche. Une gitane. Elle avait le visage en sang, déformé par ce cri qu'elle lançait : Gospodinèèèè ! La litanie de la voix masculine aussi semblait toute proche, mais celui qui l'émettait restait invisible. Un homme apparut – un gitan âgé, son front saignait et le sang coulait jusque dans son cou – mais ce n'était pas lui qui déblatérait. Voici à côté de lui la Ford Taunus, portières ouvertes, un jet de fumée sortant du capot. Marco avançait dans cet énorme bol de lait, sans savoir ce qu'il cherchait. L'autre voiture peut-être ? Cherchait-il l'autre voiture ? Avait-il un pressentiment ? L'avait-il reconnue à son klaxon ?

« Gospodinèèèè ! »

La voilà, l'autre voiture. Encastrée dans un lampadaire, l'avant ratatiné. Une Peugeot 504, semblait-il, la même que celle de son père. Gris métallisé, semblait-il, comme celle de son père. Et un autre gitan, oui c'était ça, plus jeune que le premier, apparemment indemne, avait ouvert la portière et, en pestant, sortait quelqu'un, oui c'était ça, de l'habitacle. Quelqu'un sans connaissance, oui c'était ça, ou mort.

Une jeune fille, semblait-il.

Sa sœur Irene, semblait-il.

« Gospodinèèèè ! »

Papa, tu me prêtes la voiture ? Non, Irene, ne recommence pas. Mais il faut que j'aille à l'Abetone, à Bolgheri, à une fête à l'Impruneta, je fais comment ? Tu te fais accompagner. Mais je suis toute seule, personne ne peut m'accompagner. Irene, tu n'as pas encore ton permis. Mais j'ai l'attestation de l'auto-école. Peut-être, mais avec

83

cette attestation tu ne peux pas conduire toute seule. Mais toutes mes copines le font. Eh bien pas toi. Allez, je ferai attention, je te promets. Non. Tu as peur que je me fasse arrêter. Oui. Mais on ne m'arrêtera pas ! Je t'ai dit non. Je la prendrai quand même. Ne t'y risque pas…

Combien de fois Marco avait entendu ce refrain ces dernières semaines. Et combien dans ce dialogue de sourds – comme chaque fois entre son père et Irene –, il avait soutenu le parti de cette sœur si intelligente et si tourmentée, son étoile polaire, son modèle de vie et de jeunesse, toujours travaillée par l'inquiétude, la colère, la fougue, la veine bleu ciel en relief sur sa tempe, qui faisaient d'elle un être différent, noble et rebelle, supérieur. Maintenant elle était par terre, devant lui, là où le jeune gitan l'avait déposée et tentait de la réanimer, contrevenant – mais aucun des présents ne le savait – aux règles les plus élémentaires de premiers secours, et cela en toute bonne volonté : elle était pâle, sans blessures apparentes, sans connaissance. Irene. Morte ?

« Gospodinèèèè ! »

Non, elle n'était pas morte, elle ne s'était rien fait, elle n'était qu'évanouie, et d'ici une minute Marco Carrera en aurait la confirmation. Mais le regard qu'il posa sur elle pendant cette minute fut exactement le même qu'il eut à poser sur son cadavre sept ans plus tard, à sept heures du matin, à la morgue de l'hôpital de Cecina : empreint du même désespoir, de la même pitié, et rage, et impuissance, et horreur, et tendresse. Le regard que, par un mystère, il avait manifestement toujours redouté d'être destiné à

84

poser sur elle, s'il était vrai, comme on le lui avait raconté, qu'à cinq ans à peine, la nuit de la Saint-Laurent à Bolgheri, sur la même plage où en effet elle trouverait la mort, alors que tout le monde – sa mère, l'amie de sa mère, les filles de l'amie de sa mère, Irene elle-même – le pressait d'exprimer un vœu après une grosse étoile filante, il avait déclaré sans savoir ce que cela voulait dire : « Qu'Irene ne se *sucide* pas. »

Irene, son idole. Sa sœur qui ne supportait pas sa présence, comme du reste elle ne supportait celle de personne, enfin personne de la famille, raison pour laquelle à dix-huit ans elle était déjà devenue une croix pour ladite famille, sans parler des malheurs qu'elle avait toujours semés dans son sillage – chutes, accidents, fractures, disputes, dépressions, drogues, psychothérapies –, qui prospéraient dans le climat de pitié et de patience dont tout le monde l'entourait et que seul Marco, unique en cela, avait toujours refusé d'entretenir, continuant à la comprendre, à la justifier, à prendre son parti et à *l'aimer*, y compris face aux sales coups qu'elle accumulait. En tête de leur hit-parade figurait celui qu'elle venait de commettre, en ce matin de brouillard.

Des années après cet épisode, et après toutes les épreuves qu'Irene lui infligerait ainsi qu'à ses proches, dont bien sûr sa mort, des années après la mort de ses proches, et – chose indicible – des années aussi après la mort de – si indicible qu'il n'arrive pas à la dire – de sa fille, voilà, c'est dit ; des années après *tout*, disons ainsi, Marco Carrera, vieux désormais, seul ou presque, condamné à mourir bientôt lui aussi, soulignerait les mots suivants dans un roman : « que hantaient l'obscurité et la confusion », en pensant à elle, à Irene, qui n'était pas morte ce jour-là dans le brouillard, ni en tant d'autres occasions où elle aurait pu mourir, mais qui au bout du compte était morte quand même – jeune, bien avant l'heure.

C'était dimanche, tôt le matin. *Gospodinè* en serbo-croate signifie « Oh, mon Dieu ».

Deuxième lettre sur le colibri
(2005)

Marco Carrera
Strada delle Fornaci 117/b
Località Villa Le Sabine
57022 Castagneto Carducci (LI)
Italie

Kastellorizo, 8 août 2005

Imagine que je dise été,
écrive le mot « colibri »,
le mette dans une enveloppe,
descende la rue
jusqu'à la boîte. Quand tu ouvriras
la lettre, le souvenir te reviendra
de ces jours et de combien,
ô combien, je t'aime.

~~Raymond Carver~~
Luisa

Un fil, un Magicien, trois lézardes
(1992-95)

On devrait tous savoir – et ce n'est pas le cas – que le sort d'une relation entre deux personnes est toujours fixé dès le départ et une fois pour toutes : pour prévoir la fin qui l'attend, il suffit de regarder son début. En effet on connaît toujours, à l'aube d'une relation, un moment d'illumination où on la voit dans un même mouvement fleurir, s'installer dans la durée, devenir ce qu'elle deviendra et finir comme elle finira. Et on voit tout parce que, en réalité, la relation entière est contenue dans son commencement, de même que la forme de toute chose est contenue dans sa première manifestation. Mais cette vision inspirée n'excède pas l'instant, ensuite elle s'évanouit ou on la refoule, ce qui explique pourquoi les histoires entre les gens réservent des surprises, causent des dégâts, du plaisir ou de la douleur imprévus. On le savait, on l'avait su au début dans un éclair de lucidité, mais ensuite, pendant le reste de notre vie, on a perdu ce savoir. Comme quand on se lève la nuit et qu'on tâtonne dans l'obscurité de la chambre pour aller aux toilettes : on se sent perdu, on allume une fraction de seconde, on éteint aussitôt et ce flash nous montre le chemin, mais seulement le temps nécessaire pour aller faire pipi et revenir nous coucher. La fois suivante, on sera à nouveau perdu.

Quand, vers trois ans, sa fille Adele manifesta un trouble de la perception, Marco Carrera eut ce genre de flash, il vit tout, mais la vision fut si insupportable – elle concernait sa sœur Irene – qu'il la refoula aussitôt et continua de vivre comme si elle ne l'avait jamais visité. Il aurait peut-être réussi à l'exhumer grâce à la psychanalyse, mais cerné de gens qui y recouraient, il avait conçu à son égard une aversion insurmontable. Du moins l'affirmait-il. Un psychanalyste pour sa part aurait pu affirmer que cette aversion était justement le mécanisme adopté par Marco pour protéger son refoulement. En tout cas, le refoulement fut immédiat et profond, si bien que cette vision ne refit jamais surface, même après que l'histoire se fut déroulée comme elle devait se dérouler – comme Marco Carrera un instant, au début, avait su qu'elle se déroulerait, puis ne l'avait plus su pour le reste de sa vie.

Vu l'âge de l'enfant, on peut dire que l'apparition de sa pathologie coïncida avec le début de sa relation avec son père, restée assez vague jusque-là, coïncidence suscitée par la fillette elle-même, qui manifesta sans doute ainsi sa première décision autonome. Par un lumineux dimanche d'août dans la cuisine à Bolgheri, où ils prenaient leur petit déjeuner tous les deux pendant que la maman s'attardait au lit, Adele Carrera expliqua à son père qu'elle avait un fil attaché dans le dos. Malgré son jeune âge, elle s'expliqua très clairement : un fil partait de son dos et rejoignait le mur le plus proche, toujours. Pour une raison inexpliquée, personne ne le voyait, alors elle était obligée de rester contre le mur pour éviter que les gens trébuchent ou s'empêtrent dedans. Et qu'est-ce qui se passe quand tu ne peux pas rester contre le mur ? lui demanda Marco. Adele lui répondit que, dans ce cas, elle devait faire très attention, si quelqu'un passait derrière elle et se prenait dans son fil, elle devait tourner autour de lui pour le libérer. Et lui montra comment. Marco continua à la questionner. Tout le monde avait ce fil dans le dos ou juste elle ? Juste elle. Et ça ne lui semblait pas bizarre ? Si, ça lui semblait bizarre. Ça lui semblait bizarre d'avoir un fil ou que les autres n'en aient pas ? Que les autres n'en aient pas. Et à la maison, lui demanda-t-il, comment tu fais ? comment tu fais avec maman, avec moi ? Mais, lui expliqua-t-elle, tu ne passes *jamais* derrière moi. Voilà, ce fut à cet instant, devant cette révélation si surprenante – il ne passait jamais derrière sa fille – qu'un frisson parcourut Marco Carrera et que débuta sa relation avec elle. Au même moment il vit, il sut et il eut très peur – raison pour laquelle, l'instant d'après, il oublia qu'il avait vu, qu'il avait su et qu'il avait eu très peur.

Pendant le reste de l'été, ce fil fut leur secret. En réalité, Marco avait tout de suite mis Marina au courant, mais sans le dire à leur fille, puisqu'elle lui avait demandé de n'en parler à personne. Pendant ce mois d'août, Marina s'efforça de ne plus passer derrière sa fille – à la plage, à la maison, au jardin –, mais sans grands résultats car elle s'en souvenait toujours trop tard. Elle remarquait alors que la petite repassait devant elle en sens contraire pour débrouiller l'écheveau, précise, patiente, et ça l'attendrissait. Puis elle remarquait que les grands-parents, qui ne savaient rien, passaient *toujours* derrière leur petite-fille – on aurait dit qu'ils le faisaient exprès – et que pour eux aussi elle effectuait le mouvement inverse, avec la même précision, la même patience, et ça l'attendrissait. Puis elle remarquait la relation qui s'épanouissait entre son père et elle, admirait le talent naturel de Marco à ne jamais – sans exagérer, c'était vrai –, *jamais* passer derrière elle, et ça l'attendrissait. Il voyait son attendrissement, et ça l'attendrissait. Ce fut pour les deux parents un été attendrissant. Ni l'un ni l'autre n'eurent l'idée de s'inquiéter.

En septembre, la petite devait entrer à l'école maternelle et Marco saisit l'occasion pour la convaincre de parler du fil à sa maman. Ainsi Adele répéta à Marina dans la même cuisine ce qu'elle avait expliqué à Marco quelques semaines plus tôt. Marina en fut tout attendrie. Puis elle aussi posa des questions à la fillette, mais très différentes de celles que lui avait posées son papa – plus pratiques, moins romantiques et, pour cette raison, beaucoup plus difficiles pour l'enfant : quand s'était-elle aperçue qu'elle avait un fil ? En quoi était-il ? Pouvait-il se casser ? En écoutant les réponses d'Adele, même confuses, Marco et Marina comprirent que l'idée d'avoir un fil dans le dos lui était venue en regardant avec eux les compétitions d'escrime aux jeux Olympiques de Barcelone : Giovanna Trillini, l'équipe féminine de fleuret, le fil que les tenues blanches avaient dans le dos pour transmettre à l'affichage l'impulsion des touches – et puis l'explosion de joie pour les médailles d'or, ces masques d'automate d'où jaillissaient soudain des visages de jeunes femmes, les sourires, les cheveux : tout cela, comprirent-ils, l'avait impressionnée. Ils ne s'inquiétèrent pas.

Ils décidèrent de ne rien dire aux maîtresses de l'école maternelle, du moins tant qu'il n'y avait pas d'incident. Il n'y en eut aucun. C'était une toute petite école, à l'étroit dans un appartement du largo Chiarini, près de la Piramide Cestia, où il était facile de rester contre le mur sans se faire remarquer. Les problèmes d'Adele furent les mêmes que ceux des autres enfants : se détacher de ses parents, s'acclimater, prendre de nouvelles habitudes. Personne ne se douta de la présence du fil. D'ailleurs Adele se montrait toujours très calme et patiente quand quelqu'un passait derrière elle : tout doucement, elle effectuait en sens inverse les mouvements de l'autre personne pour la libérer et celle-ci, adulte ou enfant, ne s'apercevait de rien. À la maison, en revanche, Marco et Marina jouaient avec son fil : Marco faisait semblant de sauter par-dessus ou de s'y prendre les pieds, Marina d'y étendre le linge. Toute l'année – une année heureuse – ils ne s'inquiétèrent pas du tout. L'année suivante aussi, tout se passa sans encombre, à l'exception d'un unique *incident*, quand l'école emmena les enfants visiter une ferme à Maccarese et qu'Adele refusa de descendre du car. D'habitude, l'extérieur n'était pas un problème, elle trouvait toujours une façon de s'arranger avec son fil, mais ce jour-là elle se braqua et une des maîtresses dut rester tout le temps dans le car avec elle. Quand sa mère alla la chercher le soir et qu'on l'informa de ce qui s'était passé, elle comprit tout de suite la raison de ce que les institutrices appelaient « un caprice », mais elle était pressée et ne trouva pas opportun de leur expliquer l'affaire du fil. Dans la voiture elle demanda à Adele si sa décision de ne pas descendre du car avait un rapport avec le fil et la petite répondit que oui : il y avait trop d'animaux dans cet endroit, et en présence des animaux le fil devenait très dangereux. Elle s'expliqua de façon lucide et posée, comme si elle avait agi par prudence, et Marina en fut tout attendrie. Le soir elle raconta l'épisode à Marco, qui en fut attendri aussi. Ils jouèrent avec le fil de leur fille. Ils ne s'inquiétèrent pas.

Ils déménagèrent et, à la rentrée, changèrent leur fille d'établissement. Ça ne simplifiait pas les trajets, bien au contraire, puisqu'il fallait dépasser Tor Marancia et aller jusqu'à via di Tor Carbone, entre l'Appia et l'Ardeatina, presque à la campagne, mais c'était une meilleure école, plus jolie, au bon air, dans une grande villa qui avait appartenu à Anna Magnani – du moins au dire de Marina : selon Marco ils se compliquaient plutôt inutilement la vie (cette idée qu'il fallait toujours changer, trouver mieux, s'agrandir, progresser, toujours), c'était au diable Vauvert, il n'y avait pas moins de miasmes et elle coûtait nettement plus cher. La version de Marina n'avait prévalu que parce qu'elle s'était engagée à emmener et ramener la petite *tout le temps* – et ce fut la première véritable lézarde dans leur relation, la première lésion qui marquerait la surface encore intacte de leur couple, parce que, faut-il le préciser, ce n'était pas tout le temps possible pour Marina et que, par conséquent, Marco aussi vécut les trois quarts d'heure de voiture pour accompagner leur fille à l'école ou l'en ramener, avec pour résultat que tous les deux récriminèrent : elle, parce que Marco s'en tenait vraiment au minimum indispensable et ne l'aidait pas assez ; lui, parce que Marina ne respectait pas son engagement. De plus, dans la nouvelle école, les problèmes apparurent tout de suite. La petite ne voulait pas y aller, à la sortie ils la trouvaient toujours seule dans un coin, en larmes. Marco l'interpréta comme la preuve qu'il avait raison, ce changement d'école avait été une erreur, leur fille souffrait de ce déracinement inutile, ses anciennes maîtresses et ses copines lui manquaient, etc., mais Marina lui demanda en présence de son père si par hasard son chagrin avait à voir avec le fil et elle répondit que oui – sans rien ajouter toutefois. Avant même qu'ils aient pu demander un rendez-vous avec la directrice, celle-ci les convoqua. Avant même qu'elle leur explique le motif de cette convocation, ils lui parlèrent du fil. La directrice ne le prit pas très bien. Elle parut scandalisée qu'on lui ait caché un fait aussi lourd de conséquences et quand Marco et Marina essayèrent de la rassurer en lui expliquant que ce n'était pas si grave – prouvant ainsi combien ils sous-estimaient la situation depuis deux ans –, elle leur sonna les cloches copieusement. Il s'agissait d'un trouble évident, déclara-t-elle, un trouble de la perception, probablement de nature obsessionnelle et hallucinatoire, qu'il fallait soigner et non pas favoriser. Elle était diplômée en pédopsychologie, précisa-t-elle, elle savait de quoi elle parlait, et elle fournit aux parents inaptes le nom d'un spécialiste à consulter sans tarder. C'est ainsi que pour la première fois un psychothérapeute entra dans la vie de la fille de Marco Carrera : le docteur Nocetti. C'était une sorte d'homme-enfant à l'âge indéterminé, avec un dos voûté de vieillard et un regard vif de gamin, le cheveu cendré fin et rare et la peau prodigieusement dépourvue de rides. Il portait toujours au cou une chaîne où pendaient des lunettes, que personne ne lui avait jamais vu chausser. Marco ne décelait rien de commun entre sa façon de raisonner et la sienne, même s'il était évident qu'il s'agissait d'un homme intelligent : pour tout dire, il semblait avoir vécu dans un autre monde, n'avoir lu que des livres que Marco n'avait pas lus, vu des films qu'il n'avait pas vus, écouté de la musique qu'il n'avait pas écoutée et vice-versa. De ce fait, il était impossible d'instaurer avec lui une relation autre que celle qu'il convenait d'instaurer, et cela facilita les choses. Certes, vu l'aversion que Marco nourrissait pour les psychothérapeutes, lui confier sa fille releva de l'acte de foi – foi en la directrice qui les avait envoyés là, foi dans les diplômes accrochés au mur de son cabinet, via dei Colli della Farnesina (autre trajet en voiture acrobatique) et surtout foi en l'intuition de Marina qui, dès le début, s'était déclarée tout à fait rassurée par cet homme pour le moins étrange. Mais cet effort accompli, la situation se simplifia : ils accompagnèrent Adele à son cabinet deux fois par semaine (presque toujours

95

Marina, presque jamais Marco), et le sentiment qui les avait envahis devant la directrice d'être des parents inaptes et irresponsables se dissipa.

Toutefois, les deux premiers mois, Adele ne changea pas d'attitude par rapport à l'école et c'était toujours une tragédie de l'y emmener chaque matin ; en revanche elle manifestait beaucoup d'enthousiasme pour ses deux rendez-vous hebdomadaires avec Manfrain le Magicien, comme Nocetti aimait se faire appeler par ses jeunes patients (ça aussi : c'était quoi ce nom ? Où l'avait-il pêché ?), et quand, à la maison, on lui demandait avec des trésors de tact ce qu'ils faisaient, Manfrain le Magicien et elle, enfermés dans son bureau pendant cinquante minutes, Adele répondait simplement « on joue ». Elle n'en dit jamais plus, ne précisa jamais à quoi ils jouaient. Jusqu'au jour où, peu avant Noël, Marco et Marina furent convoqués au cabinet de la via dei Colli della Farnesina – tous les deux, fut-il spécifié, sans la petite. Dans sa totale ignorance de leur théorie de l'escrime aux jeux Olympiques et sans révéler sur quels éléments il avait fondé sa propre opinion, le docteur Nocetti les informa que selon lui ce fil liait la fillette, non pas aux murs comme elle le disait, mais à son père : un lien étroit et exclusif qu'elle avait créé avec son papa, évidemment parce que d'une certaine façon elle craignait de le perdre.

Pour inattendue qu'elle était, cette interprétation du fil d'Adele leur parut assez sensée pour les convaincre tous les deux, si bien que, loin d'objecter ou de réclamer des explications, Marco et Marina lui demandèrent d'une même voix : et alors ? Et alors, dit Manfrain le Magicien, il serait bon qu'Adele passe plus de temps avec son père. Beaucoup plus de temps si possible. L'idéal, ajouta-t-il, aurait été qu'elle passe plus de temps avec son père qu'avec sa mère. Beaucoup plus de temps, répéta-t-il, si possible. Et c'était possible, bien sûr que c'était possible – Marco était heureux quand il était avec sa fille –, mais cela signifiait révolutionner les rôles à l'intérieur de la famille, effectivement structurée un peu à l'ancienne, avec un père beaucoup moins présent que la mère dans la vie de l'enfant. Et même si on pouvait tout dire sauf que Marco avait emprunté ce schéma à sa famille d'origine, il fallait bien admettre que pour lui, l'homme, c'était plutôt confortable : beaucoup moins de menues tâches, beaucoup plus de temps libre pour ses multiples centres d'intérêt et, en fin de compte, parce qu'on en arrive toujours là dans ce schéma, c'était Marina qui faisait la vaisselle. Mais pour le bien de l'enfant, on est prêt à tout, vous pensez bien.

Ils révolutionnèrent donc leur vie. Marco se résigna à faire deux fois par jour les trois quarts d'heure de voiture jusqu'à Tor Carbone – mais sans plus récriminer, puisque maintenant c'était pour le bien d'Adele –, et à s'occuper d'elle pour toutes les tâches ordinaires qui avaient relevé jusque-là de sa femme. Il passa ainsi beaucoup plus de temps à la maison, réduisit de façon drastique ses loisirs (photo, tennis, poker) et même son activité d'ophtalmologue, renonçant à des congrès et jusqu'à des occasions d'avancer dans sa carrière, mais à sa propre surprise il ne le vécut pas comme un sacrifice, au contraire il découvrit qu'il se sentait beaucoup mieux qu'avant. En revanche un abîme s'ouvrit dans la vie de Marina soudain dégagée de ces obligations et il faut reconnaître qu'elle se révéla beaucoup moins bien préparée que lui à cette révolution, parce que, pour la première fois de sa vie, elle disposait de beaucoup de loisir, et que le loisir est un cadeau empoisonné pour les gens instables. Soit dit en passant, ce fut l'origine de la deuxième lézarde entre eux, car il est bien vrai, comme dit le proverbe, que l'oisiveté est la mère de tous les vices, du moins c'est vrai dans cette histoire. Mais les dégâts sur leur couple étaient encore loin de transparaître : ce qui importe ici, c'est ce qu'il advint du fil – et il advint que le fil disparut.

Il advint qu'en troquant le rôle du parent qui rentrait du travail à huit heures du soir contre celui du parent qui s'occupait de l'enfant – c'est-à-dire qui goûtait les joies des embouteillages pour l'emmener à l'école, chez Manfrain le Magicien, chez le pédiatre, etc., qui lui achetait ses vêtements, lui donnait le bain et lui préparait à manger –, Marco se retrouva maître d'organiser ses activités. Par exemple, c'est lui qui décida de l'inscrire l'année suivante en primaire à l'école publique de leur quartier, la Vittorino da Feltre, dans la rue du même nom, quartier Monti, et Marina dut se ranger à sa décision même si elle n'était pas d'accord (elle était partisane de l'école privée), comme Marco avait dû accepter la maternelle à Pétaouchnok à son corps défendant. S'occuper de l'enfant conférait le pouvoir, c'était une belle découverte, et en exerçant ce pouvoir Marco eut l'illumination décisive : inscrire leur fille à l'escrime. Il passa à l'acte par un après-midi de janvier fugace et laiteux – un cours d'essai, et c'était parti, sans en discuter avec sa femme : il l'inscrivit à l'escrime et l'y accompagna deux fois par semaine, plaçant Marina devant le fait accompli. Du reste, quel mal y avait-il à cela ? Même si son idée se soldait par un échec, en quoi un peu de sport pourrait-il nuire à Adele ? Mais son idée ne se solda pas par un échec, au contraire elle marcha, et le fil disparut presque tout de suite. En réalité les enfants n'utilisaient pas de tenue électrifiée, il ne disparut donc pas parce que Adele s'était retrouvée munie d'un vrai fil, comme Marco s'y était attendu ; mais on utilisait un masque, ça oui, et dès les premiers cours, Adele baigna dans un univers de masques, épées flexibles, détentes fulgurantes, décharges d'adrénaline, d'où, comme ils l'avaient compris à l'époque, le fil provenait. L'escrime donc, ce sport dont Marco ne savait rien, régla le problème du fil dans le dos de sa fille et le régla de la façon radicale dont les problèmes des enfants se règlent, quand ils se règlent – c'est-à-dire comme s'il n'avait jamais existé. Sans rien dire à personne, du jour au lendemain, Adele arrêta de tourner autour des gens quand ils passaient derrière elle. Terminé. Elle arrêta de faire des pieds et des mains pour ne pas aller à l'école, et à l'école elle arrêta de s'isoler systématiquement dans son coin pour pleurer. Terminé.

Mais à la grande surprise de Marco Carrera, Manfrain le Magicien ne changea pas une virgule à sa théorie : à l'entendre, l'escrime n'avait rien à voir dans l'affaire, le fil avait disparu parce que la présence constante du père dans la vie de l'enfant l'avait rendu inutile. Alors qu'autrefois elle avait cru à la théorie de l'escrime autant que Marco, Marina partagea cette analyse : que le fil ait disparu dès que la petite avait commencé à fréquenter ce gymnase était une pure coïncidence. Donc, au bout du compte, le problème du fil dans le dos de sa fille se régla, d'accord ; et il se régla au bon moment, c'est-à-dire avant qu'elle n'entre à l'école primaire où il aurait pu se révéler beaucoup plus gênant ; et ce fut assurément une réussite et un motif de grand soulagement pour tout le monde, d'accord ; mais son coût moral, et c'est là que le bât blesse, pesa entièrement sur Marco, car l'affaire fut classée selon une seule et unique version, dans laquelle le fil était apparu parce que le père passait trop peu de temps avec sa fille (c'est-à-dire par sa faute) et où il avait disparu non pas parce que ce dernier l'avait accompagnée dans le monde imaginaire d'où le fil venait (donc grâce à lui, Marco), mais grâce à l'intuition du docteur Nocetti. Bon, pensa Marco Carrera, ce n'était pas la vérité, mais c'était une version acceptable. Un sacrifice envisageable. L'affaire au final ne regardait que très peu de gens (sa femme, le docteur Nocetti, la directrice de l'école, lui-même) et il aurait été absurde d'entretenir un contentieux à ce sujet. Il ne récusa rien et remercia Manfrain le Magicien. Pour la paix des ménages. Pour le bien de l'enfant. Sans récriminer.

Ce fut l'origine de la troisième lézarde.

Que du bonheur
(2008)

De : *Marco Carrera*
Envoyé – Gmail – 12 décembre 2008 23:31
À : Giacomo – *jackcarr62@yahoo.com*
Objet : Que du bonheur

Dans mon mail d'aujourd'hui, cher Giacomo, je viens te raconter comment j'ai casé les trois maquettes de trains électriques de papa. Ça n'a pas été sans mal, mais au bout du compte c'est peut-être mon chef-d'œuvre. Les maquettes d'architecture n'ont pas posé de problème : j'ai donné à l'école d'ingénieurs celle du pont all'Indiano, qui lui avait été offerte par les auteurs du projet après leur victoire au concours, et ils l'ont installée tout de suite dans l'amphi principal. J'ai apporté celle de la villa de Mansutti à Punta Ala, à la femme d'Aldino, Titti, qui est encore vivante et a toute sa tête. Cela faisait trente ans, si ce n'est quarante, que je ne l'avais pas vue, ils ont vendu la villa depuis longtemps, mais elle a accepté la maquette et avec une certaine émotion.

J'ai apporté au siège de l'Ordre des ingénieurs de Florence la maquette de la coupole de Brunelleschi – la grande, pas la petite que papa avait déjà offerte, je ne sais à qui, la grande donc, que tu te rappelles certainement vu qu'un jour tu t'étais pris une bonne chasse parce que tu y jouais avec tes soldats de plomb – et je leur en ai fait cadeau à la stupeur générale. En échange je leur ai demandé de ne plus nous envoyer leur bulletin et les réclamations pour la cotisation annuelle de papa. J'ai gardé la maquette de la fameuse extension illégale de Bolgheri, bien que ce soit la moins belle. Et puis, bien sûr, il y a la maison de poupée sur la cascade qu'il avait fabriquée pour Irene, la copie conforme de celle de Wright, que je n'ai pas touchée : je l'ai laissée dans la chambre d'Irene, et on verra quand on vendra. En somme pour celles-ci, ça a été simple.

Ça se corsait avec les trois maquettes de trains. Il y en a une que tu n'as jamais vue puisque tu étais déjà parti quand papa l'a faite : minimaliste, très ingénieuse, trois mètres et demi de long sur seulement soixante centimètres de large, on peut y faire rouler jusqu'à onze trains en même temps, d'une façon qui semble prodigieuse. Le secret en réalité est banal : elle est construite sur deux niveaux, un visible et, dessous, un invisible, caché dans l'épaisseur de la base, grâce à quoi les trains arrivés au bout de la maquette entrent dans un tunnel, font marche arrière, un aiguillage les fait descendre au niveau inférieur, ils repartent d'où ils sont venus sans que personne les voie, puis ils remontent de l'autre côté, toujours dans un tunnel, en faisant marche arrière à nouveau et en réapparaissant comme Laurel dans *ce gag où il porte l'extrémité d'une échelle sur l'épaule : on voit l'échelle qui défile, longue, très longue, avec à la fin le même Laurel qui porte l'autre extrémité sur son épaule. Bref, un petit bijou qu'on ne pouvait pas jeter. Et pareil pour les deux autres, dont tu devrais te souvenir, celle immense des années soixante et celle en pente qui représente le virage de Piteccio della Porrettana, qui étaient trop belles pour qu'on les bazarde. Sauf qu'on ne peut pas vendre l'appartement avec ces mastodontes qui occupent une pièce à eux tout seuls. Alors j'ai cherché à qui les donner qui sache les apprécier. Je me suis souvenu que les derniers temps, avant que son état empire, papa parlait d'une maquette incroyable, réalisée dans les sous-sols du foyer des cheminots, tu sais là où il y avait aussi le club de tennis, près des Cascine. Tu situes ? Alors j'y suis allé, et là pour le coup, Giacomo, ça faisait plus de quarante ans que je n'y avais pas mis les pieds. Les lieux ont beaucoup changé évidemment, et il m'a fallu du temps juste pour trouver quelqu'un qui sache de quoi je parlais. Le fait est que les maquettistes qui se réunissent dans ce sous-sol sont un peu évanescents, ils n'ont ni jour fixe ni horaire précis, quand ils ne sont pas là, le sous-sol est fermé et les autres utilisateurs ne sont informés de rien. J'ai dû les guetter pendant un mois, mais pour finir, un samedi matin, j'ai réussi à mettre la main sur le président de leur association, un certain Beppe, qui jouait au rami avec d'autres adhérents. Dès que j'ai cité le nom de papa, il a abandonné sa partie et m'a emmené au sous-sol alors qu'il était fermé, et je dois dire que papa avait raison, la maquette qu'ils ont construite dans cette salle est ahurissante. Beppe l'a mise en marche rien que pour moi et je t'assure que c'est un truc de dingue : imagine une portion de voie ferrée urbaine grande comme la pièce, avec les immeubles à l'échelle, les rues, les voitures, les petits bonshommes, tout. Je lui ai expliqué l'affaire et il est tombé d'accord avec moi pour dire qu'il ne fallait pas détruire ces maquettes – une position de principe, puisqu'il ne les avait jamais vues. Il parlait de papa avec beaucoup de respect, je précise, même si évidemment papa avait entretenu la relation avec lui à sa façon, c'est-à-dire avec une extrême réserve, évoquant à peine ses créations et abordant en général des questions techniques, par conséquent ce Beppe n'avait aucune idée de ce dont nous parlions. Nous avons pris rendez-vous pour qu'il vienne les voir dès que possible – un mois plus tard, ne me demande pas pourquoi. Quand il est venu, il a été estomaqué, surtout par la Porrettana, mais aussi par les deux autres, et il a annoncé qu'ils les prendraient toutes les trois. Par « ils » il entendait l'association de maquettistes dont il était le président. Il a dit que l'une des trois, celle que tu n'as jamais vue, était parfaite pour l'école, parce qu'ils ont rien de moins qu'une école pour apprendre aux jeunes à construire des maquettes de trains, tu te rends compte. Bref ce Beppe était enthousiaste, il ne s'agissait que de trouver un fourgon assez grand pour les emporter : il a noté mon numéro, m'a laissé le sien, puis a littéralement disparu pendant deux mois. J'ai essayé de le joindre deux ou trois fois, mais son téléphone était sur répondeur. Je suis aussi allé au club demander de ses nouvelles, on ne sait jamais, admettons qu'il lui soit arrivé malheur, mais personne n'a rien su me dire. Jusqu'au jour où* il m'a téléphoné, voici deux semaines, en me disant qu'il avait enfin trouvé un fourgon. On a fixé une date et, la semaine dernière, il est venu chercher les maquettes avec « les copains », comme il les appelle (tous largement cinquantenaires). Écoute, Giacomo, tu ne peux pas imaginer le respect que ces « copains » manifestaient pour papa : ils étaient six en comptant Beppe, le chapeau à la main (ils portent tous ces Borsalino qui étaient à la mode autrefois, ne me demande pas pourquoi), fascinés, les yeux brillants devant ce travail de cinquante ans. L'un d'eux a essayé de bredouiller que c'était un grand honneur pour lui d'être là, de recevoir en héritage les œuvres de l'Ingénieur, comme ils l'appelaient tous : c'était l'ancien propriétaire à la retraite du magasin où papa achetait ses trains et discutait technique et il m'a avoué que voir les maquettes de papa avait toujours été un de ses plus grands désirs, mais que papa l'impressionnait et qu'il n'avait jamais osé le lui demander. Une nouvelle fois, je constatais que papa n'avait jamais accordé son amitié à personne et que personne ne lui avait jamais proposé la sienne, raison pour laquelle, alors que la même passion les dévorait et qu'ils se tenaient en grande estime, ils avaient vécu pendant des décennies dans deux univers parallèles, ne se croisant que rarement. Tu te rends compte : à Florence, pas à Tokyo. Les échanges de politesse finis, ils se sont mis au travail : ils ont vissé sur chaque maquette des supports spéciaux pour les protéger, je ne sais pas comment les appeler, des sortes d'échafaudages réglables en contreplaqué comme les cales en carton que les pâtissiers mettent dans les boîtes de petits fours pour qu'ils ne s'écrasent pas, puis ils les ont emballées dans du papier-bulle et chargées sur leurs épaules. La plus grande ne passait pas par la porte, ils ont dû la descendre par la fenêtre avec des cordes. Ça leur a pris une heure et demie. À la fin, ils m'ont remercié, ils étaient tous émus, et le fourgon est reparti avec Beppe au volant, deux types à côté de lui, les trois autres sur la plate-forme pour retenir la plus longue des maquettes qui dépassait d'un mètre et risquait de tomber. Pour honorer la réserve avec laquelle papa les a toujours traités, je suis sûr que je ne les reverrai pas. Sauf que – et ça montre qu'ils forment une véritable société secrète – hier, qui était dimanche, je suis allé comme d'habitude acheter un poulet rôti chez mon traiteur, et un des employés, que je connais depuis des années, le plus âgé, un type sec comme un coup de trique avec un visage tout rond qu'on dirait en caoutchouc et de vilaines dents, s'est approché de moi et m'a murmuré à l'oreille : « J'ai su que les copains étaient venus chez toi. » Je n'ai pas compris à quoi il faisait allusion, alors il a cligné de l'œil et a susurré encore plus bas, comme si c'était un secret que les autres clients ne devaient pas entendre, même par inadvertance : « Ils disent que les maquettes de ton père, c'est que du bonheur. » Il a employé cette expression « que du bonheur ».

Tu comprends dans quel monde nous vivons ?

Non, tu ne comprends peut-être pas. C'est ma faute, je n'explique pas bien. C'est ma faute.

Joyeux Noël

Marco

Fatalities

(1979)

Aucun survivant. Tel fut le bilan de ce qu'on appela la « tragédie de Lanarca », formulé de façon beaucoup plus brutale que le « 94 *fatalities* » qui figure dans le tableau où les autorités de contrôle de l'aviation civile reportèrent l'accident. Comme l'avion avait décollé de l'aéroport de Pise, la plupart de ces *fatalities* étaient de nationalité italienne et il va sans dire que journaux et télévisions s'emparèrent de la catastrophe : mais d'autres fatalités (au sens cette fois de hasards, coïncidences) vinrent immédiatement grignoter la place qu'elle aurait méritée. D'abord un second accident d'avion quelques heures plus tard, le plus grave de l'histoire américaine (un DC-10 d'American Airlines qui s'était écrasé au sol au moment du décollage à l'aéroport de Chicago, 271 *fatalities*), qu'il fallait couvrir aussi, créa la confusion d'entrée de jeu, poussant vers la tentation irrésistible à ce stade – vu les pratiques de la presse – de mélanger les deux catastrophes et d'en faire l'amalgame en une unique rumination d'horreur, même si en réalité elles n'avaient rien en commun si ce n'était la marque des appareils, par ailleurs de modèles différents. Mais surtout, à peine trois jours plus tard, l'attention du pays entier fut accaparée par l'arrestation de Valerio Morucci et Adriana Faranda, les deux membres des Brigades rouges les plus recherchés d'Italie. Cinq jours plus tard se tenaient les élections législatives anticipées, qui sanctionnèrent le début de la huitième législature républicaine, et une semaine après les premières élections européennes. Bonsoir. Dans ce contexte, le temps dont disposaient les journaux pour gratter sous la croûte de la tragédie de Lanarca en quête de détails et témoignages se réduisit comme peau de chagrin et ne leur permit pas de remonter jusqu'à Marco Carrera et l'Innommable quittant l'avion. Simplement les récits s'interrompirent avant. On mit en lumière les « vies fauchées », surtout celles, juvéniles, des scouts qui se rendaient à leur grand rassemblement international au château de Ljubljana, mais on n'eut pas le loisir de pousser beaucoup plus loin ; en réalité on ne put même pas raconter comme il se doit les obsèques après le rapatriement des corps en Italie ni annoncer la récupération de la boîte noire au fond de la mer, parce que, au bout de deux jours, la tragédie de Lanarca dégringolait déjà en fin de sommaire des journaux télévisés, là où la place se réduit inexorablement.

Quelle aurait été la vie de Marco Carrera si les médias avaient eu le temps de découvrir qu'il avait survécu à cet accident, faisant de lui un personnage public ? Quelle aurait-elle été si du moins les magistrats l'avaient découvert ? En effet, ce que le jeune garçon en état de choc se mit à attendre dès le matin où il apprit la catastrophe – journalistes à sa porte, convocation en justice – n'eut jamais lieu. Et si les raisons pour lesquelles la presse tourna trop vite son attention ailleurs sont claires, celles pour lesquelles l'enquête diligentée par le parquet et la direction générale de l'aviation civile du ministère des Transports n'arriva pas non plus jusqu'à lui et l'Innommable ne le furent pas. Pourtant, dans une sombre époque de terrorisme, deux garçons de vingt ans qui désertaient un avion deux heures avant qu'il s'abîme en mer étaient une piste sérieuse, du moins tant que l'examen de la boîte noire n'avait pas établi qu'il s'agissait d'une rupture de la carlingue. Mais non. Il ne se passa rien. Un des nombreux mystères italiens – petit, comparé aux autres, mais décisif pour l'avenir des deux jeunes gens concernés.

En effet, du moment qu'on les tenait de façon aussi inattendue en dehors d'un événement où ils ne doutaient pas qu'on les impliquerait (parce qu'ils y étaient effectivement impliqués), ni l'un ni l'autre ne dirent rien à personne. Et il arriva qu'après avoir gardé le silence deux jours, puis trois, puis quatre, puis cinq, il leur sembla impossible de se mettre soudain à raconter qu'ils avaient quitté l'avion à la dernière minute. Ils couraient tout simplement le risque qu'on ne les croie pas.

En réalité une autre raison expliquait leur silence et leur effarement pendant ces jours où ils s'attendaient à être propulsés au centre de l'attention : que deviendrait l'Innommable si les gens apprenaient ce qui s'était passé avant le décollage ? Même en taisant la formidable malédiction qu'il avait lancée contre ces pauvres gens, même en se contentant de déclarer qu'ils étaient descendus de l'avion à cause d'un banal malaise, comment Duccio Chilleri pourrait-il encore approcher un être humain dans cette ville sans que ce dernier s'enfuie en hurlant de terreur ? Ce serait la confirmation définitive de toutes les rumeurs sur son compte et le simple fait que Marco Carrera soit encore de ce monde la preuve scientifique de la théorie de l'œil du cyclone. Résultat, ils furent incapables d'en parler même entre eux : les deux ou trois fois où ils l'auraient voulu, une sombre chape de gêne les empêcha ne fût-ce que d'aborder le sujet. L'implicite pesait sur l'explicite.

À vrai dire, Marco eut l'occasion d'en parler parce que sa sœur Irene, forte de ce qu'il voyait comme une intuition inhumaine, avait tout compris. Avoue : l'avion qui est tombé, c'est celui que tu devais prendre avec ton copain ? lui demanda-t-elle, directe, quelques jours plus tard en entrant dans sa chambre sans frapper, alors qu'allongé sur son lit, il écoutait *Laughing* de David Crosby. Comment l'avait-elle compris, cela resta un mystère pour Marco, puisqu'il n'avait évidemment pas dit chez lui qu'il allait jouer au casino à Ljubljana, en passant par Lanarca, mais raconté qu'il partait visiter Barcelone. Le doute ne l'effleura pas qu'elle l'avait espionné, comme elle espionnait sans cesse tous les membres de la famille, qu'elle avait surpris ses conversations téléphoniques ou même qu'elle les avait écoutées en décrochant l'appareil de la cuisine pendant qu'il parlait à son ami avec celui de sa chambre et que par conséquent elle savait depuis le début où il partait et pourquoi. Choqué comme il l'était, il vit là une confirmation des pouvoirs parapsychologiques de sa sœur et sa peur ne fit qu'augmenter. Et sous l'emprise de la peur, il nia tout. Irene insista : pourquoi ne pas me le dire ? Ça te soulagerait. Marco nia à nouveau, mais décida qu'à la question suivante, il viderait son sac, sauf que – fatalité – la question suivante ne vint pas : Irene s'en alla brusquement comme elle était venue, le laissant là comme une vieille chaussette, incapable de se lever de son lit pour retourner le disque sur la platine, puisque *Laughing* était fini, que c'était la dernière plage de la face A du 33 tours (*If I Could Only Remember My Name*) et que la pointe raclait dangereusement le dernier sillon.

Tchhh. Tchhh. Tchhh.

Quelle aurait été sa vie s'il avait répondu aux questions d'Irene ou si elle en avait posé une de plus ? Et surtout, quelle vie aurait eue Duccio Chilleri ?

En effet, parler avec Irene de l'histoire de dingue qui lui était arrivée lui aurait *peut-être* permis de ne plus jamais devoir le faire avec personne ; avouer à cette sœur si intelligente les doutes qui le taraudaient à propos d'un univers traversé de forces occultes, dont son ami d'enfance serait doté, lui aurait peut-être permis de les dissiper. Marco attendit qu'elle revienne à l'attaque les jours suivants, mais en vain : Irene en resta là. Il s'attendit à être démasqué, convoqué, mis en cause par la presse et les autorités, l'affaire serait devenue de notoriété publique indépendamment de sa volonté, mais personne ne se manifesta.

Il essaya de trouver les mots pour en parler au moins à son ami, mais ces mots n'existaient pas et son ami n'en était même plus un. Enfin il essaya de garder ses affres pour lui, mais sans plus de succès. Il en parla, mal, de façon détournée, la veille de son départ en vacances, à deux vieux copains qu'il avait perdus de vue, mais qu'il se débrouilla pour rencontrer par un hasard qui n'en était pas un, en allant après dîner au bar de la piazza del Carmine où il savait qu'ils traînaient souvent, et il le fit en proie à l'exaltation malsaine de l'ancien drogué qui replonge. Deux vieux copains avec qui il n'avait d'autre sujet de conversation que la vieille époque, les vieilles prouesses, les vieux flirts, les vieilles aventures de l'Innommable… Ayant raté le coche de la bonne réaction, il eut la mauvaise – la pire de toutes.

Comment se comporta-t-il ?

Médusés, pire, choqués, ils l'entendirent raconter ce que pendant deux mois il n'avait raconté à personne, laissant entendre qu'il était des leurs depuis le départ, qu'il partageait leur opinion, comme s'il n'avait pas toujours lutté pied à pied contre ce mélange de cynisme et de superstition qui avait estampillé Duccio Chilleri porteur de guigne. Il cita textuellement les terribles paroles lancées par l'Innommable contre ces pauvres gens (« Vous êtes morts ! Vous êtes déjà morts et vous voulez ma mort à moi aussi ! ») ; il décrivit avec une immense compassion le soulagement fatal éprouvé par les hôtesses qui, en toute ignorance, les avaient fait descendre de l'avion ; il se dépeignit en proie à une conversion profonde, poignante – en personne qui-avait-reçu-un-signe-divin. Ça ne lui ressemblait pas et, en effet, ce n'était pas ce qu'il avait compté faire, ou du moins pas au début, mais ce soir-là, en parlant avec ses deux vieux copains, en déversant son cafard sur eux et en les impressionnant comme il n'avait jamais impressionné personne, c'est ainsi qu'il se comporta. Et de ce fait, il condamna l'ami qui lui avait sauvé la vie au destin fatal qu'il avait combattu et démenti pendant des années – un destin auquel dès lors Duccio Chilleri n'échapperait plus, sa vie entière.

Le lendemain, impur et léger comme il ne l'avait jamais été, il partit au bord de la mer, s'éprendre de Luisa Lattes.

Un vœu erroné
(2010)

mer. 20 mai

Bonsoir. Je voudrais savoir si c'est toujours le
numéro du docteur Carrera, s'il vous plaît. Pardon
de vous déranger.
20:44

Oui c'est toujours mon numéro. Qui êtes-vous ?
20:44

Bonsoir, docteur Carrera. Je suis Daniele
Carradori, l'ancien psychanalyste de votre – je
suppose – ex-femme. J'espère ne pas vous
déranger en vous contactant après tout ce temps,
mais si c'était le cas, je vous prie de me le dire
sincèrement et de faire comme si je ne vous avais
jamais écrit. Dans le cas contraire, je vous serais
gré de m'indiquer une heure à laquelle vous
appeler demain ou un jour à votre convenance,
parce que j'aurais besoin de vous parler.
20:45

Vous pouvez m'appeler demain vers 9h30, mais à une condition.
20:49

Quelle condition ?
20:49

Que vous utilisiez saurais devant gré.
20:50

Dit en toute amitié, n'est-ce pas ? Ne le prenez pas mal.
20:50

Pardon. J'avais d'abord voulu écrire serais reconnaissant.
À demain. Merci.
20:54

À demain.
20:54

Comment ça s'est passé
(2010)

« Allô ?

— Bonjour docteur. Je suis Daniele Carradori.

— Bonjour.

— Je tombe à un bon moment ?

— Tout à fait.

— Je ne vous dérange pas, vous êtes sûr ?

— Absolument. Comment allez-vous ?

— Bien. Et vous ?

— Bien aussi, merci.

— Parfait, j'en suis heureux.

— Dites-moi, docteur Carradori, vous ne vous êtes pas vexé hier pour cette histoire de "serais gré" ? Parce que c'était une boutade, mais avec ces messageries, on ne sait plus quand les gens plaisantent.

— Non, pensez-vous. J'ai été confus, ça oui, parce que d'habitude je ne fais pas ce genre d'erreur, mais hier, je ne sais pas pourquoi, ça m'a échappé.

— Bien sûr, ça arrive. J'y ai repensé et ma réponse m'a semblé manquer un peu de tact vu que nous nous connaissons à peine.

— Ne vous inquiétez pas, je n'ai pas pensé une seconde à me vexer. D'ailleurs vous m'avez dit que vous plaisantiez.

— Tant mieux. Que puis-je faire pour vous ?

— Voilà, pour faire court, vous pourriez me raconter comment ça s'est passé. Si vous n'avez rien contre, bien sûr.

— Comment s'est passé quoi ?

— Votre vie. La vôtre et celle de votre famille. Ces dernières années.

— Rien que ça.

— Oui. Mais avant, il vaut peut-être mieux que je vous raconte comment s'est passée la mienne. Vous êtes d'accord ?

— Oui, bien sûr.

— Parce que quelques mois après que... enfin, après notre rencontre, il y a dix ans, j'ai quitté la profession. Fini. Terminé. En termes techniques ça s'appelle un *burn out*. Disons pour simplifier que je n'arrivais pas à réintégrer le cadre d'où j'étais sorti en venant vous voir.

— Alors c'est à cause de moi.

— C'est *grâce* à vous. Savez-vous que je ne peux même plus m'imaginer analyste ? Je n'étais pas libre. La psychanalyse est un piège.

— Ne m'en parlez pas. Et que faites-vous maintenant ?

— Psychologie de l'urgence. Je participe à un programme de l'OMS qui s'occupe d'assistance psychologique aux populations victimes de catastrophes.

— Bigre. Intéressant.

— J'ai passé très peu de temps en Italie ces dernières années.

117

— C'est une chance.

— Pour tout vous dire, je rentre de Haïti. Et j'y retourne dans deux semaines.

— Terrible, ce tremblement de terre.

— Le pire cataclysme de l'histoire moderne, croyez-moi. Quelque chose qui échappe à notre imagination.

— J'imagine. Ou plutôt, non…

— C'est un vrai travail, docteur Carrera, avec une vraie utilité. Des gens qui ont tout perdu, des enfants, des personnes âgées, restés seuls au monde : et ils doivent vivre parce que leur destin en a décidé ainsi. Il ne s'agit pas seulement de problèmes matériels. Je les aide à concevoir leur existence et, croyez-moi, c'est la chose la plus utile que je pouvais faire.

— Je veux bien le croire.

— Mais je vous avoue que de nombreuses fois ces dernières années, malgré l'énormité du travail à accomplir, les difficultés, les privations et les frustrations souvent, parce que dans beaucoup d'endroits au monde les gens refusent le psychologue, surtout ceux qui en ont le plus besoin, bref malgré une vie disons bien remplie, de nombreuses fois ces dernières années, je vous le jure, j'ai pensé à vous.

— Ah oui ? Et pourquoi ?

— Avant tout parce que, comme je vous l'ai dit, vous êtes lié à la raison pour laquelle j'ai arrêté ma profession. En bref, si je n'étais pas venu vous voir ce jour-là, si je n'avais pas décidé d'enfreindre le cadre que j'avais toujours respecté jusque-là, ma vie n'aurait pas changé. Et Dieu seul sait combien il était nécessaire qu'elle change. Mais surtout

118

j'ai pensé bien souvent que je n'avais plus eu de nouvelles de vous, de votre fille, de votre femme… de votre ex-femme n'est-ce pas ? Vous êtes séparés ? Je ne le sais même pas.

— Oui, oui, tout à fait, nous sommes séparés.

— Voyez-vous, docteur Carrera, à partir du moment où l'on sort du cadre qu'impose ma profession, un tel vide n'est plus supportable. J'ai besoin de savoir ce qu'il en a été de vos vies, puisque j'y suis intervenu activement au lieu de rester en position d'observateur comme je l'aurais dû. Que s'est-il passé pour vous ?

— Elle ne m'a pas tué, comme vous pouvez le constater.

— C'est déjà quelque chose.

— Et je ne l'ai pas tuée.

— Bien. Et que s'est-il passé ?

— Ce qu'il s'est passé ? Il s'est passé tant de choses… Il s'est passé que tout ce que vous saviez, mais pas moi, est sorti au grand jour et que nous nous sommes séparés. Mieux vaut tard que jamais. Il s'est passé qu'elle a lancé contre moi des accusations infamantes pour couvrir sa fuite et qu'elle s'est installée en Allemagne avec ce type sur qui vous êtes certainement beaucoup plus renseigné que moi.

— Et la petite ?

— La petite, qui soit dit en passant a maintenant vingt et un ans, a dû suivre sa mère. Mais disons que ça n'a pas marché, et l'année suivante elle est revenue vivre en Italie avec moi.

— Grâce à Dieu. Vous savez, c'était la solution que je lui suggérais régulièrement quand, n'est-ce pas, elle montrait ces intentions, dont je vous ai informé. J'insistais pour

119

qu'elle vous laisse la petite et vive sa vie avec cet homme sans l'y entraîner. Et l'autre enfant ? Celui qu'elle attendait quand elle a cessé de me consulter ?

— Il est né là-bas, à Munich. *Elle* est née, puisqu'il s'agit d'une deuxième fille. Greta. Mais c'est elle justement qui a semé la pagaille. Outre le fait qu'Adele, ma foi, y a mis du sien…

— C'est-à-dire ?

— C'est-à-dire qu'elle a fait revenir son fil. Vous vous rappelez ce fil dans le dos quand elle était petite ? Marina vous en avait parlé ?

— Bien sûr.

— Nous l'avions éliminé avec l'aide d'un de vos confrères, avant son entrée en primaire. Mais en Allemagne, il est revenu et elle ne sortait plus de la maison. Alors je l'ai reprise avec moi en Italie.

— Et de nouveau, le fil a disparu.

— Évidemment. Pendant des années, j'ai cru que c'était un conditionnement dû à l'escrime, mais votre confrère avait raison, l'escrime n'y était pour rien. Et moi pour quelque chose.

— Je comprends. Et maintenant comment va-t-elle ?

— Adele ?

— Oui.

— Bien, assez bien, oui.

— Et votre ex-femme ?

— Pas bien en revanche. Elle est restée à Munich, mais elle s'est séparée aussi du père de l'autre enfant. Elle ne peut plus travailler, elle fait régulièrement des séjours en clinique. Elle suit un traitement assez lourd.

— Lourd, c'est-à-dire ?

— À vrai dire, je l'ignore. Lourd. Je sais qu'à partir d'un certain moment, elle n'a plus vu Adele qu'une fois par an, en été, elles passaient deux semaines ensemble dans une sorte de sanatorium en Autriche. Mais depuis quelques années, elle ne la voit plus du tout.

— Alors le pire est arrivé.

— Je dirais que oui. C'est une espèce de larve. Vous savez, avec tout le mal qu'elle m'a causé, je n'arrive pas à lui en vouloir parce qu'elle est littéralement défaite.

— Et vous, comment vous y êtes-vous pris, seul avec la petite ? Vous êtes resté à Rome ? Vous avez déménagé ?

— Docteur Carradori, je ne vais pas vous raconter dix ans de vie au téléphone !

— Vous avez raison. Alors dites-moi juste une chose : ça a été très douloureux ?

— Je dirais que oui. Plutôt, oui.

— Et maintenant, la douleur est passée ? Au moins la douleur de fond ? Au moins pour vous deux, car je crains que pour votre ex-femme elle ne passe jamais.

— Docteur Carradori…

— Dites-moi juste si vous avez une vie normale, au moins vous deux. Dites-moi au moins ça.

— Mmm… oui. Nous avons une vie presque normale.

— Vous vous en êtes sortis.

— Ça, on ne peut jamais l'affirmer, mais oui, si je comprends ce que vous voulez dire : nous n'avons pas été submergés.

— Merci, docteur Carrera.

— De quoi ?

— De m'avoir donné ces réponses. Vraiment. Et veuillez me pardonner pour cette intrusion.

— Quelle intrusion ? J'étais heureux de reprendre contact avec vous. Mais on ne peut pas raconter des années entières de but en blanc au téléphone.

— C'est pourquoi je ne vous demanderai plus rien, promis. Je vous avoue que je me tracassais surtout pour votre fille et vous, parce que je savais qu'il n'y avait guère d'illusions à se faire pour votre ex-femme, hélas.

— En effet.

— Puis-je vous demander une dernière chose, docteur Carrera ? Qui n'a rien à voir, mais qui me taraude depuis que nous nous sommes rencontrés voici dix ans.

— Je vous en prie.

— C'est vraiment une bêtise…

— Je vous écoute.

— Vous vous appelez Marco, n'est-ce pas ? Marco Carrera. Et vous êtes de 1959 comme moi. Exact ?

— Oui.

— De Florence.

— Oui.

— Et jeune, vous jouiez au tennis.

— Oui.

— Vous faisiez de la compétition ?

— Oui.

— À Rovereto ? Avez-vous participé au tournoi de Rovereto ? Je parle des années 1973-74.

— Bien sûr. C'était un tournoi important.

122

— Alors c'est bien vous. Rovereto, 1973 ou 1974, je ne me souviens pas de l'année. Premier tour. Carrera Marco bat Carradori Daniele 6-0 6-1.

— Non…

— Et j'ai toujours pensé que vous m'aviez laissé gagner cet unique jeu pour ne pas me coller 6-0 6-0. Vous ne vous en souvenez pas, c'est ça ?

— Honnêtement non.

— Il y avait une sacrée différence entre nous. Et vous savez quoi ? Le tennis aussi, c'est vous qui m'avez fait arrêter.

— Ah bon ? Vraiment ?

— Oui. Après cette pilée au premier tour avec un seul jeu remporté uniquement parce que mon adversaire m'en avait fait cadeau, je me suis aperçu que le tennis n'était pas pour moi. Du moins, pas à ce niveau. Et j'ai lâché, j'ai arrêté les entraînements, les tournois. Là aussi, une libération.

— Je comprends.

— Vous êtes semble-t-il la personne qui me tire du piège.

— J'en serai toujours fier. Le tennis de compétition en est un redoutable. Je m'en suis libéré deux ans plus tard, de la même façon, en prenant 6-0 6-0 au premier tour du tournoi Avvenire. Mon adversaire ne m'a même pas laissé un jeu de consolation.

— Mince.

— Et vous savez qui c'était ? Vous savez, moi, qui m'a tiré du piège ?

— Non, dites-moi.

— Ivan Lendl.

— Pas possible !

— Qui en plus était mon cadet d'un an. Maigre comme un clou et avec une seule tenue, celle dans laquelle il a joué contre moi. Je crois que c'est le Tennis Club Ambrosiano qui lui a fourni des tenues de rechange. Il a remporté le tournoi.

— Quelle histoire ! Vous ne vous moquez pas de moi ?

— Je vous le jure.

— Ma foi, voilà qui éclaire de gloire ma propre carrière de tennisman. Une seule marche me sépare de Lendl. Merci de me l'avoir dit.

— C'est toujours pareil. Le tout est de le savoir.

— Tout à fait. Je vous remercie.

— Donc maintenant vous repartez à Haïti.

— Oui, dans deux semaines. Il y a des cas qu'on ne peut pas abandonner plus de quinze jours.

— Alors je vous souhaite bon travail.

— De même. Et merci encore.

— De rien. Faites signe à votre retour.

— Si vous me le demandez, je le ferai.

— Je viens de vous le demander.

— Alors je le ferai.

— Au revoir.

— Au revoir. »

Tu n'étais pas là
(2005)

Luisa Lattes
21, rue La Pérouse
75016 Paris
France

Florence, 13 avril 2005

Chère Luisa,

je viens de me réveiller d'un rêve très fort dont tu étais le personnage principal et je ne peux pas ne pas te le raconter.

On était jeunes, dans un endroit du même genre que Bolgheri, mais ce n'était pas Bolgheri, ça n'y ressemblait pas du tout, mais nous tous, on s'y sentait chez nous. Je dis « nous tous » parce que des gens apparaissent dans le rêve, même si moi je resterai seul du début jusqu'à la fin. C'était au bord de la mer, mais là encore, il n'y avait pas de mer : c'était plutôt un paysage d'automne américain, une route en descente qui n'en finissait plus, sous des arbres aux feuilles rousses, et couverte d'un épais tapis de pétales de fleurs. Je descendais cette route, seul, en courant, mais en vêtements de ville, avec un blouson en daim : à ma droite il y avait des villas et des jardins, à ma gauche les arbres et, derrière eux, la mer – mais on ne la voyait pas, on ne la percevait même pas pour tout dire, donc en fin de compte elle n'était pas là. Au bout de la route, la descente finie, il y avait ta maison et beaucoup de jeunes gens invités chez toi pour profiter de ta piscine, même s'il n'y avait pas de piscine. C'était la bande que tu fréquentais quand nous nous sommes rencontrés, des rejetons de la bourgeoisie florentine, des fêtards, des types de vingt ans, mais ce n'était pas eux. Je n'étais pas invité, c'est sûr. Mon frère Giacomo, lui, l'était, et il entrait par le portail, sa serviette sur l'épaule en me regardant avec commisération. Mais surtout, Luisa, il y avait toi, parce que tu étais partout, parce que tout cet endroit était toi et que tu étais tout, depuis le début de la route là-haut, depuis les arbres roux et l'incroyable couche de pétales sur laquelle on marchait, et ta voix me donnait rendez-vous pour la fin de l'après-midi, après la fête à laquelle je n'étais pas convié, « à huit heures moins le quart » ; pourtant Luisa, comme Bolgheri, comme la mer, comme la piscine, tu n'étais pas là. Et j'étais partagé, coupé en deux : d'un côté la déception de ne pas participer à la fête à la piscine, de l'autre le soulagement de savoir qu'il n'y avait pas de piscine et probablement aussi pas de fête ; d'un côté mon adoration pour toi qui étais partout et rendais cet endroit merveilleux ; de l'autre la déception de ton absence, du fait que tu n'étais pas là. D'un côté, l'espoir absurde d'avoir ma part de toi à ce rendez-vous de huit heures moins le quart, de l'autre la tristesse de voir Giacomo et les autres entrer dans ton jardin sans pouvoir les suivre. Ta voix, Luisa, rassemblait tout, moi compris, ma vie comprise, une espèce de voix hors champ qui avait la capacité de dépeindre toute cette beauté, mais tu n'étais pas là. Tu n'étais pas là. Tu n'étais pas là.

Je me suis réveillé en sursaut, il y a cinq minutes, je t'ai écrit tout de suite, parce qu'il n'y a pas d'autre façon de te dire comment je me sens. Et je suis encore partagé, Luisa, même réveillé je suis coupé en deux : d'un côté, je suis heureux qu'il y ait dans le monde un endroit où tu recevras cette lettre, de l'autre je suis malheureux parce que cet endroit n'est pas ici, où je me suis réveillé, où je t'écris, où chaque jour je vis et vivrai.

Je t'embrasse

Marco

Sauf que
(1988-99)

Comment raconter le surgissement d'un grand amour quand on sait qu'il a fini en foire d'empoigne ? Et comment décrire celui des deux qui est leurré – parce que dès le début il y a un leurre – sans qu'il passe pour un imbécile ? Pourtant il faut raconter comment Marco et Marina se sont rencontrés, épris, mis ensemble, mariés – sauf qu'il vaudra mieux ne pas s'attacher à cette histoire parce que, à partir d'un certain moment, elle changera de rails. Voilà comment ça s'est passé. Voilà comment tout le monde – à part une personne, pour la précision une femme – croyait que ça s'était passé.

Tout commença avec la participation d'une hôtesse de l'ex-compagnie aérienne yougoslave Koper Aviopromet à une émission de la chaîne de télévision Rai Uno, intitulée *Unomattina*, au printemps 1988, dans laquelle cette jeune femme nommée Marina Molitor (de nationalité slovène, naturalisée italienne, passée entre-temps à la Lufthansa, dans le personnel au sol de l'aéroport Leonardo da Vinci à Rome), raconta une histoire émouvante. En effet c'était elle, et non sa collègue Tina Dolenc, qui devait prendre son service à bord du DC-9-30 qui s'était abîmé en mer neuf ans plus tôt dans la tragédie de Lanarca, mais elle avait été remplacée au dernier moment, afin d'aller donner sa moelle osseuse à sa sœur aînée Mateja, atteinte de leucémie, à l'hôpital Forlanini à Rome. Cet acte de générosité (donner sa moelle n'est pas une partie de plaisir, et encore moins à l'époque) destiné à sauver la vie de sa sœur la sauva elle-même et coûta non pas une, mais deux vies : celle de sa collègue nommée plus haut, morte à sa place dans la catastrophe aérienne, et celle de sa sœur, qui s'était éteinte quand même quelques mois plus tard, à la suite d'une crise de rejet qui rendit la greffe inutile. La jeune femme pleurait en racontant ce qu'elle avait vécu. Sauf que…

Le hasard voulut que ce matin-là, Marco Carrera, non-téléspectateur assidu, ait trente-huit de fièvre et que, au lieu d'aller comme tous les jours à la clinique ophtalmologique du piazzale degli Eroi où il travaillait depuis que, l'année précédente, sa spécialisation en poche, il avait obtenu un poste, il s'allonge sur son canapé dans son deux-pièces de la piazza Gian Lorenzo Bernini, quartier San Saba, pour somnoler devant la télévision, abruti par les antibiotiques. Le hasard toujours voulut que son téléviseur presque toujours éteint, surtout le matin, soit réglé sur Rai Uno. Et le hasard toujours voulut que Marco Carrera sorte de la torpeur qui l'avait envahi au moment exact où Marina Molitor racontait sa vie. Une personne ne peut pas plus soudainement devenir nécessaire dans l'existence d'une autre. Ces deux coïncidences mortelles (avoir tous deux perdu une sœur aînée et échappé au même accident d'avion) firent que Marco Carrera tomba aussitôt amoureux de cette jeune femme en larmes (certes, sa beauté émouvante facilita les choses).

Bourré de paracétamol, le lendemain à l'aéroport, il n'eut aucun mal à la repérer au guichet de la Lufthansa, où elle avait dit qu'elle travaillait (ce n'était pas sur son emploi qu'elle avait menti), et à abattre sous ses yeux stupéfaits le poker que le destin lui avait servi. Résultat : un chamboulement immédiat de leurs vies déjà sens dessus dessous, un abîme d'autres affinités prodigieuses découvertes en l'espace d'un après-midi et, comme il se doit, une irrésistible attraction physique. Dès lors le temps les engloutit et tout s'enchaîna en l'espace de douze petits mois : s'installer ensemble, concevoir une fille, la voir naître, se marier. Sauf que…

Le petit appartement de la piazza Bernini, leur nid d'amour, puis celui de la piazza Nicoloso da Recco avec sa terrasse dominant Rome, la complicité, le partage, l'intimité de plus en plus profonde, les dimanches passés en hiver au lit, à jouer avec la petite et à faire l'amour quand elle s'endormait et au printemps en excursion aux Castelli, au lac de Bracciano, à Fregene, à Bomarzo, ou encore les simples pique-niques à la villa Pamphilj, la villa Ada, la villa Borghese, mais aussi les escapades en Europe grâce aux super-billets réduits dont Marina bénéficiait, Prague, Vienne, Berlin, leur petite vie tranquille, leurs deux salaires qui autorisaient de modestes luxes comme les services d'une baby-sitter ou ceux de la femme du concierge, chargée du ménage et des repas, les Noël à Florence dans ce qui restait de la famille de Marco, à qui, croyait-il, son bonheur apporterait un peu de lumière, même si ce n'était pas le cas, les semaines à Koper chez la mère de Marina, veuve d'un agent de police, qui traitait son gendre en héros, en sauveur, en cadeau du ciel, ce qui aurait dû l'alerter, mais il n'en fut rien, la petite qui grandissait, ressemblait à ses deux parents, Marina pour la couleur et la forme des yeux, Marco pour les cheveux bouclés et la ligne du nez, parlait, marchait et, sans crier gare, avait un fil dans le dos — et donc les premiers problèmes, affrontés toutefois avec sérénité, détermination, confiance dans l'avenir et sens du sacrifice afin que leur couple en sorte renforcé, parce que, unis, on triomphe de tout et qu'il n'y a rien de mieux pour souder une famille que régler ensemble des problèmes.

Sauf que…

Sauf que tout était faux, depuis le début, pure affabulation. Cela arrive souvent quand un couple se forme, puis une famille – sauf que dans leur cas, l'invention était trop énorme et pathologique, le désastre inévitable. Aucun des deux n'était innocent, précisons-le. Soit dit en passant, il fallut le fil dans le dos d'Adele Carrera et le chemin parcouru sous la houlette du docteur Nocetti afin de l'éliminer pour qu'éclate la bulle qui les avait protégés jusque-là. L'inversion des rôles – le père qui s'occupait de l'enfant et la mère qui s'occupait d'elle-même – guérit la fillette et entraîna les lézardes annonciatrices de l'effondrement total – et même en imaginant qu'il ne se soit pas produit cette fois, de toute façon une autre cause aurait joué, parce que cette relation était dépourvue de bases et que l'horizon vers lequel Marco avait cru diriger son avenir n'en était pas un.

Aucun des deux n'était innocent. Pas Marco déjà, qui, pendant des années, dans son désir de bonheur, sous-estima tout, les signaux, les faits, systématiquement. Non seulement il ne vit à aucun moment le désastre vers lequel il courait, mais sa responsabilité s'étendit à la conviction imbécile que les comportements éminemment destructeurs qu'il avait inaugurés un jour à Paris par un coup de fil qu'il n'aurait jamais dû donner à une personne qu'il n'aurait jamais dû voir, resteraient sans conséquences. Raté. Les conséquences s'invitèrent, et pas des moindres. Il se trouva que, de passage à Paris pour un colloque, Marco Carrera pensa à Luisa. Non qu'il n'eût pas pensé à elle pendant ces années, bien au contraire il avait pensé à elle presque tous les jours, mais il s'agissait toujours de réflexions vagues et résignées sur ce qui aurait pu être et n'avait pas été, des suppositions que la distance émoussait et qui pâlissaient encore plus chaque été en août, quand Luisa réapparaissait devant lui sur la plage de Bolgheri avec son mari et ses enfants – un d'abord, puis deux – loin désormais, plus loin chaque année de la créature que Marco avait adorée à l'époque la plus tragique de sa vie. En revanche, cet après-midi-là, très haut dans le ciel, il pensa à elle comme à quelque chose de proche et de possible, et, pendant une pause du colloque, il lui téléphona de l'hôtel Lutetia où il était logé. Il se livra à une de ces conjurations romantiques qui ne marchent jamais : si elle a changé de numéro, si elle ne me répond pas ou si elle me répond et qu'elle ne peut pas me voir, je ne l'appellerai plus jamais. Ça ne marcha pas, parce que le numéro était resté le même, que Luisa lui répondit à la deuxième sonnerie et qu'une demi-heure plus tard elle entrait dans le bar du Lutetia où il lui avait proposé de le rejoindre – enthousiasmante et intacte, tout droit sortie du passé. Marco ne l'avait pas revue depuis le mois d'août précédent, mais il ne lui avait pas vraiment parlé depuis l'époque où ils avaient cessé de s'écrire, avant encore qu'apparaisse Marina, quand la République italienne lui avait joué un sale tour alors qu'il avait décidé de la rejoindre à Paris (tentative ratée, parce qu'on avait confondu Marco Carrera avec un terroriste en fuite, un membre des Prolétaires armés pour le communisme, son homonyme, qu'on l'avait fait descendre du Palatino à une heure du matin à la frontière italo-française, placé en garde à vue une journée à la caserne de la douane de Bardonecchia, transféré à Rome dans une camionnette spéciale escortée par quatre carabiniers, incarcéré à Regina Coeli, interrogé en l'absence d'avocat et au bénéfice de deux substituts du procureur qui ressemblaient au couple de souris de l'histoire zen – l'un grand et l'autre petit, l'un du Nord et l'autre du Sud, l'un vieux et l'autre jeune, l'un blond et l'autre brun – et, pour finir, brutalement relâché presque à coups de pied au cul, allez ouste, sans même un mot d'excuse), quand cet incident donc les avait convaincus l'un et l'autre qu'un destin impitoyable s'acharnerait contre toutes leurs tentatives de se retrouver et que dès lors, ils y avaient renoncé. Mais il est vrai que si une histoire d'amour ne trouve pas sa fin ou, dans leur cas, son début, elle continuera à harceler les intéressés tout au long de leur vie avec son néant de paroles non dites, d'actes non accomplis, de baisers non donnés : c'est toujours vrai, mais ce le fut encore plus dans leur histoire parce que, après cet après-midi d'innocente conversation et de promenade rue d'Assas, Marco et Luisa recommencèrent à se fréquenter, ce qui dans leur cas signifia recommencer à s'écrire souvent, passionnément, comme au XIXe siècle, comme ils l'avaient fait jusqu'à dix ans en arrière. Et ce n'était pas innocent, mais alors pas du tout, parce que désormais ils étaient mariés tous les deux, avaient des enfants et devaient mentir. Et peu importe si l'escalade qui s'amorça cet après-midi-là fut stoppée à un pas de l'assouvissement qui aurait bouleversé leurs vies : cette retenue ne fut qu'un acte de masochisme. Non, si tant est que leurs rencontres aient jamais été innocentes, elles ne l'étaient plus. Ils se virent de nouveau, y compris en dehors des vacances, parce que Marco s'arrangea pour ne participer qu'à des colloques qui se tenaient dans un rayon de quatre cents kilomètres autour de Paris (Bruges, Saint-Étienne, Lyon, Louvain), là où Luisa pouvait le rejoindre – comment faisait-elle, qu'inventait-elle pour son mari, ce n'était pas dit ; ils commencèrent par dormir dans deux hôtels différents, puis passèrent à deux chambres dans le même hôtel, jusqu'au moment où fatalement ils se retrouvèrent à partager la même chambre à Lyon le 24 juin 1998 : et tandis que dans le stade de Gerland les Bleus battaient le Danemark en dernière phase des championnats du monde, ils mangeaient un club sandwich dans la chambre numéro 554 du Collège Hôtel, 5 place Saint-Paul, assis sur le lit en regardant un vieux film de Jean Renoir ; et, le film fini, tandis que sous leur fenêtre les Français fêtaient la victoire par un concert de klaxons, ils scellaient leur amour impossible par l'acte masochiste suprême, *le vœu de chasteté*, prononcé avec un enthousiasme absurde tandis qu'ils écoutaient dans le walkman de Luisa, une oreillette chacun, la version déchirante de *Sacrifice* interprétée par Sinéad O'Connor – *and it's no sacrifice / just a simple word / it's two hearts living / in two separate worlds* –, dans l'illusion, grâce à un tel sacrifice, de ne rien faire de mal, de ne trahir personne, de ne rien détruire. Ils n'avaient jamais fait l'amour et se jurèrent de ne jamais le faire. Ils ne s'étaient embrassés qu'un soir – ce fameux soir, dix-sept ans plus tôt, alors qu'Irene se noyait aux Mulinelli –, et se jurèrent de ne jamais recommencer. Lui trente-neuf ans, elle trente-deux, ils furent capables de dormir dans le même lit sans s'abandonner à ce qu'ils désiraient depuis des années, sans s'embrasser, se caresser, sans même se toucher, rien du tout. Deux débiles. Mais si Luisa était consciente que son mariage battait de l'aile et que le moindre coup qu'elle lui porterait – même un simple retour de flamme pour Marco Carrera nourri par ce verbiage infantile sur l'abstinence – la pousserait vers une nouvelle vie, Marco croyait sincèrement pouvoir conserver entiers ses deux grands amours, il les croyait réellement compatibles. Il croyait réellement qu'il suffisait de *ne pas consommer* avec Luisa pour ne pas porter préjudice à Marina, et ce fut la deuxième preuve de sa colossale naïveté – si colossale qu'elle en devenait une faute. Et puis croire que quelque chose d'aussi important, qui laissait des traces concrètes – lettres cachées qui ne demandaient qu'à être trouvées, relevés de carte bancaire qui n'attendaient que d'être contrôlés et, plus tard, mails archivés dans le dossier « Ordre des médecins » et échanges de textos pas systématiquement effacés qui, tels des cadavres dans un étang, resurgissaient au hasard d'une touche de clavier –, croire donc qu'une telle masse de documents et leur cause pouvaient passer inaperçus aux yeux d'une femme comme Marina Molitor fut une erreur grossière. Marco Carrera la commit, convaincu que le seul danger qui planait sur sa famille était son amour pour Luisa Lattes et que ce dernier était sous contrôle, et il y persévéra jusqu'à ce que tout explose. S'il est vrai que personne ne mérite ce qui lui arriva, il est vrai aussi qu'il ne fut pas loin de le mériter.

En ce qui concerne Marina, c'est plus vite raconté. Il suffit de réécrire à la forme négative tout ce qu'elle avait prétendu et affiché, et le tour est joué : elle n'avait pas été remplacée par une collègue dans l'avion qui s'était abîmé en mer – elle était de repos ce jour-là, c'est tout ; elle n'avait pas donné sa moelle à sa sœur – elles étaient incompatibles ; elle n'était pas tombée amoureuse de Marco Carrera – elle avait été emportée par les consé-quences de sa mythomanie, rien d'autre ; non, elle n'avait pas été heureuse de se découvrir enceinte, mais fière de donner une petite-fille à sa mère bien-aimée ; elle n'avait pas non plus été heureuse avec Marco, à aucun moment pendant toutes ces années, au contraire elle avait accumulé à son endroit une rancœur sourde, silencieuse ; non, elle ne lui avait pas été fidèle, pas même avant la relation fatale ; et ainsi de suite. Tout simplement elle n'était pas la personne qu'elle s'efforçait d'être au prix d'une dure bataille quotidienne. Tous les matins, Marina se levait et entamait la lutte. Tous les jours. Avec elle-même. Avec ses pulsions. Chaque jour que Dieu faisait. Pendant des années. La bulle qui donnait à son mari l'illusion du bonheur lui garantissait une protection contre le monstre qui avait toujours voulu la dévorer. Au fil du temps, les termes employés pour désigner ce monstre et cette bulle varièrent selon la formation du spécialiste qui la soignait. Si on adopte ceux qu'utilisait son dernier thérapeute italien, le docteur Carradori, la bulle s'appelle *discours* et le monstre *hors-discours*. Certes, l'un comme l'autre, discours et hors discours, la possédaient déjà quand, enfant, il lui arrivait de déclarer à la maîtresse, à la mère d'une amie, à l'enseignante de catéchisme, que sa mère et sa sœur étaient mortes et qu'elle se retrouvait seule au monde. Le deuil était son discours. La dépression, la haine de soi, l'agressivité et l'addiction (les drogues, le sexe) étaient le hors-discours. C'est pourquoi, après une adolescence tumultueuse qui toutefois ne l'empêcha pas de décrocher le titre de Miss Capodistria en 1977 ni de devenir la plus jeune hôtesse de la petite compagnie aérienne de son pays, la seule période de paix que Marina avait connue dans toute sa vie était venue après la mort réelle de sa sœur aînée – parce que la leucémie l'avait réellement frappée et réellement emportée. Après cette tragédie, Marina avait connu sept années de deuil véritable et comme pour Marina le deuil était le discours, ce furent les seules bonnes années de sa vie. Des années de deuil pour seules années heureuses, voyez un peu. Mais le deuil a un terme en soi, même quand on s'ingénie à l'alimenter et, au bout d'un certain temps, le monstre avait repris les rênes de sa vie. Retour à la drogue. Retour au sexe. Avec à la clé une suspension de service pour motifs disciplinaires, à la Lufthansa où elle avait été embauchée entre-temps. Il fallait réagir. Sa rencontre fortuite avec une réalisatrice d'*Unomattina* lui en offrit l'occasion : l'histoire à livrer aux caméras était émouvante, crédible ; le double deuil qu'elle déplora au cours de son apparition télévisée devint son nouveau discours. Marina ne demandait que ça, elle ne demandait qu'un deuil où se réfugier, mais ce récit la projeta dans un autre discours, à la fois plus solide, plus structuré et surprenant, parce qu'elle ne l'avait jamais envisagé jusque-là : le mariage. On l'a dit, personne n'est innocent, alors il faut préciser que sa mère connaissait très bien son trouble, mais en bonne représentante de la petite bourgeoisie slovène qui, comme toutes les petites bourgeoisies du monde, considérait que marier sa fille à un médecin constitue une panacée, elle n'en dit jamais rien à Marco Carrera. L'idée ne l'effleura même pas. Elle vit dans cet homme le salut et le vénéra. Et voir sa mère vénérer Marco Carrera donnait à Marina le courage de se lever chaque jour et de lutter pour la rendre heureuse. Sauf que…

Sauf qu'un jour la mère de Marina mourut – prématurément, à soixante-six ans, d'un cancer du foie. Parfait, aurait-on envie de dire : un nouveau deuil pour Marina, un vrai, bien réel, avec lequel elle pourrait avancer longtemps, peut-être toujours. Mais non : cette mort, la mort de la seule personne que Marina Molitor eût jamais aimée, la déchira. Elle n'engendra pas un deuil, mais une colère. C'était un comble ! Il lui sembla que tous les sacrifices qu'elle avait consentis pour sa mère étaient bafoués par une fuite aussi lâche. Comment avait-elle osé mourir ? Et comment imaginer que l'obéissance de Marina lui survivrait, puisqu'elle avait l'impression que le discours à l'intérieur duquel elle tâchait chaque jour de rester – à savoir ce triste mariage qu'elle avait perpétué pour qu'il fasse le bonheur des autres – était ni plus ni moins qu'un ordre de sa mère ? Encore très belle, Marina ne manquait pas de prétendants – au travail surtout, mais aussi devant l'école d'Adele, tant qu'elle s'était occupée de la petite, ou dans la salle de sport où elle s'était inscrite quand Marco, à cause du fil, avait pris la relève auprès de leur fille. Quel sens y avait-il à être *vertueuse* maintenant que sa mère était six pieds sous terre, dévorée par les vers ? Elle recommença à coucher à droite et à gauche. Et ces coucheries dans des études de notaire désertes ou des chambres d'hôtel – sans compter de fabuleuses pauses déjeuner avec son esthéticienne (hétérosexuelle dans le discours, Marina était bi dans le hors-discours), une certaine Biagia, une banlieusarde du Mandrione, un petit bout de femme tatouée partout, généreuse dispensatrice d'orgasmes – ces ébats donc rendaient à Marina le goût de la vraie vie, synonyme pour elle de risque et de dérèglement, en dehors de ces fichues bulles : mais maintenant sa condition de mère la freinait et elle s'effrayait à l'idée de mélanger ce splendide désordre avec les bisous sur le front de sa fille attachée à un fil comme une marionnette. C'est pourquoi elle s'efforça de trouver un autre discours, pour revenir à couvert, pour ne pas perdre le contrôle. Une relation. Une relation stable oui, en élisant, comme sa mère le lui aurait suggéré, le prétendant le plus haut placé, un pilote de la Lufthansa bronzé et grisonnant, avec vingt-cinq mille heures de vol, une femme et deux enfants à Munich, un appartement à Rome, une maison dans les Alpes autrichiennes et une passion contagieuse pour le bondage. Ils se voyaient une fois par semaine, maximum deux, en fonction du calendrier de ses vols moyen-courrier autour de Rome, l'après-midi, chez lui, via del Boschetto – et ils prenaient du bon temps, c'est le moins qu'on puisse dire. Marina racontait tout au docteur Carradori avec une sincérité scandaleuse, au vu de laquelle il se pensait capable d'arrêter la dangereuse dérive de sa patiente. Parfois il la sermonnait, d'autres fois, devant les énormités qu'elle lui racontait, il gardait un silence déroutant, mais toujours il la croyait, c'est certain : il était convaincu d'avoir instauré avec cette femme chez qui l'affabulation était devenue un langage un canal de vérité précieux, et que ce canal était le seul véritable discours vers lequel orienter Marina avec l'espoir qu'elle y reste. D'ailleurs cette situation si précaire semblait tenir : un an, deux ans, deux ans et demi. Sauf que…

Sauf que Marco ne s'apercevait de rien, ne soupçonnait rien, se laissait tromper avec trop de facilité, et quand une femme comme Marina décide de se demander pourquoi, elle trouve vite la réponse. Elle chercha et tomba tout de suite sur les lettres : cet imbécile les gardait sous le couvercle de la boîte qui contenait les cendres de sa sœur (Marco avait réussi à les obtenir à la morgue du cimetière de Trespiano, à Florence, où – tout le monde le savait – pour cinquante mille lires un employé appelé Adeleno était disposé à violer la loi, ouvrir l'urne scellée en provenance du crématorium et distribuer les cendres en toute illégalité aux parents qui en exprimaient le souhait). C'est-à-dire qu'elle n'eut pas à s'y reprendre à plusieurs fois, elle fit mouche du premier coup – ensuite ce fut le tour du courrier électronique, des relevés de carte bancaire, des notes d'hôtel, la totale. Voilà pourquoi il ne s'apercevait de rien : ce connard batifolait avec cette petite pute sous son nez. Depuis des années, merde. Des années. Ils utilisaient une adresse poste restante comme au XIXe siècle. En été à Bolgheri, ils faisaient profil bas, se parlaient à peine pour ne pas attirer l'attention, mais pendant l'année ils se voyaient, et pas qu'un peu. Ils pensaient l'un à l'autre, rêvaient l'un de l'autre, échangeaient des extraits de chansons et de poèmes, roucoulaient, gnangnangnan – ils s'aimaient depuis dix-huit ans et pensaient s'en tirer à bon compte juste parce qu'ils ne couchaient pas ensemble. Salaud. Salope. Fumiers. Et elle qui se sentait coupable...

À ce stade la simple comparaison entre ce que Marina cachait à Marco et ce qu'il lui cachait à elle est embarrassante : ce n'est même pas l'histoire de l'homme au fusil qui rencontre l'homme au pistolet – ici il s'agit d'une bombe contre une fronde. Et pourtant la découverte de cette trahison – peu importait si ces deux couillons ne baisaient pas, c'était une trahison, dans leurs lettres ils se disaient des choses à vomir – emplit Marina d'une méchanceté inédite, qui fit d'elle une personne authentiquement dangereuse. Jeté à nouveau hors discours, le filet du docteur Carradori ne fut plus en mesure de la retenir : la haine de soi se teinta d'agressivité, l'intelligence de scélératesse, la sensibilité de méchanceté, alors Marina fit ce qu'elle fit, et ce qu'elle fit ne le céda en gravité que devant le projet que, pour un cheveu, elle échoua à mettre en œuvre. Marina était une créature sauvage. Sauvage et incontrôlable. Sortir définitivement de tout discours eut pour elle valeur de retour au pays après une vie d'exil, et l'onde de choc produite par ce retour n'épargna personne dans le rayon que couvrait sa douleur. Parce qu'une chose est sûre : Marina souffrit. Elle souffrit atrocement de la mort de sa mère, elle souffrit de la trahison de Marco. Elle souffrit beaucoup de faire ce qu'elle fit ensuite, elle souffrit encore plus de ne pas réussir à le faire comme elle l'aurait voulu, et enfin elle souffrit après coup, de façon effroyable, indicible et sans issue possible, quand elle se retrouva seule au centre du cratère creusé par sa fureur.

Sauf que, de nouveau, Marco ne comprendrait que de nombreuses années plus tard, quand, hélas inutilement, tout lui deviendrait clair. Il comprendrait que c'était sa faute. Elle n'avait fait qu'inventer un deuil, alors qu'il avait fondu sur elle pour la retourner comme un gant avec cette fable qu'ils étaient faits l'un pour l'autre. Ils n'étaient pas faits l'un pour l'autre. À vrai dire, personne n'est fait pour personne, et des gens comme Marina Molitor ne sont même pas faits pour eux-mêmes. Elle, elle cherchait un abri, c'est tout, un discours pour faire encore un peu de chemin ; lui, il cherchait rien moins que le bonheur. Elle lui avait toujours menti, c'est vrai, et c'est mal, très mal, parce que le mensonge est un cancer qui se propage, s'enracine et se confond avec la substance même qu'il corrompt – mais lui, il avait fait pire. Il l'avait crue.

Arrête-toi avant
(2001)

Luisa Lattes
21, rue La Pérouse
75016 Paris
France

Florence, 7 septembre 2001

Dis-moi, Luisa,

as-tu changé d'idée parce qu'on t'a offert un contrat à la Sorbonne ou parce que je suis trop rigide et intransigeant ? Quel souvenir est-il juste que je garde, toi me disant « je t'aime mais je n'arrive pas à franchir le pas » ou « tous les hommes essaient de faire coïncider leur femme avec leur symptôme » ? Je ne sais pas si tu t'en es aperçue, mais tu m'as quitté, si tant est que nous étions ensemble et, en me quittant, tu as utilisé deux langages, deux raisonnements, une double puissance de tir. En quelque sorte tu m'as quitté deux fois et je trouve que c'est trop.

Pourquoi ne pas dire plutôt qu'après cette année débridée où nous avons été ensemble en enfreignant toutes les règles que nous nous étions imposées pour foncer droit au cœur de l'affaire, et le cœur de l'affaire, c'était nous deux, Luisa, toi et moi ensemble, toi et moi ensemble HEUREUX, *nous nous sommes perdus quand vint le temps de, disons, réintégrer l'enclos ? Nous nous sommes perdus à cause de ces raisons pratiques qu'en vingt ans toi et moi n'avions jamais dû affronter. Nous avons fort bien réussi à ne pas être ensemble : quand enfin nous avons pu être ensemble, nous n'y sommes pas arrivés. Pourquoi ne pas le formuler ainsi ?*

Moi, Luisa : j'étais un homme désespéré l'année dernière, un survivant ; je parcourais l'Europe comme le Juif errant juste pour passer un week-end avec ma fille. Rome, Florence, Munich, Paris, ça m'était égal parce que je n'avais plus rien à perdre. J'étais porté par la pure et simple force du désespoir : une force énorme et sauvage comme tu as pu le constater, puisque c'est sur toi que j'ai dirigé cette force.

Toi : tu étais en cage et incapable d'en sortir. Tu ne savais que mentir, à toi-même, à ton mari, à tes enfants, et le mensonge te clouait dans ta cage. Mais tu m'as sauvé la vie une année entière : oui, ces lundis que nous passions ensemble à Paris, ce mois d'août à Bolgheri, m'ont sauvé la vie, et pendant que tu me sauvais, tu as cessé de mentir, quitté ton mari, fait tout ce que tu n'avais jamais eu la force de faire. Tu es sortie de ta cage.

Je n'ai jamais été aussi heureux qu'avec toi alors que je vivais le désespoir : si à ce moment-là tu m'avais dit ce que tu m'as assené hier soir, je serais allé droit aux Mulinelli comme Irene, je te le jure. Mais ça ne te serait jamais venu à l'idée, tu me disais les paroles les plus belles qui aient jamais été dites et tu te rendais bien compte que jamais on ne t'avait aimée ni on ne t'aimerait plus comme je t'aimais dans ma période désespérée. Parce que ce fut une période désespérée, Luisa, merveilleuse et désespérée. Et elle est finie. Pourquoi ne pas le formuler ainsi ?

Je t'aime encore, Luisa, je t'ai toujours aimée, et mon cœur se brise à l'idée de te perdre à nouveau, mais je comprends ce qui s'est passé, ce qui se passe, je le comprends sans pouvoir l'empêcher. Je peux accepter ta décision, voilà : j'ai ma fille de nouveau, je dois tout accepter désormais. Mais je t'en prie, n'allons pas plus loin. Ne me dis pas que la raison pour laquelle tu me quittes vient de moi, comme tu essayais de le faire l'autre soir, quand j'ai fui : même si c'est le cas, je t'en prie, Luisa, ne sois pas si sincère, arrête-toi avant. Ne piétine pas tout juste parce que tu ne souhaites plus partager ta vie avec moi. Nous en avions parlé, mais sans plus, pendant ces heures heureuses, quand nous étions malheureux, et tu ne m'avais rien promis, tu ne dois pas te sentir coupable. Maintenant tu es libre, tu peux ouvrir n'importe quelle porte, partir ou rester, changer d'idée autant de fois que ça te chante, sans rien piétiner. Le contrat qu'on t'a proposé, c'est suffisant ; tes enfants qui, à Florence, ne trouveraient pas leur compte, c'est suffisant. L'impossibilité où je suis de déménager à Paris, c'est suffisant. Il n'est pas nécessaire de me piétiner.

Les mots que tu me murmurais il y a encore quelques mois sont la plus belle chose qui me soit arrivée : laisse-les-moi. Souviens-toi que tu es bonne, Luisa. Arrête-toi avant de devenir méchante.

Ton Marco

Forme et croissance
(1973-74)

Un soir, dans l'appartement de la piazza Savonarola, Marco, Irene et Giacomo Carrera entendirent une scène entre leurs parents. D'habitude ils ne se disputaient pas ouvertement, mais à la dérobée, à voix basse, pour ne pas être entendus des enfants, avec pour résultat que seule Irene les entendait, parce que Irene les espionnait. Pour Marco et Giacomo, ce fut la première fois. L'objet du contentieux était Marco, mais son frère et lui ne s'en rendirent pas compte : seule Irene le savait parce qu'elle avait suivi la dispute depuis le début, tandis qu'ils ne l'avaient rejointe devant la porte de la chambre de leur mère qu'aux premiers cris. Le fait est que Marco n'avait pas grandi normalement : dès sa première année, ses courbes de taille et de poids n'avaient pas décollé et, à partir de trois ans, elles n'entraient même plus dans les graphiques. Mais il avait toujours été beau et bien proportionné, ce qui d'après Letizia dénotait une intention précise de la nature à son égard – le dissocier de la masse, le différencier pour signaler qu'elle lui avait accordé des dons rares.

D'après elle cet enfant – menu, d'accord, mais lumineux, gracieux et, même si l'adjectif est un peu forcé pour un enfant, *viril* – avait toujours incarné une harmonie qui, à l'évidence, allait de pair avec un rythme de croissance tout à fait singulier, et en effet, il avait perdu ses dents de lait très tard. Il n'y avait pas lieu de s'inquiéter. Du reste, dès que ce déficit était devenu évident, elle avait forgé pour son enfant le plus rassurant des surnoms, *colibri*, pour bien marquer qu'outre la petitesse, Marco avait en commun avec cet oiseau gracieux la beauté et la rapidité, aussi bien physique – remarquable, il était vrai, et toute à son avantage dans ses activités sportives – que mentale – cette dernière en revanche vantée plus que prouvée, dans son travail scolaire et sa vie sociale. Elle avait donc répété le même mantra au fil des années : il n'y avait pas lieu de s'inquiéter, il n'y avait pas lieu de s'inquiéter, il n'y avait pas lieu de s'inquiéter.

Probo, lui, s'était inquiété dès le départ. Mais pendant toute l'enfance de Marco, il s'était efforcé de croire au discours rassurant de sa femme, jusqu'à ce que, l'adolescence venue et le corps de son fils ne manifestant aucune intention de se développer selon la norme, il se sente coupable. Comment avaient-ils pu tous les deux s'en remettre à la nature ? Cette histoire de colibri ne tenait pas debout ! C'était une maladie, oui. Comment avaient-ils pu être assez fous pour ne pas s'inquiéter ? Qu'est-ce qui n'allait pas chez Marco ? Il avait interrogé la science, d'abord de façon abstraite, sans mettre son fils en cause – mais quand celui-ci eut quatorze ans, Probo ne supporta plus de le voir perché sur cette petite Vespa comme un bédouin sur son chameau et il prit son cas en main. Il en résulta une série de consultations, examens et contrôles qui établirent que Marco souffrait d'une forme de retard de croissance staturale (merci, ils avaient remarqué), modéré et sans gravité (encore heureux, mais ça aussi ils l'avaient remarqué), dû à une faible production d'hormones de croissance. Le problème était qu'à cette époque, il n'existait pas de traitement : il n'existait que des protocoles expérimentaux, qu'on réservait en général à des retards de croissance graves, c'est-à-dire au nanisme. De tous les spécialistes consultés, un seul, un pédiatre endocrinologue de Milan nommé Vavassori, avait déclaré qu'il pouvait les aider grâce à un programme qu'il développait depuis quelques années avec des résultats – affirma-t-il – très encourageants. D'où la dispute. Probo communiqua à Letizia son intention d'inscrire Marco dans ce programme, Letizia répliqua que c'était de la folie, Probo rétorqua que la folie avait été de laisser les choses en l'état pendant toutes ces années, Letizia insista avec son histoire d'harmonie et de colibri – et jusque-là, ils s'étaient affrontés à voix basse comme d'habitude, seule Irene les avait entendus. La dispute entra dans une phase nouvelle quand, pour renforcer sa thèse sur le nécessité de ne pas intervenir dans le cours naturel des choses, Letizia mentionna un livre, ou plutôt *le livre* fétiche de sa génération d'architectes, du moins de ceux qu'elle sentait comme sa tribu, c'est-à-dire les plus intelligents et les plus cosmopolites puisque, en l'absence de traduction italienne, il fallait lire la version originale

150

anglaise : *On Growth and Form*, de D'Arcy Wentworth Thompson. À l'énoncé de ce titre, un hurlement inhumain fit trembler les murs du vaste appartement généralement silencieux, arrivant aussi distinct qu'incongru aux oreilles des deux frères qui regardaient la télévision : « THOMPSON, TU TE LE METS LÀ OÙ JE PENSE, COMPRIIIIS ?!!? »

Dès lors la scène avait pris des allures de controverse universitaire, mais hurlée et truffée d'insultes : les deux frères ne comprenaient pas, Irene ricanait et n'expliquait rien. Letizia traita Probo de pauvre con, Probo riposta qu'elle citait ce foutu bouquin mais qu'elle ne l'avait même pas lu, pas plus qu'aucun de ces intellos de mes deux qui le mentionnaient toutes les cinq minutes ; Letizia fut alors obligée de résumer en termes compréhensibles par un débile mental le sens du chapitre intitulé *Magnitude*, où l'on démontre, *mathématiquement*, figure-toi, que dans la nature forme et développement sont liés par une loi d'harmonie intrinsèque et indestructible ; Probo la traita alors de fumiste, vu qu'elle citait toujours ce chapitre, c'est-à-dire le premier, parce que c'était le seul qu'elle avait lu ; et ainsi de suite. La dispute dura et dépassa de loin l'étincelle qui l'avait allumée – Letizia mobilisant des concepts qu'un ingénieur raté ne pouvait même pas espérer comprendre, tels le mandala de Jung et l'art-thérapie de Steiner, et Probo réitérant toujours la même invitation, à savoir se carrer mandala et art-thérapie dans le même orifice destiné un peu plus tôt à *Growth and Form*. Ça alla plus loin encore : Letizia en avait marre, marre et marre, elle était à bout. Et de quoi avait-elle marre ? De l'effort qu'elle devait faire pour supporter un couillon comme lui. Et elle alors, si elle savait comme elle les lui brisait menu avec ses conneries. Va te faire foutre. Non, c'est toi qui vas te faire foutre. Les deux garçons s'inquiétèrent : leurs parents semblaient vraiment en train de se séparer. Mais au lieu de perdre son temps à s'inquiéter, Irene intervint : « Qu'est-ce qui vous prend tous les deux, cria-t-elle en frappant à la porte de la chambre, arrêtez tout de suite ! » Ses frères détalèrent aussitôt en direction du salon, mais elle ne mollit pas, restant à la porte, prête à les affronter. Elle était majeure désormais : dans sa vision des choses, personne ne devait quitter cette maison avant elle – donc pas de séparation. Sa mère parut à la porte, s'excusa, suivie par son père qui s'excusa à son tour. Irene les regarda d'un air indigné, se contenta de dire que Marco heureusement n'avait pas compris pourquoi ils se disputaient, et cela suffit à décider de l'avenir (on ne peut le dire qu'après coup, mais on peut le dire) d'au moins trois membres de la famille (si ce n'est de quatre, si ce n'est des cinq) : celui des parents et de Marco à coup sûr.

Il advint en effet que Probo et Letizia, bouleversés de s'être fait tancer de la sorte par leur fille, se sentirent si coupables, si penauds et si égoïstes qu'ils raccommo- dèrent aussitôt la déchirure produite par cette dispute dans le cocon tissé pendant des années avec tant d'effort et d'hypocrisie autour de leur nid. Il y avait en effet dans leur relation quelque chose d'indéfectible et d'immuable qu'eux-mêmes n'arrivaient pas à expliquer : ni Letizia à sa psy dans les séances tumultueuses qui depuis des années tournaient précisément autour de son incapacité à se séparer de Probo, ni Probo à lui-même dans ses longues journées solitaires à sa table de travail, la main en suspens, l'œil aux aguets, le sifflement nasal du fumeur et l'esprit qui vagabondait jusqu'à arriver à embrasser toute l'immensité de son malheur. Pourquoi restaient-ils ensemble ? Pourquoi, si au référendum quelques mois plus tôt ils avaient tous les deux voté avec conviction en faveur du divorce ? Pourquoi, si désormais ils ne se supportaient plus ? *Pourquoi ?* Peur, pourrait-on penser, mais peur de quoi ? Assurément il y avait de la peur, mais ce n'était pas la même peur, par conséquent, elle les séparait quand même. Il y avait quelque chose d'autre, quelque chose d'inconnu et d'indicible qui les liait : un unique point de contact mystérieux qui gardait vivante la promesse échangée vingt ans plus tôt, *quando sbocciavan le viole*, quand fleurissaient les violettes, comme disait une chanson récente de Fabrizio De André, récente par rapport à leur dispute, pas par rapport à leur promesse, bien antérieure et pourtant identique : « Nous ne nous quitterons jamais, au grand jamais. » Du reste, là encore, cette chanson qui parlait d'eux les séparait et, là encore, en les séparant elle semblait écarteler toute la famille : en effet, elle était écoutée par Letizia et Marco, mais jamais ensemble, sur des disques et des tourne-disques distincts et à l'insu l'un de l'autre ; pas par Giacomo et Irene, l'un parce qu'il était trop petit, l'autre parce qu'elle la trouvait mièvre ; quant à Probo, il en ignorait l'existence. Mais rien à faire : le couple restait ensemble, la famille n'éclatait pas et le lien de plus en plus lâche ne se défaisait pas. Ce morceau s'intitulait *Canzone dell'amore perduto*, mais leur amour ne se perdait jamais ; les derniers mots étaient « pour un nouvel amour », mais pour eux, il n'y eut jamais de nouvel amour.

C'est certain, l'intervention d'Irene dans leur scène conjugale rabibocha ses parents. C'est certain, et on l'a dit, elle détermina leur avenir et celui de Marco. Parce que dès lors, la prudence l'emporta définitivement, la pitié prit le dessus ainsi qu'un acharnement à s'interdire leur propre bien au nom du bien supposé des enfants. Bien sûr ça ne pouvait pas marcher, Letizia et Probo étaient assez intelligents pour le comprendre : même choisi, le malheur reste du malheur et si le moment arrive où il constitue le seul et unique fruit d'un mariage, on le transmet aux enfants. Mais cette intelligence leur épargna aussi l'illusion que leur malheur puisse être un accident de parcours surgi de nulle part, car s'ils regardaient leur passé avec un minimum d'honnêteté l'un et l'autre, ils étaient obligés de reconnaître qu'on n'y trouvait pas l'ombre d'un bonheur : ils avaient toujours été malheureux, même avant de se connaître, le malheur, ils l'avaient toujours sécrété en toute autonomie, comme certains organismes produisent du cholestérol, et le seul court intervalle de bonheur qu'ils avaient connu dans leurs vies, ils l'avaient vécu ensemble, au début de leur couple, quand ils étaient tombés amoureux l'un de l'autre, qu'ils s'étaient mariés et avaient eu leurs enfants. Ce soir-là, ils mirent aussitôt fin à leur

154

dispute pour passer le restant de leurs jours à s'insupporter, se blesser et se disputer à voix basse.

Au sujet de Marco ils s'efforcèrent de trouver un compromis. Letizia travailla durement pour renoncer à ce que sa psy appelait le *mythe du colibri* (le fils qui restait petit, sa grâce et sa beauté inaccessibles à toute femme sauf elle, etc.) et accepter le point de vue de Probo pour qui il fallait faire tout ce qui était scientifiquement possible pour l'aider à grandir – en sacrifiant sur cet autel ses convictions éclairées en matière de forme et de croissance acquises à la lecture (intégrale, quoi qu'en dise Probo) de D'Arcy Wentworth Thompson. Probo fit en sorte d'encaisser ce bénéfice non comme une victoire personnelle, qui l'aurait encore plus isolé, mais comme une occasion inespérée de partager à nouveau quelque chose d'important avec sa femme que, malgré tout, il aimait encore. C'est pourquoi il emmena Letizia à Milan chez le docteur Vavassori pour qu'elle fasse sa connaissance et juge de son sérieux, la mandata pour vérifier de son côté la validité du traitement qu'il proposait et s'engagea à tenir compte de son jugement au moment de la décision finale. Letizia refit seule toute la démarche que Probo – seul lui aussi – avait effectuée dans les mois précédents et constata que le protocole proposé par le spécialiste de Milan était en effet la seule possibilité sérieuse dont la communauté scientifique disposait pour aider Marco à grandir. Ce ne fut pas comme s'ils l'avaient fait ensemble, mais au moins, pour la première fois depuis longtemps, ils firent le même chemin.

Première lettre sur le colibri
(2005)

Marco Carrera
Via Folco Portinari 44
50122 Florence

Paris, 21 juin 2005

Marco, comment vas-tu ?

Ne me prends pas pour une folle, je t'en prie, ou une hypocrite ou pire, si je donne signe de vie comme ça, de but en blanc, comme si de rien n'était. Le fait est que tu me manques. Tu me manques. Il a suffi d'un été, un seul, où je ne suis pas venue à Bolgheri, pour me priver d'oxygène. Je m'aperçois que te voir même en passant, comme chaque année en août depuis vingt-cinq ans, échanger ne serait-ce que deux mots sur la plage, m'est nécessaire. T'écrire m'est nécessaire. J'ai résisté quatre ans, je ne résiste plus : à toi de décider de me répondre ou pas. Sache que si tu ne le fais pas, je te comprendrai parce que c'est moi qui me suis éloignée de toi. Ne crois pas que je l'oublie. Ce n'est pas pour cette raison que je t'écris, Marco. Je t'écris parce que la semaine dernière, j'ai eu pendant quelques jours la visite d'une amie en route pour New York qui avait apporté un numéro du « manifesto » vieux d'une quinzaine de jours, parce qu'il rendait compte d'une exposition qu'elle projetait d'aller voir au Guggenheim, sur l'empire aztèque. Le reportage est magnifique, il parle d'animaux sacrés, de sacrifices humains et du fait que, pour les Aztèques, la fin de l'univers était proche et inéluctable, mais qu'elle pouvait être différée par des offrandes de sang humain aux dieux. Puis, au détour d'un paragraphe, me causant une surprise qui m'a frappée en plein cœur, il parle de toi.

« Contrairement à l'hindouisme, à l'islam et au christianisme où le destin après la mort (réincarnation, paradis, enfer) dépend de la façon dont on a vécu, chez les Aztèques, à l'exception des rois qui étaient des dieux, le destin de chacun après la mort dépendait de la façon dont on était passé de vie à trépas. Le destin le moins enviable était mourir de vieillesse ou de maladie : l'âme était précipitée au neuvième niveau des enfers, le plus bas, dans le sombre et poussiéreux Mictlan, où elle restait jusqu'à la fin des temps. Ceux qui mouraient noyés ou foudroyés allaient à Tlalocan, royaume du dieu de la pluie Tlaloc, où ils vivaient entourés de mets délicieux et de richesses inépuisables. Les femmes qui mouraient en couches, c'est-à-dire en donnant le jour à de futurs guerriers, s'unissaient au soleil pendant quatre ans, *mais ensuite devenaient des esprits terrifiants qui erraient la nuit à jamais de par le monde. Enfin les guerriers morts au combat et les victimes immolées en sacrifice s'unissaient aux aides du soleil dans sa bataille quotidienne contre les ténèbres. Mais au bout de quatre ans, ils se transformaient en colibris ou en papillons.*

Et aujourd'hui où la civilisation aztèque a sombré tout entière dans le Mictlan, nous nous demandons encore quel était ce peuple dont la plus grande satisfaction après une mort héroïque était de devenir un colibri. »

Pardon, Marco. J'ai tout foutu en l'air.
Pardon.

Luisa

未来人

(2010)

Miraijin, qui en japonais signifie l'Homme du Futur, naquit le 20 octobre 2010. À savoir, pour qui accorde de l'importance à ce genre de choses – et sa mère, Adele Carrera, leur en accordait – le 20.10.2010. Ce nom et cette date étaient prêts depuis qu'Adele avait informé son père qu'elle était enceinte. « Ce sera l'homme nouveau, papa, lui déclara-t-elle avec la légère inflexion romaine qui lui venait de son enfance, ce sera l'Homme du Futur. Et il naîtra un jour spécial. — Entendu, répondit Marco Carrera, mais qui est le père ? » Adele ne le dit pas. Mais enfin, mais pourquoi, mais c'est pas des façons, mais comment crois-tu : rien à faire. Elle ne le dit pas. Adele était une fille intègre, nette – ce qui était un miracle, vu ce qu'elle avait traversé –, mais aussi têtue, rien ne la faisait revenir sur ses décisions. En l'occurrence, sa décision était prise : il n'y avait pas de père, point. Marco Carrera comprit qu'il était inutile d'insister, de l'affronter, de s'imposer : pour la énième fois de sa vie, il se trouvait face à l'imprévu, or il avait appris qu'il fallait accepter l'imprévu. Mais ce ne

159

fut pas facile. Il avait élevé sa fille en veillant à ce qu'elle se sente libre, qu'elle se forge toujours sa propre opinion, et par conséquent en imaginant qu'elle quitterait vite le nid – il s'y était préparé. Il découvrit en revanche qu'elle n'avait aucune intention de quitter le nid : elle voulait rester avec lui. Elle le lui dit sans ambages avec une candeur embarrassante : je n'ai aucune intention de te quitter, papa, tu as été un père merveilleux, tu l'es encore, et si tu l'es pour moi, tu peux l'être aussi pour Miraijin, l'Homme du Futur. Mais enfin, mais où est le rapport, mais qu'est-ce que tu dis, mais ce n'est pas pareil : peine perdue.

Marco nourrissait un sentiment complexe à l'égard de sa fille : il l'aimait évidemment, plus que tout – et il était vrai que depuis qu'il l'avait reprise avec lui, il s'était consacré à elle en sacrifiant pratiquement tout ; mais il éprouvait aussi de la pitié pour elle quand il pensait à l'état où était sa mère et il se sentait coupable de ne pas avoir su lui donner cette vie normale à laquelle tout enfant aurait droit ; et il s'inquiétait aussi pour elle, pour sa stabilité, même si le fil revenu à Munich pendant l'*annus horribilis* avait disparu définitivement dès qu'elle avait habité à Florence et que pendant les neuf années suivantes, Adele n'avait plus jamais donné signe de la moindre fuite hors de la réalité. Marco avait vécu ces neuf années d'un trait, en baignant dans un optimisme et une sensation de légèreté qui, si on y pensait, étaient incroyables, puisque c'étaient les mêmes années où il avait perdu Luisa et renoncé à la carrière universitaire, où ses parents avaient eu le cancer et étaient morts l'un après l'autre, où il avait retrouvé Luisa, rompu définitivement avec son frère, reperdu Luisa. Ces années avaient constitué un unique et formidable bloc de temps, qu'il avait vécu constamment sur le pont, se levant à l'aube, travaillant comme un forcené, faisant les courses, la cuisine, expédiant mille bricoles quotidiennes, s'occupant de sa fille, de sa mère, de son père et d'une foultitude de choses. Marco avait *fait tenir* un petit monde fragile qui sans lui se serait désagrégé en un clin d'œil, et cela lui avait donné une force et une fierté qu'il n'avait jamais connues dans le passé ; entre-temps il s'était préparé à le voir se désagréger quand même, ce monde, parce que *todo se termina* et qu'il le savait bien, un millénaire et Venise serait complètement submergée par l'eau, *todo cambia*, il le savait bien aussi, encore treize mille ans environ et, par l'effet de ce qu'on appelle « précession des équinoxes », le pôle Nord ne serait plus indiqué sur la voûte céleste par l'étoile polaire, mais par Véga. Cela étant, il y avait façon et façon de disparaître et de changer et il avait reçu pour tâche d'être le berger qui accompagne les gens et les choses vers une fin digne, vers un changement juste. Cela pendant neuf ans.

Pendant ces neuf années, pas un seul jour n'avait été gaspillé, ni un seul euro, ni un seul sacrifice. Malgré un planning archi-serré, il avait trouvé le moyen de sculpter dans ce bloc de temps de purs moments de paix et de divertissement, par exemple en transmettant à sa fille sa passion pour la mer – à Bolgheri où, malgré les souvenirs funestes, tout était resté comme quarante ans plus tôt – et pour la montagne – en skiant l'hiver, mais pas comme lui, adolescent, qui enchaînait les compétitions et surtout les défaites, non, pour le plaisir de s'abandonner à la force de la gravité au milieu de la forêt, tout en sachant ne pas se mettre en danger ; et en randonnant en été dans ces mêmes forêts comme il ne l'avait jamais fait quand il était jeune, à la recherche d'animaux sauvages à photographier, pour les saisir si possible en cet unique et fugitif instant où ils daignent échanger un regard avec l'homme avant de le classer comme entité sans intérêt et de concentrer à nouveau leur curiosité sur les manifestations de la création vraiment importantes : les pierres moussues, les trous dans la terre, les feuilles tombées. Adele l'avait payé en retour en grandissant pleine de santé et de vie, en suivant avec profit sa scolarité dans les mêmes établissements qu'il avait fréquentés, se préservant des problèmes qui pullulaient autour des jeunes de son âge et pratiquant de nombreux sports. Mais pas des sports banals. Après l'escrime, elle s'était consacrée à un athlétisme pur, sans compétition, en orientant les passions fondamentales de son père pour la mer et la montagne vers des pratiques qui nourrissaient une philosophie de vie bien précise, à savoir le surf et l'escalade, pour lesquels elle s'était révélée très douée. Ce qui l'avait introduite toute jeune dans ces communautés qu'on ne quitte plus, parce que ce sont des communautés d'esprit qui rassemblent en bandes les irréguliers du monde entier – et pour ça oui, Adele était restée une irrégulière – à la recherche de plages, de parois, de vagues, de sauts mémorables, mais surtout de cette distance par rapport aux soucis bourgeois qui rend ceux qui la trouvent moins enclins au malheur. Tant qu'Adele avait été mineure, Marco l'avait accompagnée avec discrétion dans des sites extrêmes, de toute beauté – Capo Mannu, La Gravière, les gorges du Verdon –, passant sa journée seul à photographier des animaux ou à observer de loin la bande dont sa fille faisait partie aux prises avec les vagues ou les voies d'escalade, se joignant parfois à eux pour le repas du soir, dînant plus souvent seul dans un endroit suggéré par son Guide bleu et attendant le retour de sa fille dans leur bed & breakfast – et Adele rentrait toujours, spontanément, sans coercition, toujours sobre et consciente de la prudence que ses seize ans suggéraient d'associer à la jouissance de sa liberté. Puis la majorité venue, Adele fréquenta la tribu seule et Marco apprit à vivre l'angoisse pendant ses absences, à se sentir seul, puis à savourer sa reconnaissance quand elle rentrait pour aborder de longs mois d'études et de travail. Parce que Adele faisait ses études et travaillait. Elle s'était inscrite en sciences de la motricité dont, coïncidence, les cours se tenaient dans le pavillon en face de la clinique ophtalmologique du centre hospitalier de Careggi où travaillait Marco, raison pour laquelle ils se voyaient souvent et déjeunaient souvent ensemble ; et elle travaillait à mi-temps dans le gymnase où elle s'entraînait, donnant un cours d'aérobic à des dames de l'âge de Marco, mais aussi, quand le gymnase fut doté d'une paroi, un cours d'escalade pour enfants et débutants. D'accord elle gagnait peu, mais certainement plus que Marco à son âge aux tables de jeu qu'il fréquentait

163

en compagnie de l'Innommable, et de toute façon assez pour se payer ses vêtements, l'essence de sa Twingo et – incontournable, mais dans son cas probablement nécessaire – le psy. C'était une fille bien, vraiment, plus qu'il n'avait osé le souhaiter, et pour ne rien gâter, très belle – d'une beauté immédiate et émouvante, comme celle de sa mère, tempérée cependant par quelques gracieuses imperfections. Pour toutes ces raisons donc, il s'attendait à la voir s'envoler tôt. Il avait même fini par projeter leur séparation : il s'était préparé à l'entretenir encore de nombreuses années – il avait épargné dans ce but – pour lui donner toute l'aise et le temps nécessaires pour réaliser ses passions et se spécialiser dans ses études sans dépendre d'impératifs économiques ; il s'était préparé aussi à la voir un jour quitter Florence, l'Italie, l'Europe, pour s'installer peut-être dans quelque lieu paradisiaque à l'autre bout du monde, en caressant toutefois l'idée de tout lâcher pour la rejoindre un jour dans cet ailleurs ; il s'était même préparé à voir sa fille enceinte très jeune, comme ce fut le cas en effet, et à afficher une expression pas trop contrariée quand elle le lui annoncerait, peut-être enlacée à un de ces garçons au corps parfait qui appartenaient à sa tribu. Pourtant, comme toujours quand on se prépare aux événements futurs et qu'on pense n'avoir négligé aucune possibilité, le comportement d'Adele réussit à le prendre au dépourvu. « Ce sera l'Homme du Futur, papa. — J'ai compris, mais qui est le père ? » Rien à faire. L'Homme du Futur naîtrait sans père et Adele serait une mère célibataire satisfaite et débordante de vie, sans le moindre regret ni la moindre inquiétude. Quant à la *fonction paternelle*, il la remplirait lui, qui y faisait merveille.

D'un côté, ce fut la déclaration d'amour la plus éloquente que Marco Carrera reçut jamais, et il ne manqua pas d'en éprouver un immense plaisir, il sentit même ses jambes se dérober sous lui. Mais d'un autre côté, il était évident que ce projet avait de quoi inquiéter. Pas besoin de déranger le fil dans le dos pour le comprendre : le lien entre Adele et lui se révélait retors, surchargé, et l'indigestion de psychanalyse à laquelle Marco avait été exposé depuis qu'il était enfant, même s'il l'avait toujours refusée, lui occasionna quelques renvois. N'était-ce pas trop morbide ? N'était-ce pas *dément* ? Et si derrière ce refus d'Adele de donner un père à son enfant se cachaient les dommages subis dans le désastre dont ils avaient été les artisans, Marina et lui ? Ou peut-être un désastre personnel tenu secret, comme c'était arrivé à Irene sans que personne s'en aperçoive – un abandon brutal ou le simple refus de prendre ses responsabilités de la part du père naturel, évacué grâce à cette fière revendication d'autarcie ? Et si Adele avait hérité de sa mère la tendance à nier la réalité et à se réfugier dans une bulle de faux-semblants ? Et si lui, Marco Carrera, était de nouveau appelé à répondre de la préservation de cette bulle ? Et s'il échouait à nouveau ? Et de toute façon comment grandirait cet homme nouveau, élevé par une mère de vingt et un ans et un grand-père de cinquante et un ? S'il s'agissait d'une bulle, combien de temps tiendrait-elle ?

Quelques années plus tard, le destin apporterait une réponse abrupte et unique à toutes ces questions, mais pour l'heure c'était Marco Carrera qui devait répondre aux attentes de sa fille et il ne pouvait pas tergiverser. Il écouta son cœur et accepta tout, adoptant lui aussi la croyance en l'homme du futur. Après tout, se dit-il, pourquoi pas ? Il faudra bien qu'il vienne au monde, cet homme nouveau, pensa-t-il, tôt ou tard, quelque part. Il se souvint d'un vers de Jean de la Croix que Luisa lui avait cité jadis dans une lettre d'adieu (il y en avait eu beaucoup entre eux) : « Pour aller là où tu ne sais pas / il te faut passer par où tu ne sais pas. » Marco Carrera ignorait où il irait et n'avait pas la moindre idée de par où il devrait passer, mais par amour pour sa fille il décida d'y passer et d'y aller. Dès lors, tout se simplifia : la biologie dicta le rythme et les étapes au fil des semaines, et il ne revenait à Marco Carrera que de trouver la bonne distance à garder entre ce qui se passait dans le corps de sa fille et lui. Il n'avait pour expérience que la grossesse de Marina et il s'en servit comme d'une totalité d'où déduire par soustraction le rôle qu'il devait jouer. L'accompagner aux contrôles : oui. Au cours d'accouchement : non. Mettre la main sur son ventre pour sentir les coups de pied : oui. Lui interdire d'aller faire du surf ou de l'escalade : oui. La dégager de toutes les démarches pratiques : oui. Lui passer ses caprices de femme enceinte : non. Amniocentèse : non (Adele y était opposée). Connaissance du sexe par échographie : non (idem). Pas de classement type tournoi de tennis pour décider du prénom (Adele avait été choisi de cette façon, battant Lara en finale, alors que, pour être sincère, Marco aurait préféré le second, vu qu'il s'était spécialisé en ophtalmologie à cause du docteur Jivago, même s'il ne l'avait jamais avoué à personne), puisque le prénom avait été décidé au départ. En revanche oui sans hésitation à l'accouchement dans l'eau avec toute l'aide souhaitable d'une sage-femme – une certaine Norma – et d'un service ad hoc – l'hôpital Santa Maria Annunziata – eux aussi déjà arrêtés sans appel par Adele ; et par conséquent non à Careggi, où pourtant on accouchait aussi dans l'eau et où Marco aurait pu obtenir certains privilèges pour sa fille, et oui au fait que dans les biographies de Miraijin Carrera, l'Homme du Futur, on devrait écrire selon le degré de précision géographique souhaité « né à Ponte a Niccheri », « né à Ponte a Ema » ou, plus bureaucratiquement, « né à Bagno a Ripoli », commune où se trouvait l'hôpital choisi.

Oui en revanche pour accorder du temps et de l'attention à ce prénom, Miraijin, et à son origine, sur laquelle Adele fournit tous les éclaircissements voulus à son père. Pour commencer, il était composé des kanjis 未来 (transcrits selon le système Hepburn par *mirai*, « avenir, vie future », et résultant à leur tour de la combinaison de 未, « pas encore », avec 来, « arrivé »), et du kanji 人 (*jin*, « homme, personne »). L'homme du futur justement. En mandarin, les trois mêmes kanjis devenaient *wèilái rén*, en cantonais *mei lai jan*, en coréen *mirae in*, tout en gardant le même sens. Adele avait déniché ce prénom dans une saga de mangas japonais intitulée *Miraijin Chaos*, œuvre du grand Osamu Tezuka – dont Marco Carrera apprit qu'il était le « Dieu du manga ». Sa fille l'idolâtrait et lui ignorait jusqu'à son existence – lacune comblée toutefois par le récit passionné qu'Adele lui fit de son impétueuse biographie. *(La voici, pour ceux que ça intéresserait :* 手塚 治虫, *c'est-à-dire Osamu Tezuka, né à Toyonaka City, petite ville de la préfecture d'Osaka, en 1928, est un descendant direct du légendaire samouraï de l'époque Sengoku, Hattori Hanzō – 1541-1596 –, et dès son plus jeune âge un fan des films de Disney, qu'il voit et revoit des dizaines de fois, atteignant pour* Bambi *le record de quatre-vingts fois. Dès le* CE1, *il dessine des* BD *en les signant du pseudonyme « Osamushi », espèce de coléoptère adéphage auquel il s'identifie en raison de la similitude entre ce nom et son prénom, et déjà à cette époque ses personnages sont caractérisés par le détail qui, grâce à lui, révolutionnera les mangas, à savoir les « gros yeux ». Encore enfant, il contracte une maladie rare et douloureuse qui lui vaut une enflure des bras et dont il guérit grâce au traitement d'un médecin, qui éveillera sa propre vocation médicale. À seize ans, en 1944, il travaille en usine pour contribuer à l'effort économique de son pays pendant la Seconde Guerre mondiale. À dix-sept ans, tandis que les isotopes radioactifs affligent les survivants de Hiroshima et Nagasaki, il publie ses premières œuvres tout en démarrant des études de médecine à la faculté d'Osaka, où il a été admis ; à dix-huit ans il connaît ses premiers succès éditoriaux, en particulier avec* Shin Takarajima, *c'est-à-dire* La nouvelle île au trésor, *inspiré du roman de Robert Louis Stevenson, tout en poursuivant son cursus de médecine. À vingt et un ans – 1949 –, il publie son premier chef-d'œuvre salué comme tel, une trilogie de science-fiction intitulée* Zenseiki [Lost World], Metoroporisu [Metropolis] *et* Kitarubeki Sekai

[Next World] ; *à vingt-trois ans, il obtient son diplôme à l'université d'Osaka tandis qu'Astro, l'enfant-robot destiné à devenir son personnage le plus célèbre, apparaît pour la première fois avec la publication d'*Ambassador Atom. *Dès lors, ses sagas donneront lieu à des séries, premier pas vers la plongée annoncée dans le cinéma d'animation, tandis qu'il passe sa spécialisation et son doctorat. À trente et un ans, en 1959, il épouse Etsuko Okada, une jeune fille originaire de sa préfecture, mais, sommé par l'éditeur de fournir des planches de toute urgence, il arrive très en retard à la cérémonie. À trente-deux ans, il s'installe avec sa femme dans la banlieue de Tokyo où il construit une vaste maison-atelier, qui lui permet de réunir sa famille en accueillant ses parents âgés. À trente-trois ans – 1961 –, après avoir soutenu sa thèse de doctorat sur la spermatogenèse et obtenu son PhD à la faculté de médecine de Nara, ancienne capitale située sur l'île de Honshū, il assiste à la naissance de son premier enfant, Makoto, et commence les travaux pour adjoindre à sa maison-atelier l'embryon de ses studios d'animation, la Mushi Productions. Entre trente-cinq et quarante ans, alors que naissent ses filles Rumiko et Chiiko, avec les moyens limités de sa propre société indépendante il crée la première saga de mangas animés pour la télévision –* Astro le petit robot, *en noir et blanc, en suivant une conviction qui deviendra aussi célèbre que lui :* « Une bonne histoire peut sauver une animation pauvre, mais on ne peut pas sauver une histoire pauvre avec une bonne animation. » *À partir de là il devient un maître en Occident aussi, où il gagne l'estime et l'amitié de grands artistes : Walt Disney, rencontré à l'exposition universelle de New York en 1964,*

169

veut l'engager pour la réalisation d'un projet de science-fiction abandonné par la suite ; en 1965 Stanley Kubrick lui propose le poste de directeur artistique pour 2001, L'Odyssée de l'espace, *qu'il refuse à regret devant l'impossibilité d'abandonner la Mushi Productions et de s'installer en Angleterre une année entière ; plus tard en France, pendant un festival, Moebius est fasciné par son travail et accepte de partir au Japon avec lui l'année suivante ; mais surtout, au cours des années suivantes, l'auteur de* BD *brésilien Mauricio de Sousa deviendra son ami intime et sera très influencé par son style, au point d'inclure dans la préquelle de sa saga la plus populaire, intitulée* Turma da Mônica, *certains personnages de son confrère japonais comme Astro le petit robot, la princesse Saphir et le roi Léo. Tezuka publie la saga du Miraijin en 1978, en trois volumes, préfigurant de façon assez évidente la trame du film* Volte-face *que John Woo réalisera presque vingt ans plus tard. C'est l'histoire d'un jeune garçon tué par un de ses amis qui prend sa place dans un programme spatial où il n'avait pas été recruté, mais qui est ressuscité par une mystérieuse jeune fille ; devenu entre-temps très puissant, l'assassin réussit à le capturer avant qu'il puisse reprendre le poste qui lui revient et à l'exiler sur l'obscure planète Chaos. Après des combats héroïques et des souffrances indicibles, le héros réussira à revenir, vaincre l'ami méchant et devenir l'Homme du Futur. Collectionneur de coléoptères, passionné d'entomologie, de Superman, de baseball et de musique classique, Osamu Tezuka consacre ses derniers volumes à Beethoven, Mozart et Tchaïkovski. Il meurt trois mois après avoir fêté ses soixante ans en février 1989 d'un cancer à l'estomac et, selon le témoignage des proches qui l'assistent, ses dernières paroles sont pour l'infirmière qui lui enlève son carnet d'esquisses : « Je vous en prie, laissez-moi travailler… »)*

Le personnage plut à Marco Carrera, de même que sa photo, qu'Adele conservait dans son agenda : un beau visage souriant, des lunettes noires à grosse monture que Marco Carrera appelait des « lunettes difficiles » et un béret noir. Qu'un tel homme soit impliqué dans le choix d'Adele de mettre un enfant au monde le rassura, aussi parce qu'il semblait se rattacher directement, par sa génération et son imaginaire, à son propre père, le vieux Probo, et à sa vaillante collection de fascicules Urania : toutefois cette bonne opinion sur sa personne ne suffit pas à lui faire lire ses albums, comme Adele le lui conseillait – primo parce qu'ils étaient en anglais, et secundo parce qu'il n'avait jamais aimé les mangas et que sur ce point il n'avait pas l'intention de changer d'idée.

Le Japon en général avait beaucoup à faire avec ce nouveau monde qui se profilait. Marco le comprit quand, Adele ne pouvant plus les suivre dans leurs équipées, ses camarades de surf et d'escalade vinrent la voir à la maison et restèrent parfois dîner. Ce n'était jamais arrivé jusque-là et Marco ne les avait donc jamais vus en vêtements de ville et entre quatre murs. Cette nouveauté aussi le rassura en fin de compte, parce qu'ils semblaient tous assez normaux et sensés : disons qu'ils savaient aussi fréquenter le monde ennuyeux des oculistes et des petit plats mitonnés, ils ne parlaient pas que de prouesses physiques et de défis à la nature. Ils étaient bien élevés, déférents. Ils aimaient beaucoup Adele. Et ils aimaient tous le Japon. Un garçon en particulier se détachait des autres par son charisme et sa compétence, un certain Gigio Dithmar di Schmidveiller, dit Miette : un beau blond aux manières aussi nobles que son nom de famille, un champion en escalade (un peu moins en surf), mais effectivement petit, menu et léger au point de mériter ce surnom presque dépréciateur que Marco ne put s'empêcher de rapprocher du sien, colibri, encore utilisé par des amis d'enfance malgré la cure d'hormones qui l'avait brutalement fait grandir.

Ce Miette pouvait vous entretenir indifféremment de samouraïs, shogunats, livres de Murakami, films de Kurosawa, arts martiaux, mangas, robotique, shintoïsme, sushis et cérémonie du thé, avec l'air d'en savoir beaucoup plus qu'il ne le disait ; il avait une belle voix, beaucoup de vocabulaire, on l'écoutait volontiers ; il était élève-ingénieur, pas étudiant en langue et civilisation japonaises, signe qu'il avait acquis tout seul ces connaissances sur le Japon, par passion – qui, comme toutes les passions, se révélait contagieuse. Un jour, il cita une habitude que Marco trouva éclairante pour comprendre le choix de sa fille : en Occident, pour enfiler le fil dans le chas de l'aiguille, on le pousse vers l'extérieur, tandis qu'au Japon, on fait le contraire, le fil est guidé de l'extérieur vers la poitrine. Toute la différence, dit Miette, était là : Occident = dedans-dehors, Japon = dehors-dedans. À n'en pas douter, ce Miette était la source de la passion pour le Japon que partageait toute la bande – et donc, aux yeux de Marco, affamé d'indices même après avoir accepté le choix de sa fille, il apparaissait comme, disons, un *parrain* supplémentaire, une référence masculine en plus de lui et d'Osamu Tezuka pour ce petit-fils qui naissait sans père. Pour tout dire, au début il avait envisagé que le bébé puisse être le fruit de ses œuvres, puisque Miette était fiancé avec la femelle alpha de la tribu, qui s'appelait Miriam, plus âgée qu'Adele et grande amie de celle-ci, circonstances qui auraient pu expliquer que le secret soit aussi jalousement gardé : mais il reconnut que ce n'était pas possible, vu le naturel et la légèreté de Miette à l'égard de la grossesse d'Adele. Il se demanda aussi si le père ne pouvait pas être un autre de la bande, cet Ivan à la boucle d'oreille brillante peut-être, ou bien un certain Giovanni, qui venait moins, beau comme un dieu et accessoiriste de cinéma – mais là aussi, ses soupçons retombèrent rapidement toujours à cause de l'attitude que tous, garçons et filles, adoptaient avec elle. Non, le père ne se trouvait pas parmi eux. Mais il était impossible qu'ils ne sachent rien, parce que le *méfait*, comme l'aurait appelé Probo Carrera, avait été perpétré pendant un de leurs raids de surf en janvier précédent, entre Faro et Sagres, dans l'Algarve, au sud du Portugal, où chaque hiver affluaient des tribus de toute l'Europe, attirées par les conditions idéales dues à la combinaison des énormes vagues des tempêtes atlantiques avec la protection que le cap Saint-Vincent offre à ces plages. Mais même s'ils la connaissaient, l'identité du père ne présentait pour eux comme pour elle pas la moindre importance, et ils n'en parlaient jamais ; pour eux comme pour elle, il était tout à fait sensé et naturel qu'une fille de vingt et un ans mette un enfant au monde de cette façon. Marco Carrera s'efforça d'adhérer à cette philosophie, même si elle contrevenait à sa façon de voir. Il se répéta plusieurs fois le vers de Jean de la Croix et même, un soir à dîner, le cita devant ces jeunes gens réunis, à propos de l'avenir que personne ne savait très bien comment rendre meilleur : « Pour aller où tu ne sais pas / tu dois passer par où tu ne sais pas. » Cette citation lui valut un franc succès parce qu'elle coïncidait avec leur philosophie de vie à tous, mais Marco Carrera continuait à penser que ce n'était pas si simple.

Les mois passèrent à toute vitesse, et à la fin il resta une ultime décision à prendre : s'assiérait-il les jambes dans l'eau au bord de la piscine pour tenir Adele dans ses bras pendant le travail et l'accouchement, à la place qui revenait au père, non pas de la future mère, mais du bébé : oui ou non ? Pour Adele, la question ne se posait pas : oui. Elle en avait bien sûr parlé avec son analyste, précisa-t-elle, prouvant qu'elle avait examiné de son point de vue les raisons pour lesquelles Marco, du sien, pouvait considérer la situation avec un certain embarras et, comme toujours dans les moments décisifs de ses relations avec les femmes, Marco se sentit encerclé par ces heures – allez savoir combien – où l'on avait parlé de lui sans lui mais avec des conséquences pour lui, ce qui ne l'empêcha pas de céder à nouveau : oui, dit-il, en s'efforçant de ne rien montrer de l'océan d'incertitude que sa réponse avait dû franchir. C'est ainsi qu'à onze heures du matin ce 20 octobre – jour qui n'avait pas vu naître beaucoup de grands personnages de l'Histoire jusque-là, si ce n'est Arthur Rimbaud et Andrea della

Robbia d'après ce que Marco avait glané sur Wikipédia, mais qui, par une conviction profonde d'Adele, devenait sans conteste en cette année 2010 une date apotropaïque –, la prévision sur le terme se révéla exacte (d'ailleurs à aucun moment elle n'avait été mise en doute) et Marco Carrera se retrouva à tremper dans cette piscine tiède, avec sa fille et Norma, la sage-femme. Tout fut beaucoup plus rapide que ce à quoi s'attendait Marco, qui se souvenait d'un travail interminable pour Marina vingt ans plus tôt. Ce fut aussi, si on en juge à la faiblesse et rareté des plaintes émises par Adele et à la fluidité de ses mouvements quand elle changeait de position pour faciliter les contractions, beaucoup moins douloureux. Il n'éprouva aucune gêne à la prendre dans ses bras pour la soutenir par les aisselles, ni – et ce fut une véritable surprise – ce sentiment d'impuissance qui était resté associé à sa présence dans la salle d'accouchement, tandis qu'Adele venait au monde parmi les cris et les pets de Marina. Au contraire, Marco se sentit partie prenante de l'événement, il se sentit utile et frémit à l'idée qu'il avait envisagé de ne pas y participer. Comme sa fille l'avait toujours fermement voulu et cru, tout fut vraiment *naturel*, dans le sens littéral, étymologique, du terme, de « ce qui a trait à la capacité d'engendrer » ; et quand l'expulsion fut complète et que la sage-femme garda dans l'eau le nouveau-né encore dix, vingt, trente secondes, il n'éprouva aucune angoisse, aucune impatience : pas tant parce qu'il savait que l'élément liquide était le milieu originel de l'enfant et que le réflexe de respiration ne s'activait que quand il le quittait, mais parce que lui-même était plongé dans ce liquide et qu'il éprouvait dans son propre corps vieillissant le même soulagement qui à cet instant envahissait celui ferme et musclé de sa fille et celui tendre et tout neuf de Miraijin. C'était l'eau qui les unissait, parlait, rassurait, savait. Cette demi-minute fut le moment le plus lumineux de toute sa vie. Et ce bouillon trouble qui les contenait, sa seule expérience d'une famille heureuse.

Tandis qu'on sortait le bébé de l'eau et qu'on le donnait à sa mère, Marco Carrera se surprit à mesurer sa vie entière à l'aune de l'expérience formidable qu'il était en train de vivre, étonné de ce bien-être qu'il venait de percevoir là où il ne se souvenait que d'un combat, de cris et de détails peu ragoûtants, et se demanda pourquoi l'accouchement dans l'eau était encore si peu pratiqué, pourquoi *toutes* les femmes ne l'adoptaient pas. Il resta silencieux, imprimant dans sa mémoire Miraijin qui calmement prenait sa première inspiration, poussait son premier vagissement, ouvrait pour la première fois ses yeux en amande et il ne remarqua même pas que c'était une fille. Il l'apprit peu après par Adele, par ses premières paroles alors qu'ils trempaient encore tous dans la piscine, son bébé contre sa poitrine et sur le visage une expression de plénitude que tous les pères devraient pouvoir contempler au moins une fois chez leurs enfants : « Tu as vu, papa ? Beau début. L'Homme du Futur est une femme. »

Toute une vie
(1998)

Marco Carrera
Poste restante – Roma Ostiense
Via Marmorata 4 – 00153

Paris, 22 octobre 1998

Cher Marco,

Je viens de comprendre que je ne sortirai plus de Giorgio Manganelli.

J'étais enfin en train de ranger les livres, les notes et tous les papiers que j'ai gardés sur mon bureau pendant des années après mon doctorat. Va savoir pourquoi, je me suis mise à lire des photocopies qui garnissaient un exemplaire de Centurie, *bouquin que j'ai dû consulter des dizaines de fois quand je travaillais à ma thèse. Il s'agissait de trois pages, trois poèmes photocopiés (pas pour mes recherches, c'est sûr, parce qu'ils sont sans rapport avec elles) et gardés là, simplement, puis oubliés et que j'ai retrouvés hier quand j'ai décidé de déloger Manganelli de mon bureau. En tombant sur ces textes, je me suis aussitôt rappelé le jour où je les avais lus dans un ouvrage de mon professeur, le besoin immédiat et violent que j'avais éprouvé de les photocopier : aucun autre, ces trois-là. Ce devait être, je crois, en 1991 ou 1992, nous avions rompu le fil et nous ne nous écrivions plus depuis longtemps. Je venais de rentrer à Paris après Bolgheri, c'était septembre, et comme chaque mois de septembre, j'étais sous ton influence, celle des jours absurdes que je venais de passer dans cet endroit maudit, si pleins et si vides de toi. J'ai lu ces poèmes et je les ai voulus parce qu'ils parlaient de nous. Je les ai photocopiés et glissés dans le volume dont je pensais à cette époque ne jamais me séparer. Puis est venu le jour où je les ai oubliés, puis aussi celui où je n'ai plus consulté* Centurie, *même s'il restait là, encombrant ma table sans raison apparente. Enfin hier est venu aussi le jour où j'ai décidé de me séparer de ce bouquin, de le ranger dans la bibliothèque avec les autres, dans l'intention de me libérer de mon obsession pour Manganelli, qui ici, à la Sorbonne, rend très hypothétique tout espoir de carrière universitaire. C'est donc au moment de l'ultime séparation que ces trois poèmes ont refait surface, et tout a recommencé de plus belle.*

1.
Nous avons toute une vie
à ne PAS *vivre ensemble.*
Sur les étagères de Dieu
la poussière recouvre les gestes possibles :

les mouches, ces chérubins, souillent
nos caresses ;
perchés en hiboux se tiennent
les sentiments empaillés.
« Invendus » – criera l'ange en cuivre –
dix caisses de vies, de possibles.
Et nous aurons aussi une mort à mourir :
une mort fortuite, non nécessaire,
distraite, sans toi.

2.
Je désirais te voir :
je désire tes cheveux fantasques
inaugurant des cris
de liberté dans des heures trop lentes ; la révolte
de tes poignets terrestres
qui agitent des débuts de drapeau,
et dénoncent le retard, le désespoir
prudent, le temps.
Il me faut la clameur d'un regard
et au-delà de la violence de ton existence
j'exige ce geste de toi : un rire.

3.
Je t'échappe
En pactisant avec ta présence :
Par des paroles amicales, avisées,
Je t'engage à ne pas exister.
Je ne redoute pas ton visage

Si je le sais extrait du néant
Grumeau fortuit de moi-même
Néant féminin :
Seul moyen de me préserver de ton sang ;
Car toujours tu m'effraies
Si tu tends de rien vers quelque chose.

Cette histoire semble inventée, je le sais. Mais tu me connais et tu sais que je n'invente pas parce que je suis dépourvue d'imagination. Elle est vraie, Marco, tout comme il est vrai qu'en bas de la troisième feuille, au stylo bleu – là aussi je me souviens exactement quand je l'ai écrit, et pourquoi, et ce que j'avais bu, et quel temps il faisait, mais je n'ai pas l'intention de te bassiner – j'ai reporté ces mots de GM, désormais mon geôlier :

« Or sais-tu que la description de notre amour tient dans cette façon, à moi de ne jamais être là où tu es, à toi de ne jamais être là où je suis ? »

Je t'embrasse (par lettre on peut)

Luisa

Aux Mulinelli
(1974)

Irene Carrera opta pour les Mulinelli un soir d'août et, de toute la famille, seul Marco s'en aperçut, il avait alors quinze ans, mais en paraissait douze à cause de sa carence hormonale. Il faut dire que les sautes d'humeur d'Irene, ses explosions, ses rébellions, ses sombres périodes de silence, ses renaissances illusoires, ses élans d'amour et d'optimisme et puis de nouveau sa tristesse, sa colère et les bêtises commises en connaissance de cause, pour attirer l'attention, à encore seize, dix-sept, dix-huit ans, avaient élevé le seuil d'alerte de ses proches, qui s'étaient habitués à ses excès. Elle était suivie à Florence par un excellent thérapeute, un psychanalyste qui s'appelait Zeichen, lequel toutefois, comme tous les psychanalystes, était en vacances en août. À vrai dire, il avait laissé un numéro auquel Irene pouvait l'appeler si besoin : mais c'était un numéro à l'étranger, avec un indicatif inconnu, *à rallonge*, dissuasif. Au début Irene avait vaillamment affronté le mois d'août, en essayant même d'en profiter : un voyage en Grèce prévu avec deux copines à l'issue du bac, mais annulé parce que l'une d'elles avait été recalée ; un autre en Irlande imaginé en remplacement, mais sans arriver au stade concret de l'organisation ; de solides intentions de passer quelques jours en Versilia où, à les en croire, beaucoup de ses amis s'amusaient follement, qui capotèrent, comme chaque année du reste. Si bien que vers le 15 août, Irene étouffait déjà dans la maison de Bolgheri, où elle avait passé tous ses étés, et d'où cette année-là, majeure, titulaire du permis de conduire et bachelière avec les félicitations du jury, elle avait vraiment cru qu'elle pourrait s'échapper. Mais le faux bond d'une copine avait suffi à anéantir tous ses projets, ramenant soudain au premier plan l'insuffisance sévère de ses relations sociales – à la fois conséquence et cause, parmi d'autres, de sa dépression. Son père qui cuisinait et qui lisait, sa mère qui prenait le soleil et qui lisait, ses frères trop jeunes qui ne pensaient qu'au sport, les sorties en mer sur le vieux Vaurien rongé par le sel, les copains du cru qui écumaient les boîtes de nuit infréquentables de la région, le docteur Zeichen enterré sous cet indicatif inconnu et, par-dessus le marché cette année-là, son inquiétude pour le traitement auquel Marco, son petit frère qui n'en savait encore rien, devrait se soumettre dès la rentrée, traitement dont ses parents, en dépit de la trêve instaurée par leur décision de le tenter, continuaient à parler tous les soirs sans exception – sans se faire de scène – tandis qu'Irene les écoutait en cachette.

Un de ces soirs d'août donc, alors que le temps avait déjà tourné et que le vent de sud-ouest balayait la côte,

Irene quitta la table après un dîner de restes frugal, en annonçant qu'elle allait sur la plage attacher le Vaurien au cabanon, puisqu'on annonçait gros temps pour la nuit. Comme si c'était normal. Mais ce n'était pas normal. C'était son père qui se turlupinait toujours pour cette coquille de noix et veillait à l'abriter, pas Irene, en aucun cas. Ce père inattentif qui lui répondit « bonne idée » avant d'aller dans sa chambre. Marco en revanche comprit tout de suite qu'Irene partait en finir avec la vie, dans l'eau, dans ce secteur redoutable devant leur cabanon appelé les Mulinelli, où l'eau était toujours agitée et où les courants vous entraînaient par le fond même quand il n'y avait pas de vagues. Où surtout quatre personnes déjà, depuis que la famille Carrera y venait en vacances, étaient mortes noyées – et toutes, avait-on toujours entendu dire, par suicide. Tandis qu'Irene sortait de la maison, un vieux cordage de chanvre enroulé à l'épaule, Marco s'alarma en constatant que ni sa mère qui rinçait la vaisselle, ni son frère Giacomo qui l'essuyait ne tentaient un geste pour la retenir. Il s'alarma, mais comprit en même temps qu'il lui revenait de sauver sa sœur, que c'était une affaire entre elle et lui, et cette pensée lui insuffla aussitôt du courage. Il ne dit rien et sortit par la porte-fenêtre de la cuisine.

Le ciel était couvert, gonflé de pluie. La lumière charbonneuse du crépuscule faiblissait, l'air était chaud et collant. On entendait la rumeur de la mer en colère. Marco sortit en courant du jardin, prit le sentier vers les dunes et, au bout, aperçut l'éclair blanc du débardeur d'Irene. Il pressa le pas pour la rattraper, mais elle sentit sa présence

183

et, sans même se retourner, lui cria de rentrer. Marco ne lui obéit pas – au contraire, puisqu'elle l'avait découvert, il se rapprocha. Si elle n'avait pas projeté de se noyer aux Mulinelli, voyant cela, elle l'aurait attendu, contente que son frère l'accompagne amarrer le Vaurien au cabanon : mais elle n'était pas contente. Elle lui ordonna à nouveau de rentrer, cette fois en se retournant et sur un ton plus rude. Marco ne renonça toujours pas, au contraire il força l'allure. Alors elle s'arrêta pour se laisser rattraper et quand Marco arrivé à sa hauteur s'immobilisa à côté d'elle, décontenancé, elle le saisit aux épaules, le fit pivoter comme un pantin et lui décocha un coup de pied au derrière, qui le prit en traître et l'envoya s'étaler par terre. « Va-t'en ! », cria-t-elle et elle repartit, cette fois en courant. Marco se releva et s'élança derrière elle. Il avait beau être beaucoup plus petit qu'elle – d'ailleurs depuis toujours, il était plus petit que tout le monde –, il sentait en lui une force étrange, qui suffirait à empêcher sa sœur de se jeter à l'eau. Certes, s'il y avait eu quelqu'un, il aurait demandé de l'aide, par précaution, mais il n'y avait pas âme qui vive, ils étaient presque arrivés à la dune, Marco se préparait à bondir sur Irene pour la stopper, la jeter au sol si nécessaire et la plaquer contre le sable jusqu'à ce qu'elle capitule. Il était vif, agile, et savait se battre : Irene l'avait pris par surprise avec son coup de pied, mais ça ne se reproduirait pas une deuxième fois.

Au pied de la dune, où la mer mugissait plus fort, Irene s'arrêta à nouveau et se retourna. Marco qui la suivait à quelques pas s'arrêta aussi. Tous deux haletaient.

Elle dévisageait son frère avec un rictus féroce qui l'effraya et fit claquer devant elle l'extrémité du cordage de chanvre comme si c'était un fouet. Tout en reculant, elle dirigea les claquements vers lui, qui continuait à la suivre, concentré sur le bout de corde qui jaillissait à deux doigts de son visage. Il tenait le regard rivé sur cette tête de serpent bondissante pour ne pas devoir le poser sur le visage d'Irene et rencontrer à nouveau son expression diabolique.

Ils arrivèrent sur la plage, Irene cessa de fouetter le vide et s'arrêta à côté du Vaurien. En effet, il était exposé, abandonné trop près du rivage : la mer en montant aurait pu l'emporter. Devant eux c'étaient les Mulinelli, bouillonnant d'écume dans la mer sombre, sous le vent qui forcissait. Irene immobile les contemplait, tendue en avant comme un chien de chasse, et Marco inspira, guettant le moment où il devrait se précipiter sur elle pour la retenir en ce monde. Mais Irene fit un pas de côté et entoura de ses bras la proue de la petite embarcation, caressant le contreplaqué marine rongé par le sel comme on flatte l'encolure d'un cheval. Tous ses muscles encore prêts à la détente, Marco la regarda, de dos, tandis qu'elle attachait le cordage autour du mât avec un nœud de chaise, puis nouait l'autre extrémité autour de ses hanches. Il la laissa faire pendant qu'elle hissait le bateau vers le cabanon en marchant à reculons, sans boudins de caoutchouc, sans rondins de bois, par saccades, tout en force : il n'intervint pas, ne l'aida pas. Quand le Vaurien fut à l'abri, Irene dénoua le cordage qui entourait ses hanches et l'attacha au cabanon avec un autre nœud de chaise, puis elle

185

fit volte-face : cette fois Marco la regarda dans la nuit qui tombait, il la regarda bien, et le visage effrayant avec lequel elle fouettait le vide avait disparu.

Ils rentrèrent en s'appliquant à accorder leurs pas pour se tenir enlacés, mais à l'inverse de la norme : lui, le garçon, la tenait par la taille et elle, la fille, par les épaules. De temps en temps elle le grattait avec le pouce, légère comme une fourmi, entre ces deux nerfs que nous avons à l'arrière du cou.

Weltschmerz & Co
(2009)

De : Marco Carrera
Envoyé – Gmail – 12 décembre 2009 19:14
À : Giacomo – jackcarr62@yahoo.com
Objet : Douleur Universelle

Cher Giacomo,

Quelque chose est ressorti à l'improviste, dont j'ai besoin de te parler, parce que tu es la seule personne encore de ce monde que ça puisse intéresser ou qui, en tout état de cause, soit concernée.
Je suis passé à l'appartement de la piazza Savonarola contrôler que tout allait bien. Ne me demande pas pourquoi je m'en soucie. De temps en temps, je vais jeter un œil. L'appartement se détériore peu à peu, il faudrait le vider, le rafraîchir, le louer, vu que ce n'est vraiment pas le moment de vendre avec cette crise, mais pour l'heure, tout ce que je réussis à faire, c'est y monter de temps en temps vérifier qu'il

n'y a pas de fuite d'eau, de panne ou de problème. J'ai fait couper le gaz, mais pas l'eau, parce que sinon, le cas échéant, on ne pourrait même pas faire le ménage. Je n'y vais pas pour ça, je n'y pense pas un instant (le ménage, pour qui, d'abord ?) j'y vais pour surveiller. Éviter que tout se dégrade irrémédiablement. Tu me comprends, toi qui n'as plus voulu y remettre les pieds ? Peut-être pas. Mais ce n'est pas de ça que je souhaite te parler.

Donc hier soir, je suis passé à l'appartement. Et à un moment, je ne sais pas pourquoi, sur une impulsion je suis entré dans la chambre d'Irene. Je savais que rien n'avait été touché, j'y étais entré plein de fois, quand je vivais encore à la maison et même quand je rentrais de Rome pour les vacances. Je savais que maman et papa l'avaient toujours gardée intacte, propre, le lit fait, prête comme si Irene devait revenir d'un instant à l'autre. J'ouvrais la porte, j'entrais et je regardais : le lit, le couvre-lit bleu marine, le bureau bien rangé, l'étagère en désordre, la belle lampe, la vilaine lampe, la guitare sur son socle, les disques, le tourne-disques, l'armoire avec le poster de Jacques Mayol, celui de Lydia Lunch, la maison de poupée sur la cascade que papa a fabriquée exprès pour elle, ce bijou absolu. J'entrais, je regardais et je m'en allais. Ça m'arrivait plus souvent que maintenant : maintenant que je ne vais à l'appartement que pour m'assurer qu'il n'y a pas de problème, en général je n'entre plus dans cette pièce, parce que je sais que désormais aucun problème n'en viendra plus jamais. C'est une pièce en paix, si tu comprends ce que je veux dire. Mais hier matin, je ne sais pas pourquoi, j'y suis entré. Et je ne me suis pas contenté

188

de regarder : je me suis assis sur le lit en violant l'intégrité du couvre-lit bleu. J'ai allumé la belle lampe. Je me suis assis au bureau. Or, si pendant toutes ces années, et ça en fait un paquet, tu m'avais demandé ce qu'il y avait dans le bureau d'Irene, dans sa chambre en paix, j'aurais répondu « rien ». Enfin, j'aurais dit la belle lampe, le planisphère du National Geographic *sous sa plaque de verre et le poster en relief du* Rocky Horror Picture Show *dans son cadre qu'Irene n'a jamais accroché au mur – c'est-à-dire, justement, rien. En réalité il y avait quelque chose, qui a toujours été là, qui y est encore. Un livre. Un de ces vieux livres conservés avec soin, à la couverture sans illustration revêtue d'une protection transparente, comme les romans Urania de papa. Peut-être parce qu'il est presque de la même couleur que le bureau, je ne l'avais jamais remarqué. Un recueil de poèmes. Intitulé* Nombreuses saisons. *De Giacomo Prampolini, un auteur dont je n'avais jamais entendu parler. Je l'ai pris et caressé comme y invite irrésistiblement sa couverture transparente. Puis je l'ai ouvert au hasard. En réalité ça n'a pas été au hasard : je l'ai ouvert là où lui, le livre, voulait être ouvert, c'est-à-dire à la page 25, où se trouvait une feuille de cahier pliée, qui est tombée sur le bureau. Avant de déplier la feuille, j'ai lu le poème imprimé sur la page. Ce poème :*

> Si tu me quittes
> je me briserai, tu le sais ;
> tu y comptes et je sais que tu penses :
> je serai plus solide désormais.

Notre amour est tout en certitudes !

Mais… mais
chacun de tes malheurs
aura par moi nom et nature ;
et je souffrirai du même mal que toi
sans espérer un sourire.
Dans l'aube indifférentes les cimes
des peupliers oscillent au vent ;
homme et femme s'en vont, premières
et éternelles figures du temps.

Je ne sais pas toi, Giacomo, mais je trouve que c'est le
poème le plus triste qui ait jamais été écrit. Puis j'ai ramassé
le feuillet tombé. Il était écrit de la main d'Irene, au stylo
bleu. Je l'ai lu :

Juin 1981

Weltschmerz & Co.

Weltschmerz (souligné) – Douleur Universelle. Las-
situde du monde. Jean Paul. Tolkien. Elfi.
Giacomo Prampolini, Nombreuses saisons.

Anomie (souligné) – Émile Durkheim, Le Suicide
(1897)

*Dhukkha (souligné) – Sanscrit. État de souffrance.
Traduction littérale : difficile à supporter (souligné)*

Le bhagavā était à Sāvatthī et dit : « Bhikkhu, je vous instruirai de l'apparition de dhukkha et de la disparition de dhukkha. Écoutez, prêtez pleine attention à mes paroles, je parlerai.

— Très bien, vénérable », répondirent les bhikkhu. Et le bhagavā donna son enseignement : « Qu'est, ô bhikkhu, l'apparition de dhukkha ? De l'œil et des objets visibles dérive la conscience oculaire ; la rencontre des trois fait naître le contact. Du contact dérive la sensation ; de la sensation dérive le désir. Voici, ô bhikkhu, l'origine de dhukkha.

De l'oreille et du son dérive la conscience acoustique ; du nez et de l'odeur dérive la conscience olfactive ; de l'esprit et des objets du savoir dérive la conscience mentale ; la rencontre des trois fait naître le contact, du contact dérive la sensation ; de la sensation dérive le désir. Voici, ô bhikkhu, l'origine de dhukkha.

Et qu'est, ô bhikkhu, la disparition de dhukkha ?

De l'œil et des objets visibles dérive la conscience oculaire ; la rencontre des trois fait naître le contact ; du contact dérive la sensation ; de la sensation dérive le désir. Ce n'est qu'avec la complète cessation de ce désir par la voie de l'arahat que cesse l'attachement ; avec la cessation de l'attachement cesse bhava [le devenir, N.d.T.], avec la cessation de bhava cesse la renaissance ; avec la cessation de la renaissance cessent le vieillissement et la mort ; et donc la souffrance, la plainte, la douleur corporelle, le bouleversement de l'esprit et l'agonie cessent. De cette façon advient la cessation de toute cette masse de dhukkha. Voici, ô bhikkhu, la cessation de dhukkha. »

Elle allait beaucoup plus mal qu'aucun de nous ne l'imaginait, Giacomo.

J'ai emporté le livre chez moi et je l'ai lu d'un trait. Le poème de la page 25 est de loin le plus beau et le plus triste. Et à la fin – j'ai failli ne pas la remarquer –, cachée sous le rabat de la couverture, tête baissée en quelque sorte, pour que personne ne la voie, j'ai trouvé cette phrase écrite au crayon papier, en petit, comme si personne ne devait la lire :

« Il faut toujours être très prudent quand on s'épanche, Lorenzo. Toujours. »

Lorenzo ?

Merde, qui est ce Lorenzo ?

Nous ne savions rien d'elle, Giacomo. Elle savait tout de nous, mais nous ne savions rien d'elle.

J'embrasse l'écran

Marco

Gloomy Sunday
(1981)

Dimanche 23 août 1981.

Le lieu est Bolgheri, ou plutôt cette portion de côte au sud de Marina di Bibbona que certains appellent Renaione, d'autres Palone, et que pour sa part la famille Carrera englobe sous le nom de Bolgheri, désignant par là non pas le bourg voisin blotti autour du château de la Gherardesca, mais directement la pinède et la plage en contrebas – elles aussi d'ailleurs encore entièrement, ou presque, apanage de cette noble lignée. Sur cette portion de côte sauvage, au début des années soixante, les époux Carrera ont réussi à acheter une petite ruine avec un bout de pinède, juste derrière les dunes. Leur intention était d'en faire le lieu symbole du bonheur que, avec deux enfants et un troisième en route, ils étaient convaincus de pouvoir répandre dans le monde. La rénovation a été leur œuvre à tous deux, dans une collaboration harmonieuse, Letizia pour la forme et Probo pour la croissance, puisque, au fil du temps, ils l'ont constamment agrandie et embellie, avec et sans autorisations, et donc transformée de modeste habitation rurale en élégante retraite au cœur de la Maremme. Dommage qu'entre-temps l'harmonie entre Letizia et Probo se soit évanouie et que leur obstination à y passer chaque année les vacances tous ensemble puisse s'apparenter à du masochisme.

Un autre lieu à mentionner à propos de cette même soirée est un restaurant sur la plage, à San Vincenzo, ouvert depuis une petite année et destiné à acquérir une formidable réputation.

Un autre encore est le golfe de Baratti dont il n'y a pas grand-chose à dire : c'est une des merveilles du monde.

Dans la maison de Bolgheri, la famille Carrera est au complet. Les pâtes *al ragù* préparées par Probo il y a quatre jours, passées et repassées au four et servies plusieurs fois, au point qu'elles semblaient se renouveler toutes seules comme le sanglier d'Odin, ont fini par finir. Comme c'est dimanche, Ivana, la dame qui vient de Bibbona faire la cuisine et le ménage, n'est pas venue : il n'y a donc rien pour le dîner. Les deux membres de la famille qui d'habitude s'occupent de parer à cette urgence sont Probo et Marco, mais tous deux ce soir sont absorbés par d'autres priorités. Probo parce qu'il ira avec Letizia à San Vincenzo au restaurant Il Gambero Rosso fêter les cinquante ans de la veuve de son ami Aldino Mansutti : c'est Probo qui a découvert ce restaurant fabuleux au bord de la mer et convaincu Titti de faire trois quarts d'heure de voiture depuis Punta Ala. C'est lui qui a réservé, c'est lui qui régale, ce sera sa soirée même si c'est elle qu'on fête. Le vide qu'il laisse à la maison est le cadet de ses soucis.

Marco est attendu rien moins que par un événement qui va changer sa vie : il a invité à dîner Luisa Lattes, la fille qui habite la maison voisine et dont il est amoureux depuis deux ans, et elle a accepté. Mais ce n'est pas une invitation comme les autres pour trois raisons : *1*, parce que Luisa n'a que quinze ans, et lui vingt-deux – ce qui signifie que Marco s'est épris d'elle quand elle en avait treize ; *2*, parce que sa famille et celle de Luisa sont en guerre depuis des années, chacune persuadée d'être la victime dans l'éternelle comédie des méchants voisins. Le contentieux remonte à l'accusation infâmante que, voici des années, le père de Luisa (un avocat arrogant et réactionnaire, gabarit armoire à glace, capable l'année suivante de déménager avec toute sa famille à Paris « par peur des communistes ») a lancée contre la mère de Marco d'avoir donné une boulette empoisonnée à son pointer bien-aimé, lequel en effet emmerdait tout le monde en aboyant à longueur de nuit. De fait c'est Letizia et l'avocat qui se vouent une haine implacable : maman Lattes et Probo, proches de caractère, s'en sont toujours tenus à distance, se limitant à supporter les algarades de leurs conjoints respectifs, tandis que les enfants ont d'abord fraternisé – comme c'est logique dans des lieux désolés tels que celui-ci, où il n'est pas facile de trouver une solution de remplacement à ses voisins – puis sont plus ou moins secrètement tombés amoureux les uns des autres. C'est Irene qui a brisé l'embargo, il y a quatre ans, en sortant avec le frère aîné de Luisa, Carlo, un garçon disons basique, défini par ses passions sportives, la blondeur de sa pilosité et sa dévotion filiale, qu'Irene aurait dédaigné dans un contexte normal, mais qui, sous les feux de cet anathème familial, incarnait le fruit défendu – et qu'elle avait donc bécoté tout un été à la plage sous les regards livides des belligérants, puis largué en beauté à Florence en septembre quand personne n'était plus là pour subir le spectacle. Plus récemment (voici deux ans, avons-nous dit), un coup de foudre a terrassé Marco à la vue de Luisa, qui avait grandi à l'improviste depuis l'été précédent, moins en âge puisqu'elle avait seulement treize ans, que, de façon troublante, dans son corps et, à l'évidence, aussi dans sa tête, si l'on considère que le regard fatidique de Marco l'a saisie assise sur la plage, adossée contre le cabanon, plongée dans rien moins que *Le Docteur Jivago*, c'est-à-dire son livre préféré. Marco a vécu les deux années qui suivirent ce regard dans la pure et simple attente que Luisa atteigne un âge auquel les attentions à son égard ne passent pas pour malsaines et, cet été, il lui a paru évident qu'attendre un an de plus avant de se déclarer signifierait perdre la priorité sur elle dont il est persuadé de pouvoir se targuer – une espèce de droit de découverte comme celui de son père sur le Gambero Rosso ou d'Irene sur la musique de Nick Drake. Si ce n'est que cette invitation à dîner s'avère décidément scandaleuse pour la raison numéro 3, que Marco ignore, mais pas Luisa : le matin même, Giacomo rentré de son voyage de néo-bachelier au Portugal avec sa copine – oui Giacomo, son impétueux, vigoureux, coléreux, généreux frère cadet, si différent de lui, si beau, si élégant, si bronzé, mais aussi si fragile et si susceptible, pour ne pas dire complexé –, au terme d'un parcours d'approche identique de plusieurs années, tout aussi secret et tourmenté, non, encore plus secret et tourmenté vu qu'il a une copine depuis deux ans, a adressé à Luisa la même invitation – et elle qui a choisi depuis qu'elle est petite, c'est-à-dire avant tout le monde, a refusé. Et même si Marco n'a évidemment pas annoncé avec qui il sortira ce soir, Giacomo encore blessé à vif par le refus de Luisa a supposé le pire – car il les a vus, son frère et elle, en conciliabule sur la plage. Il n'est donc assurément pas d'humeur à penser au repas, lui non plus.

Pour sa part, Irene est au bout du bout. Ça se voit. Ça se voit tout de suite. À ses yeux enfoncés dans ses orbites, à son regard brisé, à sa veine bleue en relief sur sa tempe, à ses cheveux poisseux de sel qu'elle n'a pas pris la peine d'attacher, à sa façon hallucinée de déambuler dans la maison coiffée de son walkman – et surtout à la musique qu'elle y écoute, si quelqu'un se donnait la peine de prêter l'oreille : elle écoute *Gloomy Sunday*, c'est-à-dire la chanson hongroise du suicide, dont – dit la légende – l'irrésistible tristesse a provoqué des dizaines de gestes désespérés à Budapest dans les années trente et qui figure ici dans sa version acide, murmurée, désaccordée, noire (sans la strophe ajoutée par les Américains pour l'édulcorer : « dreaming, I was only dreaming », c'est-à-dire ce n'était qu'un rêve, le héros ne se suicide pas vraiment), telle que l'a récemment enregistrée Lydia Lunch, son idole, et qu'Irene a copiée en une boucle mortelle sur les deux faces de la cassette qui tourne non-stop depuis des jours dans le walkman rouge offert par ses frères à Noël. Oui,

197

cette chanson est un signal d'alarme qui sonne depuis des jours, mais personne ne l'entend. Oui, Irene est au bout du bout, mais personne ne le voit.

Ça échappe même à Letizia qui pourtant n'a pas envie d'accompagner son mari à ce dîner et qui donc pourrait, si elle le voyait, saisir ce prétexte pour rester à la maison lui préparer un plat de spaghettis ; ensuite, toujours en admettant qu'elle voie qu'Irene est à bout, mais elle ne le voit pas, essayer de lui demander si elle a envie de parler, s'attirant peut-être en échange un va-te-faire-voir dont la vitalité pourrait s'avérer salvatrice. Mais elle ne le voit pas : Letizia ne voit pas cet éléphant au galop qui va écraser sa famille. Elle est insatisfaite, désabusée, comme toujours. Elle a un léger mal de tête, comme toujours. Elle n'a pas envie de faire ce qu'elle va faire, mais elle le fera, comme toujours.

Ce soir chez les Carrera, personne ne pense au repas, personne ne pense à Irene – et la maison se vide. Le premier à partir est Marco, tenu à une manœuvre de diversion à cause de la guerre entre les deux familles. Il dit au revoir et sort, tout au stratagème élaboré avec Luisa. Bientôt elle partira aussi, à vélo, comme pour aller chez son amie Floriana, qui est la complice de leurs manigances, comme la nourrice de Juliette. Mais au lieu de s'arrêter chez son amie, elle continuera tout droit jusqu'à la Casa Rossa, où l'attendra Marco. Elle laissera son vélo et montera dans la Coccinelle à côté de lui, qui a déjà décidé où il l'emmènera : dans l'endroit le plus beau du monde. Pour la première fois, à vingt-deux ans, Marco va être heureux, et il le sait. Sans en avoir encore parlé, il sait que son amour pour Luisa est partagé. Il sait ce qui va se passer – plus ou moins – et dans sa tête il n'y a de place pour rien d'autre. Puis c'est au tour de Probo et Letizia. Bien habillés, Probo sincèrement ravi, Letizia qui fait semblant – mais seulement au début, parce qu'elle découvrira en montant en voiture, et à sa grande surprise, que ce soir la bonne humeur de son mari est contagieuse. Plus que de la bonne humeur, qui chez elle serait un bien grand mot, Letizia éprouve contre toute attente une tendresse de sœur, une tendresse médicinale pour son mari, en le voyant si animé, si concentré sur la soirée, lui qui depuis de nombreuses années n'est jamais au centre de rien, pas même de son attention. Du reste il ne le sera pas ce soir non plus, puisque la personne à l'honneur sera cette veuve maigre comme un coucou, surchargée de bijoux, et le héros de la conversation comme d'habitude son mari Aldino, l'ami d'enfance de Probo, mort voici onze ans dans cet accident absurde. Un accident qui avait été à tort défini « de moto », mais seulement parce que Aldino se trouvait sur sa Guzzi V7 Special flambant neuve et qu'il roulait sur la nationale Aurelia à la hauteur de l'église San Leonardo, entre Pise et Livourne, juste après le pont sur l'Arno, quand il avait été touché de plein fouet par un réservoir de cent soixante-dix litres d'eau qui s'était détaché du crochet d'arrimage de l'hélicoptère Bell Model 206 Jet Ranger, stationné à la base militaire américaine voisine de Camp Darby et engagé aux côtés des pompiers italiens dans la lutte contre un vaste incendie qui ravageait les collines au sud de Pise, menaçant l'agglomération de Fauglia. Et c'est cet accident désormais lointain, mais encore vivant et lancinant dans son cœur, cette soirée, ce trajet pour le Gambero Rosso, cette même route nationale Aurelia où il est survenu (sauf qu'ils roulent à une cinquantaine de kilomètres plus au sud) que Probo choisit pour exposer à Letizia le concept d'élaboration du deuil, né dans son esprit d'ingénieur, qui finira par l'attendrir. En conduisant dans le crépuscule, il lui raconte pour la première fois comment il a essayé de démontrer algébriquement l'absurdité de cette mort atroce et inacceptable – et donc, pour illogique que cela paraisse, tenté de l'accepter. Il s'était mis en tête, lui explique-t-il, de calculer la probabilité de cet accident. Il s'était procuré toutes les données collectées par l'enquête : route de l'hélicoptère, vitesse, altitude de vol, poids du réservoir augmenté de celui de l'eau transportée, vitesse du vent et vitesse de la moto au moment de l'impact. Par une série de calculs laborieux, il était arrivé à des résultats qui disaient le contraire exact de ce qu'il souhaitait démontrer : au lieu de l'extrême improbabilité de cet événement, ils prouvaient qu'il s'agissait de l'aboutissement inéluctable d'un champ de forces déterminé qui ne laissait pas d'autre issue. Alors, poursuit-il, il avait changé d'approche, il avait essayé de se poser le problème comme elle se le serait posé elle, c'est-à-dire de façon simple et créative – et là Letizia s'attendrit encore plus. Un calcul simple avait suffi, un seul : combien de mètres parcourait l'hélicoptère en une seconde ? Un calcul simple, vu les éléments dont il disposait déjà : quarante-trois. Chaque seconde l'hélicoptère parcourait quarante-trois mètres. Et Aldino ? Quelle était la vitesse d'Aldino exprimée en mètres-seconde ? Vingt-trois virgule cinq. Étant donné, explique-t-il, que le moment où le crochet cédait ne changeait pas d'un iota la tripotée de calculs faits précédemment, cela signifiait que si le crochet s'était cassé une seule seconde plus tard, le réservoir aurait atterri quarante-trois mètres plus à l'est, c'est-à-dire en plein sur l'église San Leonardo (il avait vérifié) et de toute façon Aldino se serait trouvé vingt-trois mètres et demi plus loin. C'est-à-dire que non seulement il ne serait pas mort, mais il ne se serait peut-être aperçu de rien et aurait poursuivi sans encombre son voyage vers Punta Ala. Cela, dans l'hypothèse où le crochet aurait cédé une seconde plus tard. Si au contraire, poursuit-il, il s'était cassé *un dixième de seconde* plus tard ? Dans la vie réelle, dit-il, un dixième de seconde, c'est rien, c'est une sorte d'abstraction, un battement de paupière, mais si ce jour-là, le crochet s'était cassé un dixième de seconde plus tard, le réservoir se serait écrasé quatre mètres et trente centimètres au-delà du point où il était effectivement tombé, et Aldino se serait trouvé presque deux mètres et demi plus loin. C'est-à-dire qu'il se serait aperçu de tout, il aurait eu la peur de sa vie, mais de nouveau il ne lui serait rien arrivé. Un *vingtième* de seconde – c'est-à-dire cinq centièmes ? Toujours rien : deux mètres quinze, un mètre vingt-cinq – de quoi allumer un cierge à la Vierge, mais de nouveau indemne. *Trois* centièmes : un mètre trente, soixante-dix centimètres, boum – touché coulé. Donc, dit-il, la mort d'Aldino est due à un événement imprévisible et à une question de trois centièmes de seconde.

Ici Probo interrompt son exposé et demande à Letizia si elle le suit. Letizia répond que oui, parce que c'est vrai, elle le suit et avec une attention inhabituelle – tendre, nous l'avons dit, puisque à ses yeux ce à quoi Probo se livre n'est autre chose qu'un autoportrait. Probo se gare en silence parce que entre-temps ils sont arrivés à destination, sur la place où se trouve le restaurant. Il éteint les phares. Coupe le moteur. Baisse sa vitre. Allume une cigarette.

Il a abouti à cette conclusion, reprend-il, en imaginant comment elle, Letizia, aurait abordé la question : un seul calcul pour un résultat simple et bouleversant – pas cinquante calculs pour un résultat compliqué et insignifiant. Une approche d'architecte, commente Letizia. Non, réplique Probo, une approche à la Letizia Calabrò. Il en a découlé, ajoute-t-il, une vision entièrement nouvelle de la mort d'Aldino – une vision qui l'a accompagné depuis ce moment-là et qu'aujourd'hui il a décidé de partager avec elle. Il était évident, sans aucun besoin de la calculer, que la probabilité que ce crochet cède juste ce jour-là et juste quand Aldino Mansutti passait à l'endroit où le réservoir tomberait était infinitésimale. Une sur un million ? Une sur un milliard ? Peu importe. Assurément beaucoup plus faible qu'attirer la foudre alors qu'on court s'abriter, dit-il, comme c'est arrivé un jour en France à un de ses collègues ingénieurs, Cecchi : il y avait un orage électrique, les éclairs se succédaient, se déchargeaient dans la terre et Cecchi se trouvait justement par terre. Non, continue Probo, en fumant et regardant un point indéterminé devant lui, les circonstances qui ont conduit à la mort de son ami sont beaucoup plus rares et complexes et l'accident qui l'a causée compte parmi les événements *presque* impossibles, pour lesquels il n'y a franchement rien à calculer. On pourrait citer des millions d'événements de ce genre, dont la probabilité qu'ils se réalisent est infiniment proche de zéro, dit Probo, mais comme on parle de la mort d'Aldino, un seul lui était aussitôt venu à l'esprit pour ne plus en ressortir : qu'il tue son ami.

Il sourit. Il aspire une longue bouffée de sa cigarette. La braise éclaire son visage dans la nuit désormais pleine. Il se tait, les yeux tournés vers ce qu'on distingue du visage de sa femme.

« C'est-à-dire ? », lui demande-t-elle.

Le fait est, reprend-il, que leur amitié a été fabuleuse – et elle le sait –, profonde, pleine d'aventures et d'émotions, pourtant Aldino et lui ont connu au moins deux disputes mémorables, dont aucun des deux n'a jamais reparlé parce qu'ils les ont vite digérées et qu'elles n'ont pas tiré à conséquence. La première remonte à leurs vingt ans, quand ils étaient condisciples d'université : Probo ne se rappelle même plus la cause, ça avait à voir avec une invitation à une fête, peut-être aussi avec une fille, et c'était peut-être lui qui avait tort. Celle dont Probo en revanche se souvient très bien et à laquelle il s'est mis à repenser après la mort d'Aldino, c'est la seconde dispute, qui a eu lieu longtemps après, quand tous deux étaient désormais diplômés, mariés et pères de famille. Elle avait de mémorable, dit-il, qu'ils étaient *armés* tous les deux, puisqu'ils se trouvaient à la chasse, seuls, dans la réserve du père de Titti, à Vallombrosa. Aldino avait tiré une perdrix qui revenait à Probo, et cela à l'improviste, alors qu'il était dans son dos : il avait surgi canon pointé au-dessus de son épaule et lui avait fait une peur bleue, parce que lui-même était en train de viser et ne s'attendait pas une seconde à ces deux coups de feu à quelques centimètres de son oreille. Aldino était dans son tort, il avait agi de façon déloyale et dangereuse, mais Probo s'était laissé aller à une réaction hystérique, disproportionnée. Il lui avait hurlé sa colère en plein visage, l'avait couvert d'insultes, certaines tout à fait injustes, et avait tourné les talons, encore tremblant de rage et de peur, le laissant seul avec le chien qui déposait la maudite perdrix à ses pieds. Voilà, demande Probo à sa femme, ne peut-on pas imaginer que pendant qu'il tempêtait, pendant trois centièmes de seconde, il ait eu des envies de meurtre ? Fusil chargé à la main, il l'abreuvait de sa colère et de son indignation comme s'il était le dernier des derniers : Letizia ne pense-t-elle pas que pendant un laps de temps si imperceptible que la conscience ou le souvenir lui en échappent, cette explosion verbale ait contenu l'envie d'épauler et de lui tirer deux cartouches en pleine tête ?

Silence. Letizia ne sait que dire. Des phares jaunes percent l'obscurité, s'approchent : la Citroën DS de Titti Mansutti. Letizia se tait toujours. Oui, dit Probo, bien sûr que cette envie a été là. Et comme le destin d'Aldino, conclut-il, était de mourir par un des hasards les plus

204

improbables de l'univers à trois centièmes de seconde près, alors c'est vraiment comme s'il l'avait tué ce matin-là. C'est exactement pareil. Il jette sa cigarette, ouvre sa portière, descend. Letizia le suit. La Citroën s'arrête, Titti et ses deux filles en descendent. Tout le monde s'embrasse et ils entrent dans le restaurant.

Au même moment, vingt kilomètres plus au nord, Irene part pour la plage. Giacomo le note avec soulagement, parce qu'il a décidé d'agir, mais sans s'y risquer tant qu'Irene était là, parce qu'elle entend toujours tout, découvre toujours tout, et que ce qu'elle n'entend pas ou ne découvre pas, allez savoir comment, elle le devine. Maintenant qu'elle est sortie, il peut opérer. Il s'agit d'une vérification. Il se dirige vers le téléphone. Compose le numéro des Lattes – la maison à côté, à quarante mètres, derrière la haie de pittosporum. Ça sonne une fois. Deux fois. Allô ? (la mère) Bonsoir (voix contrefaite), je voudrais parler à Luisa s'il vous plaît. Je regrette, Luisa est sortie : c'est de la part de qui ? Giacomo se fige sur le canapé, le téléphone sur les genoux. Allô ? (dans l'écouteur) Allô ? Giacomo raccroche. Elle lui avait dit qu'elle ne sortirait pas. Entre-temps Irene est déjà dans le jardin et, de sa démarche fantomale, s'engage dans le sentier qui mène à la dune. Derrière la dune, la plage. Devant la plage, les Mulinelli.

Pour leur part, Marco et Luisa mangent une *schiaccina* dans une guinguette sous les pins de Baratti. Avec la fébrilité de deux personnes qui se jetteront l'une sur l'autre dans pas longtemps, ils mangent, boivent une bière, parlent peu. La tienne est bonne ? Délicieuse. La mienne aussi. On en prend une autre ? Tous deux attendent depuis très longtemps et tous deux savent maintenant que ça va arriver, ici, bientôt, sur la plage : Marco attend depuis deux ans, Luisa cinq, peut-être dix, en réalité si on l'écoute, depuis toujours. Marco Carrera. Luisa ne se rappelle pas un seul instant de sa vie où ce nom n'ait pas fait battre son cœur. Quand elle était toute petite, que les deux familles n'étaient pas encore brouillées et que Marco la poursuivait sur la plage pour lui faire peur ou qu'Irene et lui leur donnaient des cours de voile sur le Vaurien, à son frère et elle ; et aussi quand le nom de Carrera était devenu tabou, mais que son ami continuait à lui sourire sur la plage comme si de rien n'était et à être gentil avec elle, ou quand Irene et son frère étaient sortis ensemble et qu'ils s'embrassaient devant tout le monde, elle n'avait que dix ans et ça la réjouissait, parce que c'était la preuve que l'amour triomphait de tous les obstacles et qu'un jour donc Marco et elle pourraient faire pareil… Devant cette guinguette, les yeux rivés sur lui qui mâche lentement sa *schiaccina*, dans la tête de Luisa se bousculent tous les moments où elle a désiré ce qu'elle vit là – c'est-à-dire son existence entière. On dirait que la beauté intacte de Baratti, les hautes et larges ombrelles de ses pins, la mer étale et ses reflets, la douceur infinie de ce soir d'août sans lune les attendaient pour célébrer la réalisation de l'unique vrai désir que Marco et elle – oui Marco aussi – peuvent dire avoir connu dans leur vie.

Pendant ce temps au Gambero Rosso, assise en face de Probo, Letizia est toujours envahie de tendresse pour lui, une tendresse de plus en plus intense, si intense qu'elle ressemble à de l'attirance. Vous dites ? Letizia attirée *physiquement* par son mari ? Depuis combien de temps ne font-ils pas l'amour ? Des années. Les confidences de Probo sur la mort de son ami – lui, si aristotélicien, si carré, si *ennuyeux* – l'auraient-elles rendu attirant ? Ou peut-être est-ce le restaurant où ils dînent – car c'est à Probo que revient tout le mérite de l'avoir découvert et choisi pour cette fête d'anniversaire, qui sans cela aurait été bien morne – et où tout est parfait, odeurs, bruits, contenu de l'assiette, satisfaction des clients, est-ce cela qui le rend attirant ? Letizia n'est pas une grosse mangeuse, mais tout ce qu'elle goûte ce soir lui semble prodigieux : la petite soupe de fruits de mer au safran, le riz sucré aux langoustines et à l'estragon, le saumon sauvage gratiné à la ciboulette, les *orecchiette* à l'échalote, le bar en croûte, le poisson « vivant » de San Vincenzo…

C'est un dîner hors du temps, voilà, *en avance* – comme elle aime le dire de toute personne ou chose qui la fascine (« c'est en avance », « assez en avance », « très en avance ») et cette avance spatio-temporelle peut être indifféremment annonciatrice ou pas, c'est-à-dire qu'elle peut marquer quelque chose qui s'affirmera à l'avenir (comme ce restaurant et cette façon de cuisiner) ou pas (comme l'architecture radicale), mais elle reste la seule condition posée au monde par son esthétique personnelle : ce qui n'est pas en avance ne saurait être beau.

Le soufflé aux fruits de saison, le gratin de framboises avec un sabayon au vino santo, la « surprise du jour »…

Et à la fin oui, le résultat est que Letizia retrouve une attirance pour Probo, elle le voit fascinant et désirable comme il y a un quart de siècle – ce qui, cet après-midi encore, semblait inconcevable. Maintenant au contraire, c'est ressenti comme naturel : ils sont mari et femme, ils se sont choisis il y a vingt-cinq ans, se sont désirés et se désirent encore. Le dîner fini, Titti reconnaissante – qui n'a pas bu – remonte dans sa DS pour rentrer à Punta Ala, mais le Gambero Rosso reste là et même s'il n'a pas de chambre à proposer à ses clients comme l'auberge de *Pinocchio*, il offre sa plage déserte, silencieuse et sauvage, où ils peuvent s'éloigner, enlacés et titubants parce qu'ils ont forcé sur le grattamacco blanc, à la recherche de l'endroit le plus sombre…

Ainsi, à partir d'une certaine heure, exception faite de Giacomo qui s'est écroulé sur le canapé, vaincu par un puissant mélange de rhum et Nutella, cette nuit spéciale voit les quatre cinquièmes de la famille Carrera allongés sur le sable, en différents points de la même côte, caressés par le clapotement de la même mer et visités par différentes formes de béatitude. Letizia et Probo à San Vincenzo goûtent celle due à la folie qu'ils viennent de commettre, destinée – et ils le savent – à ne jamais se répéter et donc inégalable ; Marco à Baratti avec Luisa, celle encore plus inégalable que donnent des lèvres enflées par les baisers et la certitude inverse – mais illusoire, hélas, plus illusoire que jamais – que ces lèvres seront enflées encore et encore et encore ; et enfin Irene, à Bolgheri, la plus allongée de tous, la plus béate, son esprit éteint qui a perdu toute affliction et son corps vacant toute position, Irene que les Mulinelli ont ramenée à la surface et que les vagues ballottent à la lisière de la laisse où, à marée descendante, la mer Tyrrhénienne centrale la rendra à ceux qui la cherchent.

La voilà, elle arrive

(2012)

De : Marco Carrera
Envoyé – Gmail – 24 novembre 2012 00 : 39
À : Luisa
Objet : Aide

Luisa,

Je me demande : que veut dire avoir lu un livre ? Il suffit de s'arrêter sur une place et de regarder autour de soi : un tas de gens téléphonent. Je me demande : qu'ont-ils à se raconter ? Et comment faisaient-ils avant, quand les portables n'existaient pas ? Je me demande : dans les dentifrices à rayures, comment fabrique-t-on les rayures ? J'ai essayé de mettre une belle musique dans mon réveil à la place de la sonnerie, mais c'est toujours terrible de se réveiller. La machine du temps existe.

Adele…

Il y a des gens qui sont opposés à l'heure légale, le Japon ne l'a pas adoptée. Aujourd'hui il y a beaucoup de vent, tout s'envole. Dans les salles d'attente on s'ennuie.

Elle est morte.

Il y a trois ans, quand je suis revenu vivre ici, dans la rue derrière chez moi il y avait une grue. J'ai peut-être fini par comprendre ce que les enfants n'arrivent pas à digérer dans la séparation de leurs parents.

Adele est morte.

J'ai lu qu'au Piémont on a décidé d'abattre quatre cents chevreuils parce qu'ils traversent les routes et provoquent des accidents. J'ai lu que quatre-vingts pour cent de la transmission héréditaire des biens immobiliers en Italie s'effectue en ligne paternelle. J'ai lu qu'à Milan le week-end, un ingénieur installe une table dans un parc et propose aux gens de les écouter gratuitement. J'ai lu que Bill Gates et sa femme ont limité le temps d'ordinateur de leur fille pendant toute son enfance.

Mais la mienne est morte, tu comprends ? Mon Adele est morte et je ne peux pas la suivre parce qu'il y a la petite.

À seize ans, j'ai eu un coup de foudre pour Joni Mitchell.

Au secours, Luisa. Cette fois, je n'y arrive pas.

J'ai pris une bombe sur la tête.

Je m'en prends régulièrement.

La voilà, elle arrive.

Je m'interroge : mais le mal — tu vois de quoi je parle ? Le mal, il a ses chemins préférés ou il s'acharne au hasard ?

Ça y est. Elle arrive

La brume de l'oubli.

Shakul & Co
(2012)

Et pour finir, il arriva. Il arriva, ce coup de téléphone que tous les parents redoutent comme l'enfer, parce que *c'est* l'enfer, c'est la porte de l'enfer et heureusement il n'arrive que pour un tout petit nombre, il terrifie tout le monde, mais il n'arrive que pour quelques malheureux parents prédestinés, marqués, il n'échoit qu'à une poignée particulièrement infortunée, abandonnée de Dieu, mais il est redouté par tous, le plus redouté arrive en pleine nuit, encore que ce ne fut pas le cas, le plus terrifiant nous réveille en sursaut au cœur de la nuit, driiing, et il est si terrifiant qu'il arrive même quand il n'arrive pas, au sens où nous l'avons tous reçu même si nous ne l'avons pas reçu, parce que nous avons tous au moins une fois reçu un coup de fil en pleine nuit qui nous a réveillés en sursaut, driiing, qui a instantanément glacé notre sang dans nos veines, le réveil indiquait trois heures quarante ou quatre heures dix-sept, et nous avons tous pensé à ça, et nous avons attendu avant de répondre tandis que le téléphone continuait de sonner, driiing, pour prier, oui, même ceux

d'entre nous qui n'étaient pas croyants, prier que ce ne soit
pas ça – peut-être notre voiture brûlait dans la rue ou l'immeuble voisin, mais en fin de compte jamais notre voiture
ou l'immeuble voisin ne brûlent, driiing, nous le savons
bien, et donc nous avons tous hésité à répondre en priant
au moins que la victime soit quelqu'un d'autre, par pitié,
Dieu miséricordieux, Père tout-puissant, je ne T'ai jamais
prié parce que je suis un con, driiing, et je T'ai négligé et
j'ai enfreint Tes lois et j'ai péché contre Toi et j'ai blas-
phémé contre Toi, pauvre imbécile arrogant, et je ne suis
pas digne de prononcer Ton nom et je ne mérite rien et je
finirai très certainement en enfer, driiing, mais je Te prie,
Père, ici maintenant, sur cette terre, du plus profond de
mon cœur, à genoux par terre, prosterné vers la terre, à
plat ventre par terre, je Te supplie que cette sonnerie ne
soit pas la sonnerie de cet appel, driiing, pas de cet appel-là,
je Te prie de me prendre moi maintenant, tout de suite,
mais il est clair que ce n'est pas moi que Tu as décidé de
prendre, il est clair que je devrai rester dans cette vallée de
larmes, et alors je Te prie de prendre ma mère, oui, ça me
briserait le cœur, mais prends-la, ou mon père ou ma sœur
ou mon frère, et je Te prie de prendre aussi tout ce que je
possède, et aussi ma santé, de faire de moi un orphelin,
driiing, un mendiant, un malade, mais pas, Père tout-
puissant, je T'en supplie, je T'implore, ne fais pas de moi
un... et là nous nous sommes tous interrompus, parce que
le mot que nous devions prononcer n'existe pas, nous Italiens, Français, Anglais, Allemands, Espagnols, Portugais,
nous nous sommes tous interrompus parce que ce mot

n'existe dans aucune de ces langues, alors qu'il existe pour nous Juifs, Arabes, Grecs anciens et modernes, pour beaucoup d'entre nous Africains et pour nous locuteurs survivants de sanscrit, mais ça ne change pas grand-chose au fond, ça change que certains d'entre nous ont pu désigner cet enfer par un nom et d'autres pas, driiing, pendant que tous, terrorisés, nous étions en prière au lieu de répondre au téléphone qui continuait à sonner en pleine nuit, et pour finir nous avons répondu, et si ça se trouve ce n'était personne, mais oui, c'est possible, c'est plus probable que d'avoir sa voiture qui brûle, « allô ? allô ? », et ce n'est personne, parfaitement, ça arrive souvent, une plaisanterie peut-être, la plaisanterie atroce de nous faire croire que le temps est venu pour nous de recevoir ce coup de fil qui nous terrifie en pleine nuit, jusqu'à nous faire réciter la prière la plus déchirante qu'on puisse concevoir, et notre frère Marco aussi l'aurait récitée, mais ce ne fut pas le cas, parce que le coup de fil, ce coup de fil oui, arriva pour lui, mais pas la nuit, non, l'après-midi, un dimanche, en automne, dans la lumière sourde de quatre heures trente-cinq, sa petite-fille endormie sur le canapé, la tête sur ses genoux, pendant qu'il regardait à la télé *Bienvenue Mister Chance*, et donc en paix, satisfait, bienheureux même, loin de l'angoisse qui l'avait tenaillé pendant des années quand Adele partait le week-end avec ces jeunes gens qui lui avaient semblé d'aplomb, qui lui avaient semblé responsables et fiables, si bien qu'il la laissait partir avec eux, il l'avait toujours laissée partir depuis son adolescence, puisqu'elle était très douée, bien sûr les premières fois il y était allé aussi, il l'avait accompagnée, mais à partir d'un certain moment, il n'y était plus allé, parce que c'était embarrassant, il était le seul parent à les suivre, c'était presque pire que de ne pas l'y envoyer, et alors à partir d'un certain moment, il était resté à la maison à l'attendre, angoissé évidemment, peu importe si c'était le matin, l'après-midi ou le soir, rongé par le doute, je fais bien, je fais mal, Adele a une passion pour ces sports, mais ils sont quand même dangereux, bref ce n'est pas comme une partie de tennis, et Adele n'avait jamais aimé le tennis, seulement l'escrime, petite, et déjà là il y avait une *arme*, il y avait un symbole de sang, de mort, de danger, et ces défis évidents à la loi de la gravité, les vagues, les sorties d'escalade, bon exutoire, mais dangereuses, il aurait pu les lui interdire, c'était son droit, cela rentrait dans ses attributions de parent, ou bien ne pas les lui interdire, et il avait décidé de ne pas les lui interdire, il la laissait partir, il supportait en silence l'angoisse qui en découlait et redoutait, toujours en silence, de recevoir ce terrible coup de téléphone en pleine nuit toutes ces satanées fois où il allait se coucher et qu'Adele n'était pas rentrée, il le redoutait en silence, toujours, avant de s'endormir, quand il se réveillait pour aller aux w-c, avant de se rendormir, n'arrivant pas à se rendormir, prenant des gouttes pour se rendormir, Rivotril, Xanax, Ansiolin, et pourtant il fallait reconnaître que rien n'était jamais arrivé, jamais, pendant toutes ces années, pas le moindre accident, ni le jour ni la nuit, pas même une égratignure ou une luxation, rien du tout, si l'on excepte, d'accord ce n'est pas rien, qu'un jour elle lui était revenue enceinte d'une de ces échappées folles, certes, mais c'était une autre histoire, et il l'avait acceptée, enceinte à vingt ans et pas trace de père, il avait tout accepté, en silence, sans montrer son tourment, est-ce que je fais bien, est-ce que je fais mal, parce que d'un autre côté Adele avait la tête sur les épaules, elle était capable, consciencieuse, sûre, *elle s'en était sortie*, et il s'agissait d'un véritable miracle en réalité, si on pensait à ce qu'elle avait subi petite, ballottée, traumatisée, Italie, Allemagne, de nouveau l'Italie, Rome, Munich, Florence, avec une mère folle, disons-le, et un père stupide qui n'avait pas su la protéger, avec la douleur qui dégoulinait sur elle de toutes parts, de quoi opter pour le dysfonctionnement par principe, et au contraire, elle s'était épanouie d'une façon incroyable, ne s'en remettant au dysfonctionnement que lorsqu'il fallait signaler à ses parents le danger qu'ils ne percevaient pas encore, et voilà qu'apparaissait le fil dans son dos, et elle avait guéri quand ses parents avaient montré qu'ils commençaient à comprendre, alors il avait disparu, et à nouveau elle y avait recouru quand tout avait explosé, et le fil était réapparu et avait transformé Munich en une toile d'araignée inextricable, invivable, indiquant ainsi la solution à ses parents inaptes, la mère folle, le père qui n'avait pas su la protéger, bref, on peut le dire, c'était elle avec son fil qui avait guidé sa calamiteuse famille, ne disons pas vers le bien, parce qu'on ne peut pas franchement parler de bien, mais vers le moindre mal plutôt, oui, et ça au moins notre frère Marco avait tout de même fini par le comprendre, il s'était aperçu que sa fille détenait une sagesse puissante, sauvage, et il s'était surtout efforcé de lui procurer la stabilité, car en définitive c'était là le seul besoin d'Adele, un peu de stabilité, même si elle était douloureuse, entre les visites régulières à sa mère au sanatorium, l'amour inexprimable pour sa petite sœur allemande et la sage décision de le vivre pleinement quand elles seraient plus grandes toutes les deux, douloureuse et complexe donc, mais stabilité quand même, ce qu'Adele n'avait jamais connu, et sur quoi elle avait enfin pu s'appuyer, rembobinant ce fil pour toujours et devenant ce qu'on appelle une « fille modèle » et, à partir d'un certain moment, une « fille-mère modèle » qui faisait ses études, travaillait et partait surfer ou crapahuter, et quand elle surfait ou crapahutait, c'était lui qui restait avec le bout de chou, Miraijin, sa petite-fille, et c'était bien ainsi, Adele allait recharger sa sagesse dans le cœur sauvage de la nature et il l'attendait à la maison avec la petite, offrant à sa fille la stabilité, et il gérait son angoisse en silence, il avait passé des années comme ça, il semblait bien qu'il avait eu raison d'accepter, de persévérer, de la laisser partir, il semblait bien que ça avait valu la peine de risquer, jusqu'au moment où ce coup de téléphone avait fini par arriver, alors il avait découvert qu'il était marqué, abandonné par Dieu, beaucoup mais beaucoup plus qu'il ne le croyait, et il croyait déjà l'être beaucoup depuis l'époque de la mort de sa sœur Irene, et il était arrivé le coup de téléphone que tous les parents redoutent, mais qu'un petit nombre seulement reçoivent, quelques malheureux marqués, prédestinés, pour qui, dans de nombreuses langues, le mot n'existe même pas, mais il existe par exemple en hébreu, *shakul,* qui vient du verbe *shakal* qui signifie justement « perdre un enfant », et il existe en arabe, *thaakil,* avec la même racine, et en sanscrit, *vilomah,* littéralement « contraire à l'ordre naturel », et il existe dans de très nombreuses variantes des langues de la diaspora africaine, et dans un sens moins univoque il existe aussi en grec moderne, *charokammenos,* qui signifie « brûlé par la mort », désignant de façon générique une personne frappée par un deuil, mais on l'emploie presque exclusivement pour désigner un parent qui perd son enfant, d'ailleurs sur ce fait de perdre ses enfants, un des oracles de notre frère Marco dans sa jeunesse s'était déjà exprimé de façon définitive, « Savez-vous que j'ai perdu deux enfants / Madame vous êtes bien distraite », parce que en effet à bien y réfléchir ça ne tient pas cette histoire de *perdre* une personne quand elle meurt, c'est-à-dire d'être le sujet de sa mort, j'ai perdu ma fille, je ne l'ai plus, je l'ai laissée mourir, je je je, ce pronom n'a aucun sens, il est presque obscène quand meurt quelqu'un d'autre, mais quand c'est un fils ou une fille qui meurt, hélas il a un sens, parce que la responsabilité plane toujours ou la faute du parent qui n'a pas empêché, comme c'était son devoir, n'a pas conjuré, n'a pas évité, n'a pas protégé, n'a pas prévu, a laissé survenir et donc laissé mourir, et donc *perdu* son fils ou sa fille, bref pour notre frère Marco il arriva le coup de téléphone qui anéantit sa vie, et il arriva dans l'après-midi un dimanche en automne, et sa vie déjà anéantie d'autres fois fut anéantie à nouveau, sauf que dans la vie le néant n'existe pas, et en effet Miraijin dormait la tête sur ses genoux, et tandis qu'il essayait de respirer, parce que même ça il n'y arrivait plus, il était *shakul* depuis quelques secondes (on ne le lui avait pas dit ouvertement, on l'avait ménagé, mais il avait très bien compris), il était *thaakil*, il était *vilomah*, il était *charokammenos* depuis quelques secondes, et il avait les poumons bloqués, l'air était un filet de feu, son ventre un trou sans fond, sa tête un tambour, et une vie ne pouvait pas être plus proche du néant, Miraijin se réveilla en douceur et lui sourit, elle avait deux ans depuis un mois, et par ce geste tout simple, se réveiller et lui sourire, elle lui disait grand-père ne t'y risque pas, elle lui disait on ne plaisante pas, elle lui disait grand-père je suis là, il va falloir supporter.

Jaugé
(2009)

De : Marco Carrera
Envoyé – Gmail – 12 avril 2009 23:19
À : Giacomo – jackcarr62@yahoo.com
Objet : Les photos de Letizia

Cher Giacomo,

j'ai réussi à caser les archives photos de maman ! Ça a été un coup de bol, mais je suis venu à bout de ça aussi. Maintenant il n'y a plus de raison de ne pas vendre cet appartement.

J'ai eu beaucoup plus de mal à m'occuper des affaires de maman que de celles de papa, pour différentes raisons, et à vrai dire je ne m'en suis pas occupé du tout : ces milliers de photos, magnifiques il faut le reconnaître, à la fois m'embarrassaient et me blessaient ; quand il s'agissait de portraits des architectes et des artistes avec qui maman collaborait, je ne pouvais pas m'empêcher de me demander lesquels avaient été ses amants et de toute façon mon cœur se serrait de voir tous ces gens, tout ce talent, tout ce monde autour d'elle sans jamais, pas même dans un petit coin, une place pour papa. C'est vrai que ses prouesses à lui aussi, sa collection d'Urania, ses modèles réduits, ses maquettes excluaient maman, mais là il n'y a personne d'autre, c'était le monde solitaire de Probo le solitaire. Tandis que les travaux de maman abritent tout un univers d'hommes, de femmes, d'art, de talent, d'architecture, d'objets, de lèvres, de cigarettes, de sourires, de conversations, de vêtements, de chaussures, de musique, de paysages, et elle qui prend la photo est au centre de tout cela, et tout cela tourbillonne autour d'elle et il y a vraiment tout, tout sauf Probo. Ça me paralysait. Je crois que j'étais jaloux ou pas loin. Mais, tu vois comme le monde est bien fait, sans m'en occuper, j'ai réussi à trouver une destination pour ces archives aussi. La fondation Dami Tamburini. Ça ne t'évoque rien, je sais, ça ne m'évoquait rien non plus, jusqu'au jour où, par pur hasard, je suis tombé sur ce Luigi Dami Tamburini, un Siennois, héritier d'une fortune familiale considérable en biens immobiliers, terrains, un lac (!), un barrage (!), mais surtout une petite banque d'affaires qui n'a pas froid aux yeux, dotée de sa brave fondation qui s'occupe d'iconographie du XXe siècle. Voilà comment ça s'est passé : un copain de tennis m'a invité à participer à un double surprise de bienfaisance aux Cascine, organisé par Pitti Immagine pendant la semaine Pitti Uomo, et donc rassemblant surtout des célébrités et des petits jeunes gens qui ratent leurs services — or j'ai recommencé à jouer régulièrement, je suis en forme, je suis bon et donc on me réclamait dans ce double surprise pour le qualifier d'un point de vue technique. Un double surprise au cas où tu l'ignorerais est un tournoi en double, où les couples sont tirés au sort avant chaque tour. Je suis arrivé assez facilement en demi-finale, mais voilà que je tombe sur ce Luigi Dami Tamburini. Comme partenaire, je veux dire. Qui n'est pas si mal, honnêtement, même s'il ratait plein de balles et qu'on a gagné alors qu'il a collectionné les doubles fautes. En finale, le tirage au sort nous remet ensemble et là on s'est bagarrés : nos adversaires étaient forts, j'ai très bien joué, Dami Tamburini a commis un peu moins de doubles fautes et pour finir on a remporté la finale. Il ne se tenait pas de joie, remerciait Dieu d'avoir été tiré au sort deux fois de suite avec moi et, pour m'exprimer son immense reconnaissance, m'a invité à dîner dans sa villa à Vico Alto, près de Sienne, une première fois, puis une deuxième, et au cours de ces dîners, il s'est intéressé à ma vie et m'a raconté la sienne. (Par ailleurs, en m'informant à droite et à gauche, j'ai appris qu'il a la passion du jeu et que cette même villa où il m'a invité à dîner se transforme deux fois par mois en cercle de jeu clandestin, mais je ne lui ai rien révélé de mes antécédents.) Il a évoqué aussi la fondation qui – on y arrive – recueille des archives photographiques, des collections d'affiches, cartes postales, posters et autres documents liés à l'art du XXe siècle. Alors je lui ai parlé des archives de maman, comme ça, pour tâter le terrain. Il m'a répondu qu'il ne s'occupe pas personnellement de la fondation, mais il a sorti son téléphone et m'a mis en relation avec le président, lequel s'est empressé de me donner rendez-vous le

222

lendemain. Je l'ai donc emmené piazza Savonarola voir les photos de maman. En lui montrant ce fonds, anarchique comme elle l'a laissé, j'ai pu l'examiner de près pour la première fois, dirais-je, parce que, je le répète, jusque-là ça me gênait d'y mettre le nez, et j'ai mesuré sa valeur : il contient des centaines de portraits magnifiques, Giacomo, d'architectes, de designers et d'artistes, tous en noir et blanc, avec une section consacrée aux femmes architectes, qui est la plus complète d'Italie ou peu s'en faut ; il compte de très belles séries que je n'avais jamais vues, sur la réalisation d'objets en plastique (lampes, chaises, tables basses) depuis le stade du projet jusqu'à la sortie d'usine ; il témoigne de pratiquement tous les salons et expositions des groupes d'architecture radicale des années soixante et soixante-dix et d'un grand nombre de manifestations de poésie visuelle ; enfin on y trouve une section consacrée aux Anges de la boue de 1966, dont j'ignorais l'existence : sur une de ces photos, une seule, Giacomo, parmi cette légion d'anges, on voit papa, en bottes et cape de pluie devant la Bibliothèque nationale, sous un lampadaire qui éclaire son visage souriant, la cigarette aux lèvres. Le seul signe de sa présence dans l'océan de tirages et de négatifs que maman a accumulés sa vie durant. C'est vraiment un miracle qu'on soit nés.

Le président de la fondation s'est dit impressionné par cet ensemble, mais à mon avis il simulait, selon moi Dami Tamburini lui avait ordonné de tout prendre, et qu'on n'en parle plus, et quand on en est venu à l'organisation pratique, il m'a proposé vingt mille euros. Mais je ne veux rien, ai-je dit, et ça l'a scotché. Comment rien ? Il ne manquerait plus que ça, ai-je dit, il s'agit d'une donation, c'est vous qui me rendez service. Alors ce type m'a regardé, il m'a regardé attentivement et il m'a jaugé. Je ne sais pas si ça t'est déjà arrivé : moi jamais, mais là dans le salon de l'appartement de la piazza Savonarola, je suis sûr que cet homme me jaugeait, c'est-à-dire qu'il évaluait si j'étais sincère ou pas, si j'étais cupide ou pas, s'il pouvait ou pas me proposer de tremper dans ses manigances. Je ne peux te donner aucune preuve bien sûr mais, tandis qu'il me regardait, j'ai vraiment « su » que c'est une crapule et qu'il détourne de l'argent – j'en ai eu l'étrange et lumineuse certitude. Pour finir, il a dû estimer que ça ne valait pas la peine de courir le risque que je le démasque et il a « accepté » ma donation, mais visiblement il était déçu et je suis sûr que s'il avait su dès le début que je comptais faire don de ces archives, il ne se serait pas dérangé pour venir jusqu'à la maison.

C'est ainsi, cher Giacomo, qu'au bout du compte les traces du passage de maman sur cette terre ne se perdront pas « dans le temps comme des larmes dans la pluie ». C'est ainsi que désormais la fondation Dami Tamburini possède un fonds Letizia Calabrò et que l'appartement de la piazza Savonarola est officiellement en vente, même si l'agent à qui je l'ai confié, mon vieux camarade de collège Ampio Perugini (tu te souviens de lui ? sa tache de naissance autour de l'oreille te faisait peur) me dit qu'en ce moment, après la crise des subprimes, de la Bourse et patin-couffin, le marché immobilier est au ras des pâquerettes. Que te dire, on verra. Ce qui est sûr, c'est que je ne braderai pas cet

224

appartement. Si on nous en donne le prix, d'accord, sinon j'attends.

La patience, ça me connaît, pas vrai, frangin ?

Excuse-moi de te l'avoir demandé. J'attends une réponse et j'embrasse l'écran

Marco

Chemin de croix
(2003-2005)

Probo Carrera déclara un cancer peu après avoir manifesté son intention de partir vivre à Londres. En réalité il était déjà malade, mais ne le savait pas encore – ou peut-être le savait-il sans le savoir, c'est-à-dire qu'il le sentait, ce qui expliquerait en partie cette étrange décision. C'était en effet assez surprenant de sa part : quitter Florence, abandonner l'appartement de la piazza Savonarola avec son atelier, ses maquettes, ses trains électriques pour emménager dans un fantomatique studio dont il fallait prévoir l'achat à Marylebone, où semblait-il il avait laissé son cœur depuis un lointain séjour linguistique dans les années cinquante avec son ami Aldino, vingt jours enchanteurs dans une famille d'aristocrates amis des Mansutti, qui possédaient un immeuble entier à Cavendish Square. Mais qui le savait ? Personne. Il n'était retourné à Londres que deux fois depuis cette époque : l'une dix ans plus tard, à un pâté de maisons de distance, au Langham Hotel, pour une escapade en amoureux avec Letizia quand ils s'aimaient encore et qu'ils étaient heureux, et l'autre en famille, à nouveau dix ans plus tard, pendant les vacances de Pâques 1972, quand ils étaient déjà malheureux, au cours d'un voyage qu'il avait lui-même organisé pour l'Ordre des ingénieurs de Florence, dont il était le conseiller à ce moment-là. Par l'intermédiaire d'une agence avec qui Probo n'avait fixé que deux variables, à savoir le budget et l'hébergement à Marylebone, il avait dû s'entasser avec Letizia et leurs trois enfants dans deux minuscules chambres d'un minuscule hôtel de Chiltern Street, sur lequel Letizia elle-même et beaucoup de leurs compagnons de séjour eurent à redire. Lui au contraire se montra ravi parce qu'il était à Marylebone et le simple fait de retrouver Marylebone le mettait en joie. Mais qui le savait ? Personne.

Si Probo n'avait pas été cet homme taciturne capable de silences abyssaux, il aurait fini par lâcher que ce quartier de Londres était l'endroit au monde le plus beau et le plus rassurant qu'il avait connu dans sa vie – capable d'ébranler encore son imagination malgré la paralysie qui l'avait gagné après la mort d'Irene. Mais il n'avait jamais rien dit à personne et ce projet explosa comme une bombe en un tiède dimanche d'automne 2003, après un bon déjeuner mitonné par ses soins pour Letizia, Marco et Adele. Pendant le repas, comme d'habitude, Letizia s'était plainte du fait que Giacomo ne venait même plus les voir à Noël – et Probo n'avait rien dit, comme toujours quand sa femme se plaignait ; mais ensuite, le repas fini, alors que tout le monde n'attendait plus que de rompre les rangs, il avait lancé sa bombe : déménager, studio, Marylebone. Stupéfaction générale, plus forte encore chez Letizia et même teintée d'un peu de jalousie, parce que ce projet, au fur et à mesure que Probo l'exposait, semblait personnel : l'Angleterre georgienne, les dernières Adam Houses de Londres, les librairies spécialisées en livres anciens, les pâtisseries, les pubs fréquentés par les joueurs de cricket, la maison où est mort Turner, celle où a vécu Dickens, celle où a vécu Elizabeth Barrett avant de s'enfuir ici à Florence avec Robert Browning, la Wallace Collection, le Langham Hotel – justement –, les platanes légendaires de Manchester Square, la dernière maison habitée par la prophétesse Joanna Southcott… Mais qu'est-ce que tu racontes ? lui demanda Letizia décontenancée : des platanes, une prophétesse ? Et, tirant sur sa Capri d'un air entendu, ce cachottier de Probo raconta l'histoire d'une folle de l'époque georgienne qui s'était autoproclamée la Femme de l'Apocalypse décrite par Jean dans la Révélation et était morte en 1814 à l'âge de soixante-quatre ans, quelques semaines après l'échéance de sa prophétie selon laquelle elle accoucherait du Nouveau Messie. Elle n'avait pas accouché du Nouveau Messie, mais était tombée gravement malade et était morte peu après Noël, même si ses adorateurs avaient attendu que sa dépouille commence à se décomposer pour rendre la nouvelle publique, au cas où elle aurait décidé de ressusciter. Sa prophétie la plus célèbre disait que la fin du monde serait pour 2004 et, comme il ne restait plus que quelques mois, Probo annonça que c'était là, à Marylebone, qu'il souhaitait l'affronter. Rien dans son attitude ne laissait supposer qu'il plaisantait et il ne précisa pas si Letizia était prévue au

228

programme ou si son déménagement à Londres signifiait qu'à plus de soixante-dix ans ils se séparaient. Il montra qu'il s'était informé sur l'offre de studios dans le quartier et sur leur prix, assez élevé à vrai dire, mais qualifié quand même d'« abordable ».

Plus tard dans l'après-midi, Letizia téléphona à Marco : son père n'avait donc plus sa tête ? Il délirait ? Bien que perplexe lui aussi, Marco la rassura, d'après lui c'était une plaisanterie : il avait vérifié, lui dit-il, tout ce dont Probo avait parlé à propos de Marylebone, les maisons, les platanes, la prophétesse, sortait de l'article *Marylebone* de Wikipedia English. Mais Letizia, si prompte autrefois à s'emparer des nouveautés, ignorait ce qu'était Wikipédia. Elle n'avait montré aucun intérêt pour Internet, contrairement à Probo – la grande nouvelle était là. Cela prouvait que, la vieillesse venue, les rôles entre Letizia et Probo se renversaient et que c'était maintenant elle qui peinait à suivre l'évolution du monde, tandis que Probo y nageait avec naturel, au point d'en tirer des plaisanteries raffinées ou, s'il ne plaisantait pas, des projets de vie raffinés. C'était un changement historique que Marco essaya d'expliquer à sa fille : papi Probo qui surfe sur Internet et annonce qu'il compte déménager à Londres, mamie Letizia qui ne comprend plus rien et reste à la traîne – une révolution copernicienne. Mais Adele n'avait pas connu ses grands-parents *avant*, elle ne pouvait pas comprendre l'énormité de la chose – quant à Giacomo, comme Letizia l'avait déploré, il vivait désormais toute l'année en Amérique et se désintéressait de leur famille.

Plaisanterie ou pas, le projet de Probo fut balayé par le diagnostic qui tomba trois semaines plus tard, un vendredi de novembre pluvieux, à la suite d'une biopsie sur des tissus prélevés à l'occasion d'une coloscopie prescrite parce qu'un examen de routine avait révélé du sang dans les selles. Adénocarcinome. Adieu Londres. Adieu Marylebone. Tout s'écroulait en effet, même si ce n'était pas la fin du monde au sens où l'entendait Joanna Southcott. Ce fut un début, au contraire, celui du chemin de croix bien connu, orgueil de la médecine contemporaine, qui libère le malade du mécanisme archaïque verdict-exécution et l'engage dans une lente, longue, parfois très longue marche vers sa fin –, un chemin de croix, scandé comme il se doit par toutes ses stations, souvent bien plus de quatorze. Découverte de la maladie. Biopsie. Résultat de la biopsie. Consultation de spécialistes. Dilemme entre opération et chimio. Résultat encourageant de l'opération ou des premières séances de chimio. Découverte que même si on a choisi l'opération la chimio est nécessaire. Effets secondaires de la chimio. Changement de protocole de chimio. Découverte que même si on a choisi la chimio, l'opération devient nécessaire. Et ainsi de suite… Tout le monde a connu ce parcours, directement ou indirectement, et ceux qui ne l'ont pas connu le connaîtront, et ceux qui ne l'ont pas connu ou ne le connaîtront pas sont soit des élus soit les plus infortunés de tous.

Marco assuma dès le début la charge entière de l'accompagnement – faible, pensa-t-il, par rapport au poids de la maladie qui pesait sur les épaules de son père – et fit preuve d'un certain cran. Il vivait comme un miracle d'avoir retrouvé la garde d'Adele et en tirait force et persévérance. Probo fut opéré à l'intestin, mais peu après, des métastases surgies de nulle part attaquèrent le foie et les poumons. Pour les combattre, on fit le choix suivant : hiver, chimio intensive ; printemps, interruption ; automne, reprise du protocole ; hiver, chimio intensive, et on recommence. Si le physique et le moral de Probo tenaient, déclara l'oncologue, il pourrait survivre de nombreuses années avec une qualité de vie appréciable. Donc Marco était réquisitionné pour : l'accompagner à la chimio, surveiller les effets secondaires, contrôler la prise des autres médicaments, l'emmener au scanner, faire venir l'infirmier à la maison pour les prises de sang… Considérant qu'il devait aussi travailler et s'occuper d'Adele, ce ne fut certes pas une période facile pour lui. Toutefois le problème n'était pas sa résistance, mais celle de son père.

Le physique de Probo résista assez bien et les métastases diminuèrent dès les premières salves de chimio. Côté moral, c'était plus difficile à évaluer, vu que Probo parlait très peu. En tout cas, il ne semblait pas abattu. Letizia en revanche était sous le choc, elle n'arrivait ni à accepter la situation ni donc à s'occuper de son mari comme elle estimait y être tenue – ce qui alimentait chez elle une dangereuse tendance à la dépression. Même si Marco ne se hasardait jamais sur ce terrain, il soupçonna l'analyste historique de sa mère – désormais âgée, mais obstinément déterminée à continuer d'exercer – d'être en train de rater le coche. Adele en revanche se montra d'un grand secours en apportant à sa grand-mère un jeu de logique, que ses amis de surf et d'escalade avaient découvert en Angleterre et qui s'appelait sudoku. Letizia se passionna pour cette nouveauté, confirmant l'impression qu'elle était en train de se « probifier » puisque, à première vue, ce jeu lui correspondait moins à elle, l'architecte instable, qu'à lui, l'ingénieur sédentaire. Lequel pour sa part dédaigna ce passe-temps, ne reparla plus jamais de Marylebone et, bien qu'affaibli et éprouvé par les traitements, se consacra à un projet de maquette grandiose – le premier tronçon de la ligne Circumvesuviana entre Naples et Baiano, construit en 1884, reconstitué grâce à des recherches méticuleuses ; projet toutefois qu'il abandonna brutalement quand il interrompit sa chimio pour la pause estivale. Sentant ses forces revenir (le calendrier établi par l'oncologue marchait), il acheta un canot à moteur d'occasion à Marina di Cecina pour sortir pêcher. Et allez. En mer. Tous les jours. Sans avoir crié gare. Il ne pêchait plus depuis l'époque de son amitié avec Aldino Mansutti, c'est-à-dire depuis plus de trente ans, mais il entama une existence de pêcheur. Et ça marchait bien, il prenait du poisson. Il attrapait d'abord une orphie, qui lui servait d'appât vivant pour pêcher le tassergal, et quand il en sortait un gros, il se faisait photographier à terre exhibant sa proie et la photo trouvait sa place sur le mur de la cabane d'Omero, le gardien du port-canal qui lui avait vendu le canot. À voir ces photos, on n'aurait jamais imaginé qu'il était malade. Même si Londres n'était plus au programme, tout cela impliqua la séparation d'avec Letizia, parce qu'il s'installa à Bolgheri dès la mi-mai pour y séjourner jusqu'à la fin du mois de septembre, or cette maison donnait la nausée à sa femme, surtout si elle devait y rester seule (il était hors de question pour elle de l'accompagner à la pêche). C'est pourquoi de nouveau, dans l'étrange involution conformiste qu'avait subie sa vie, Letizia se sentit inadaptée, coupable de ne pas réussir à soigner son mari malade – tâche que remplissait à la perfection la fille de madame Ivana, Lucia, qui entre-temps avait remplacé sa mère pour tenir la maison de Bolgheri.

Marco rebondissait comme une balle de ping-pong. Florence-Bolgheri, et il passait une journée avec son père ; Bolgheri-Florence, et il emmenait sa mère dîner au restaurant indien à côté du stade ou au cinéma avec Adele ; Florence-Seravezza, et il accompagnait Adele qui allait grimper dans les Alpes apuanes avec ses amis plus âgés ; certains week-ends, carrément Florence-Seravezza-Bolgheri-Seravezza-Florence, trouvant le moyen d'accompagner Adele, de la confier à la bande, de descendre à Bolgheri, de dîner au Gambero Rosso avec Probo, de pêcher avec lui le lendemain matin, de retourner chercher Adele l'après-midi et d'emmener Letizia au restaurant le dimanche soir. C'était fatigant, mais moins que son rythme de l'hiver précédent. Puis août arriva et la famille se réunit à Bolgheri comme si elle obéissait à une loi gravée dans le marbre.

Sommé par Letizia, Giacomo aussi vint de Caroline du Nord avec sa femme, Violet, et leurs deux filles, Amanda et Emily, et pendant deux semaines la maison fut de nouveau pleine. Cette station fut la plus dure à supporter : si la comédie de la famille unie était ridicule avant, quand tout

233

le monde se portait bien, elle devenait déchirante maintenant face à l'évidence que seule la maladie les réunissait – maladie dont d'ailleurs on ne soufflait mot car si Probo avait changé d'habitudes, il n'avait pas changé de comportement, et il ne parlait jamais de lui. Pour Marco la souffrance fut aiguisée par l'absence de Luisa, qui ne se montra pas de tout l'été – or ce n'était arrivé qu'une fois qu'elle ne vienne pas, pas même une journée, et cela remontait à longtemps, quand elle devait accoucher de son deuxième enfant, que sa grossesse était à risques et qu'elle était restée à Paris. Son absence totale, en cet été où il portait une telle croix, lui sembla être la preuve irréfutable qu'elle était perdue pour toujours. Il se trompait, mais sur le moment cela lui sembla d'une évidence désespérante.

Probo reprit la chimio en octobre, mais au bout de quelques semaines, tout s'accéléra. Dans l'été déjà, Letizia avait fait de petites poussées de fièvre et commencé à maigrir. Son médecin traitant ne s'était pas inquiété, parlant de diverticulite, mais quand en novembre elle alla chez le gynécologue pour une visite de routine, on lui découvrit un cancer très avancé du col de l'utérus. Le gynécologue, un ami de la famille, appela Marco au téléphone pour le prévenir avant d'en parler à sa patiente, parce qu'il était lui-même bouleversé. Marco quitta en hâte le dispensaire pour courir au cabinet de son confrère et c'est lui qui informa sa mère, là, devant le gynécologue et son assistante, qui se taisaient, consternés. Puis il la raccompagna chez elle. « Je suis morte », ressassa Letizia pendant tout le trajet et, à la maison, elle le répéta à Marco qui lui caressait les cheveux, assis sur le canapé à côté d'elle, et à Probo qui la regardait sans comprendre. « Je suis morte. »

Un deuxième chemin de croix commença – plus brutal celui-là, plus désespéré, et beaucoup plus rapide. Dès la première visite, le même oncologue qui l'année précédente avait donné de bonnes chances de survie à Probo, n'en laissa pas à Letizia. Il fut d'une sincérité que Marco trouva obscène : là, devant elle et Probo qui avait absolument tenu à être présent, il n'autorisa pas même un vague espoir, rien – sinon la vérité dure, désarçonnante. La seule à ne pas en être secouée fut Letizia, qui l'était déjà depuis long-temps, et dont l'avis – « je suis morte » – avait été clair dès le début.

Alors que l'oncologue lui-même le jugeait inutile, on infligea un cycle de chimio à Letizia aussi et, contrairement à ce qu'elle aurait fait dans sa jeunesse, quand son orgueil radical se nourrissait de la lutte contre le superflu, elle s'y soumit. Ainsi, peu avant Noël, Marco vécut l'expérience extrême d'accompagner ses deux parents à l'hôpital de jour pour une chimio – chacun dans une chambre –, expérience qui lui rappela un livre de David Leavitt qu'il avait lu des années plus tôt avec Marina, quand ils étaient amoureux et qu'ils attendaient Adele. Marco en avait quasiment tout oublié, y compris le titre (il se souvenait que c'étaient des nouvelles, c'est tout), mais son souvenir l'effleura avec beaucoup de douceur pour le simple fait, énorme, de devoir accompagner ses deux parents en chimio.

Giacomo vint d'Amérique afin de l'épauler, on était aux vacances de Noël, il arriva avec toute sa famille. Comme

235

toujours dans ce cas, pour ne pas violer la chambre d'Irene qui était intouchable, ses filles allèrent dormir chez Marco, avec Adele. Elles étaient un peu plus âgées qu'elle, disgracieuses et américaines jusqu'à la moelle : on aurait dit que Giacomo avait évité par tous les moyens de leur transmettre quoi que ce soit de ses origines, y compris la beauté qui continuait à resplendir en lui à plus de quarante ans. Il suffisait de les voir aux prises avec une assiette de spaghettis ou avec les locutions les plus élémentaires de la langue italienne pour mesurer toute la distance que Giacomo avait voulu prendre avec sa vie précédente. Du reste, il vivait aux États-Unis depuis plus de vingt ans, jouissait de la nationalité américaine depuis quinze, enseignait à l'université depuis dix (mécanique rationnelle) et depuis cinq, comme le déplorait Letizia, ne venait même plus à Florence pour Noël : fallait-il s'étonner qu'il ait perdu ses racines ?

En revanche sa décision de rester après le départ de Violet et des filles avait de quoi étonner. Vu l'énormité de la situation, il ne put se résoudre à laisser son frère tout seul, d'autant que tous les deux – Probo et Letizia – avaient exprimé le souhait de ne pas finir leurs jours dans un hôpital, de rester chez eux jusqu'au bout, ce qui compliquait la tâche. Ainsi pour la première fois depuis longtemps, Giacomo s'exposa aux radiations de sa famille d'origine, sans la protection de la nouvelle qu'il était allé construire en Amérique. Il essaya d'imiter Marco, qui semblait à son aise dans cet enfer : il accompagnait avec lui leurs parents en chimio, s'occupait d'eux tandis que Marco cherchait une deuxième infirmière – pour la journée, en plus de la nuit –, puisque cette fois les effets secondaires étaient lourds pour les deux malades. Il s'appliqua à en faire *plus* que lui, vu que, entre son travail et Adele, Marco ne passait pas tout son temps avec Probo et Letizia. Giacomo en revanche ne les quittait pas ou du moins se tenait à leur entière disposition. Il ne sortait de l'appartement de la piazza Savonarola que pour satisfaire à leurs besoins, acheter à manger, refaire les stocks à la pharmacie. Il passait ses soirées à préparer des tisanes, regarder la télévision à côté de Probo ou aider Letizia dans ses sudokus. Alors qu'il avait vécu vingt ans à Florence, il ne tenta pas une seule fois de contacter un vieux copain, une ancienne fiancée, de se changer un peu les idées. Marco remarqua avec regret qu'il n'entreprit pas non plus d'approfondir sa relation avec Adele, comme il s'y serait attendu – comme, à sa place, il l'aurait fait avec une nièce qu'il ne voyait jamais. Concrètement il s'anéantissait dans l'assistance à ses parents moribonds : derrière des œillères, en apnée, comme s'il faisait la guerre. Même quand l'infirmière de jour arriva en renfort, il continua à administrer les médicaments, faire les piqûres, prendre la tension, au point qu'elle le prit pour le fils médecin. Mais en même temps, il redoutait de commettre des erreurs fatales et demandait sans cesse conseil à son frère, le vrai médecin : que veux-tu que j'en sache, répondait ce dernier, je suis oculiste. Le vieux démon de la rivalité avec Marco, qui l'avait attendu dans cette maison pendant toutes ces années, était revenu à la charge.

237

Il dormait dans sa chambre d'adolescent, mais dormir est beaucoup dire parce que, à toute heure, au moindre bruit dans la chambre de ses parents, il bondissait à leur chevet avant même l'infirmière. Une nuit, il téléphona à Marco vers trois heures du matin, paniqué par une diarrhée dont il redoutait qu'elle puisse tuer Letizia. Marco le rassura, l'engagea à s'en remettre à l'infirmière, mais décida ensuite de s'habiller et de venir piazza Savonarola lui aussi ; là, une fois l'urgence réglée grâce au Dissenten, dans le grand séjour inchangé depuis leur enfance, les deux frères furent vraiment à deux doigts de l'apaisement, de la réconciliation : mais comme aucun ne franchit le pas, il ne se passa rien et rien ne fut réparé. Ça leur était déjà arrivé en ces journées d'hôpital, quand Probo et Letizia s'assoupissaient pendant les soins et que les deux frères s'évadaient de leurs chambres et se retrouvaient dans la pénombre du couloir. Autant d'occasions parfaites pour se dire ce qu'ils avaient à se dire, se pardonner ce qu'ils avaient à se pardonner et enterrer pour toujours la hache de guerre : mais tant de temps avait passé que, même si leur embarras restait vif, ils ne se souvenaient pour ainsi dire pas de sa cause. Comme leurs parents étaient malades, tout se réduisait à cette lointaine brouille entre frères, pourtant il y avait plus : Probo et Letizia aussi avaient leur part de responsabilités dans le nœud coulant qui avait étranglé leur famille après la mort d'Irene, même si, quand on les voyait au plus mal dépérissant dans leurs lits, il était difficile de la pointer.

Soudain, fin janvier, pendant une trêve dans les protocoles de chimio, Giacomo lâcha tout et rentra en Amérique. Il n'avait jamais dit qu'il resterait jusqu'au bout, il devait entre autres reprendre ses cours à l'université, mais son départ brusque ne sembla pas naturel : il n'avait rien annoncé et disparut du jour au lendemain. Pour cette raison peut-être son absence laissa un vide – comme dans le passé déjà, parce que Giacomo était du genre à partir et laisser un vide. Marco accusa le coup, mais au même moment, il reçut une grâce inattendue sous la forme d'une lettre de Luisa. Après presque quatre ans sans donner signe de vie, elle lui écrivait une lettre étrange, où elle lui parlait d'une croyance aztèque selon laquelle les hommes morts au combat se réincarnaient en colibris. Au début de la lettre, elle reconnaissait qu'il lui manquait et à la fin lui demandait pardon d'avoir, disait-elle, « tout foutu en l'air ». Marco passa la nuit à ruminer sur le sens que pouvait avoir cette lettre, surtout sa dernière phrase, mais le lendemain il décida qu'avec Luisa il ne fallait pas supposer, interpréter, ruminer, avec Luisa il fallait se laisser aller – soit il rompait, comme il croyait l'avoir fait, soit à défaut de rompre, il devait se laisser aller. C'est pourquoi il lui répondit une longue lettre passionnée, à l'instinct, sans se protéger, sans penser aux souffrances qu'elle lui avait infligées quatre ans avant, quand contre toute attente elle avait changé d'avis sur le projet qu'ils avaient caressé quelques semaines plus tôt – ô combien caressé, sur la plage du Renaione, dans la nuit, tandis que les lumières des bateaux de pêche scintillaient sur l'eau plate et que les feux d'artifice crépitaient du côté de Livourne – de vivre ensemble dans une grande famille recomposée, et lui avait formulé d'étranges accusations à propos de rigidités et de frontières violées qui sentaient le conseil de psychanalyste à dix kilomètres, puis avait disparu à Paris, n'avait plus cherché à le joindre, ne lui avait plus écrit, lui avait à peine dit bonjour à Bolgheri en août pendant trois ans de suite et la quatrième année, la dernière, n'était même pas venue, pas une petite semaine ou un seul jour. Marco n'y pensa pas, il ne rumina pas, ne se protégea pas, il se laissa aller une fois de plus (la troisième ? la quatrième ?) et lui raconta la vie de fou qu'il menait, l'amour qui débordait, la tristesse, la force, la fatigue, l'arrivée de Giacomo, sa présence si étrange mais aussi familière, le vide laissé par son départ, étrange lui aussi, familier lui aussi, il lui raconta la course de ses parents à qui mourrait le premier, l'échange de rôles qui ces derniers temps les avait confondus l'un avec l'autre, et la tendresse qui se dégageait de tout cela. Luisa lui répondit par retour de courrier une lettre empreinte de la même passion : elle aussi l'aimait encore, elle croyait avoir tout gâché, elle était heureuse que ce ne soit pas le cas, elle l'aimait, elle était triste pour ses parents et elle l'admirait énormément pour ce qu'il faisait, elle y était passée elle aussi deux ans avant, quand c'était arrivé à son père, mais les deux en même temps, évidemment c'était fou, etc. Dès lors ils recommencèrent à s'écrire comme pendant la moitié de leur vie, des lettres à l'ancienne, au stylo-plume, dans des enveloppes qu'on lèche, avec des timbres entre-temps devenus adhésifs, emplies de mots

240

d'amour, de rêves, d'anecdotes sur leurs enfants et même de projets d'avenir, bien que dans ce domaine l'expérience les incitât tous les deux à la prudence. Bref, c'était l'univers merveilleux de l'amour impossible entre Marco et Luisa, qui brillait de tous ses feux du moment qu'ils étaient séparés.

Letizia mourut la première, début mai, à quelques jours de son soixante-quinzième anniversaire. La docilité qui l'avait envahie depuis sa maladie donna à Giacomo le temps d'accourir d'Amérique pour être physiquement présent, avec Marco et la vieille Ivana, venue de Castagneto Carducci pour rester jusqu'au bout à côté de « Madame », au moment solennel où ses poumons bruyants exhalèrent leur dernier soupir. Probo, lui, n'était pas présent, il tournait en rond dans la maison, agrippé à son déambulateur comme un orang-outang, écumant de colère et talonné par l'infirmière. Une colère qu'il n'avait jamais manifestée de toute sa vie, et probablement jamais éprouvée, mais qui à cet instant, au comble de l'inversion de caractère entre Letizia et lui, semblait être la seule force qui le gardait en vie.

L'enterrement de Letizia eut lieu le jour de son anniversaire. Luisa descendue de Paris pour l'occasion expliqua aux deux frères que dans la tradition du mysticisme populaire hébraïque le fait de mourir, comme Job, le jour de son anniversaire, était typique du *tzadik*, à savoir l'« homme juste », ou de la femme juste, la *tzadeket*. Les lettres qu'elle avait échangées avec Marco n'y faisaient pas allusion, mais il apparut que ces dernières années, elle s'était rapprochée de la religion de sa famille, plus précisément à la suite de la mort de son père et de l'avalanche de rites et célébrations auxquels elle avait dû participer dans la communauté juive de Paris. De toute façon, maintenant qu'elle était en chair et en os à côté de Marco, Luisa apparaissait à nouveau hésitante, loin de la voix passionnée qui résonnait dans ses lettres. Alors que rien ne les en empêchait concrètement, ils se touchèrent à peine ; ils s'embrassèrent une seule fois sur la bouche, enlacés devant la voiture des pompes funèbres qui emmenait le cercueil, mais ce fut un baiser léger, clandestin, où les langues se touchèrent à peine. Bien sûr en ces circonstances, il n'y avait pas lieu d'en parler, et Marco n'insista pas, mais la chose le frappa.

Giacomo repartit le lendemain de l'enterrement avec, dans sa valise, un petit sac contenant une poignée des cendres de sa mère. Que faire de l'urne complète et de tout le reste, ce fut le problème de Marco. Giacomo prenait le même avion que Luisa pour Paris, où il avait sa correspondance pour Charlotte, ainsi Marco les accompagna en même temps à l'aéroport et les vit partir ensemble, son frère et la femme de sa vie, et c'est seulement après leur avoir dit au revoir, alors qu'ils s'éloignaient, lui parlant et elle secouant la tête de côté comme quelqu'un qui rit de bon cœur, c'est seulement à ce moment-là que Marco s'aperçut que le même monde radieux qui entourait Luisa quand elle était avec lui – fait des mêmes souvenirs, baigné de la même lumière et de la même intensité – l'enveloppait aussi quand elle était avec Giacomo. En les suivant du regard, Marco sentit pour la première fois de sa vie, à quarante-cinq ans, trois jours après avoir perdu sa mère, l'aiguillon de la jalousie à l'égard de son frère : pas une jalousie pour ce qui était ou avait été, mais pour ce qui aurait pu être – puisque pour la première fois, un quart de siècle après le moment où il aurait dû en prendre conscience, il mesura que si on changeait de frère Carrera au côté de Luisa, le résultat était inchangé. Tout ce qui resplendissait chez elle et qu'il croyait être le seul à voir provenait de ces lointains étés de sa jeunesse où il était tombé amoureux d'elle en la regardant grandir, prendre le soleil, courir et plonger sur cette côte sauvage – mais, comprit-il, Giacomo avait vu les mêmes choses au même moment. Même s'il ne prit pas toute la mesure de ce qui avait été, ce fut un choc.

Il se retrouva seul aussi pour soutenir Probo, vaincu à son tour par le mal et pourtant encore furieusement attaché à la vie. Abruti par les protocoles antalgiques et souffrant d'avoir été pris de vitesse par Letizia, il ne trouvait plus la paix ni le jour ni la nuit. Ce fut pour Marco l'avant-dernière station du chemin de croix, celle où tout le monde souhaite – malade et soignants – que la fin arrive vite. Du reste Probo, dans son langage halluciné par la morphine, réclamait chaque jour qu'il l'emmène – emmène-moi, tu as promis de m'emmener, je veux partir, tu as compris ? Mais quand Marco essaya de sonder le docteur Cappelli, le confrère désigné par la caisse d'assurance maladie pour suivre Probo en soins palliatifs, sur la possibilité de, disons, accélérer un peu le processus, celui-ci fit la sourde oreille, répétant qu'on ne pouvait pas prévoir combien de temps il faudrait. Mais Marco était médecin et savait bien qu'on le pouvait. Alors, après une énième scène déchirante, tu as promis, tu es un salaud, emmène-moi – soit dit en passant, il n'avait rien promis, sinon de ne pas le laisser mourir à l'hôpital –, Marco décida d'agir seul. Ce fut la dernière station, celle par où ne passaient – toujours le même doute – que de rares élus ou de rares infortunés : par pitié, par obéissance, par épuisement, par désespoir, par sentiment de justice, retirer du monde celui qui l'y avait mis. C'est ainsi que Marco sut exactement quand il parlait pour la dernière fois avec son père : il lui enjoignit de se calmer, de rester tranquille, cette fois il l'emmènerait, il lui fit une première piqûre de sulfate de morphine en dehors du protocole établi par le docteur Cappelli, s'allongea sur le lit à côté de lui et lui demanda s'il était prêt à déménager à Marylebone. Enfin docile, Probo bredouilla que oui, ajouta un amalgame de noms que Marco ne comprit pas, et ses derniers mots, que Marco en revanche distingua clairement, sans les comprendre néanmoins, furent « maison Goldfinger ». Puis il sombra dans le sommeil et c'est à ce moment que Marco Carrera, diplômé en médecine et chirurgie en 1984, spécialisé en ophtalmologie en 1988, fit ce qu'il fit avec l'accès veineux de son père et la morphine du docteur Cappelli.

Le lendemain, cela faisait un mois exactement que Letizia était morte. Le lendemain, c'était l'anniversaire de Probo. Le lendemain, Probo était mort – ce qui signifiait dans la religion de Luisa deux *tzadikim* sur deux parents. Mais cette fois, Luisa n'accourut pas de Paris pour l'enterrement, ni madame Ivana de Castagneto Carducci, ni même Giacomo de Caroline du Nord : aucun d'eux ne put venir. Aux quelques personnes venues saluer le défunt dans la chambre funéraire qui demandèrent à Marco comment il se sentait, il répondit « fatigué ». Les cendres qu'on lui remit après la crémation provenaient du même four, mais elles étaient beaucoup plus sombres et épaisses que celles de sa mère.

Pour donner et pour recevoir
(2012)

ven. 29 nov

Docteur Carradori ? C'est toujours votre
numéro ?
16:44

> Bonjour docteur Carrera. Oui, c'est toujours mon
> numéro. En quoi puis-je vous être utile ?
> **16:44**

Bonjour. Pouvez-vous me dire quand je pourrais
vous appeler ?
16:45

> Actuellement je suis à Palerme, je prends l'avion
> pour Lampedusa. Si ce n'est pas urgent vous
> pouvez m'appeler après dîner, quand je serai
> installé. D'accord ?
> **16:48**

Bien sûr. Je ne veux pas vous déranger. Vous y
allez pour le naufrage du mois dernier ?
16:48

Oui, et pas seulement pour celui-là. Cette île
est un endroit incroyable pour donner et pour
recevoir. Et vous, comment allez-vous ?
16:50

Pas très bien hélas. Naufrage ici aussi. J'ai besoin
de vous demander conseil.
16:51

Je suis désolé. Appelez-moi ce soir, je serai à votre
disposition.
16:51

Merci docteur. À tout à l'heure.
16:52

Au revoir. À tout à l'heure.
16:54

Masque
(2012)

« Allô ?

— Bonjour. Docteur Carradori ?

— Oui, docteur Carrera. Bonjour. Comment allez-vous ?

— Eh bien…

— Que se passe-t-il ?

— …

— …

— Je ne sais vraiment pas comment vous le dire. Enfin, je ne sais pas comment vous le dire d'une façon qui ne soit pas brutale.

— Alors dites-le-moi de façon brutale.

— …

— …

— Adele…

— …

— …

— Adele ?

— Elle est morte.

— Mon Dieu, non…
— Si hélas. Il y a huit jours.
— …
— …
— …

— Un accident dans les Alpes apuanes. Le genre d'accident qui ne devrait pas arriver, à écouter les grimpeurs…
— …

— … et qui dans le cas d'Adele est particulièrement sidérant. Qui vous sidérera sans aucun doute, docteur Carradori.
— Pourquoi ?
— Parce que la corde a cassé, voilà pourquoi. Pendant qu'elle grimpait. À cause du frottement contre le rocher. Clac. Cassée. Mais la corde ne doit pas casser. Jamais. Elle est en polyester, avec une âme à haute résistance, nom de Dieu, elle *ne peut pas* casser ! À plus forte raison, elle ne peut pas casser avec Adele, parce que vous savez bien ce qu'était une corde, pour Adele ! Ce que ça représentait !
— Le fil…
— Mais oui ! Elle avait passé la moitié de son enfance à protéger ce fil, bordel, pour qu'il ne s'emmêle pas. Et puis…
— C'est terrible.
— …
— …

— Entendons-nous. Ce n'est pas que j'aurais été content si elle était morte dans un accident de voiture. Mais comme ça, franchement…

— …

— …

— Certains se retourneraient contre le fabricant de la corde pour—

— C'est ce que font ses amis, ceux qui l'accompagnaient. Ils veulent porter plainte contre l'entreprise qui produit la corde, la traîner devant les tribunaux. Ils accusent. Mais je leur ai dit que je n'y pense pas une seconde. Je leur ai dit de me laisser tranquille et d'aller au diable.

— En effet, j'ai dit "certains", mais il était implicite que je pensais—

— Et puis le parquet enquête, met sous scellés, vous emmerde. La substitut du procureur de Lucques m'a convoqué, mais je lui ai répondu clair et net que je n'irai pas, je ne veux même pas en entendre parler, de cet accident.

— Vous avez raison, docteur Carrera.

— Oui, je sais que j'ai raison. Mais…

— Mais ?

— Mais il y a la raison pour laquelle je vous ai dérangé.

— À savoir ?

— La mère d'Adele. Mon ex-femme. Votre ancienne patiente. Je ne sais pas comment agir avec elle.

— En effet. Comment va-t-elle ?

— Hum, pas très bien.

— Elle est toujours en Allemagne ?

— Oui. Elle se trouve dans un établissement privé, une sorte de clinique psychiatrique de luxe. Il paraît que sa maladie est devenue chronique. Même si ces derniers temps elle semblait…

— …

— …

— Pardon, j'ai dû manquer quelque chose. Ces derniers temps elle semblait quoi ?

— Non, vous n'avez rien manqué. C'est moi qui n'ai pas fini ma phrase.

— Ah, d'accord.

— Bref, je ne lui ai encore rien dit. Et je ne sais pas comment m'y prendre. Comment puis-je le lui dire sans—

— Mais ce n'est pas vous qui devez lui parler, docteur Carrera, c'est le confrère allemand qui la suit.

— Mais je ne le connais pas. Je ne l'ai jamais vu.

— Qui paie le séjour dans cet établissement ?

— Le pilote. Le père de leur fille. Car au milieu de tout ça, il y a aussi la petite, Greta, la sœur d'Adele. Il faudra le lui dire aussi et ce sera encore autre chose, parce que depuis quelque temps elles avaient commencé, disons, à fraterniser.

— D'après moi, il faut parler à cet homme. L'avez-vous déjà rencontré ?

— Le pilote ?

— Oui. Vous le connaissez ?

— Non. Enfin je l'ai rencontré quand j'ai repris Adele chez moi, il y a treize ans, parce que je suis allé la chercher chez lui, mais je ne l'ai jamais revu. D'ailleurs Marina est séparée de lui aussi.

— Ça ne l'empêche pas de se charger des frais.

— En effet.

— Alors ce doit être quelqu'un de bien. Il faudrait lui parler.

— Mais je n'en ai aucune envie, docteur Carradori. Tout est là. C'est pour cette raison que je vous ai dérangé. Je ne veux en parler avec personne. Je ne veux informer personne. Et puis comment ? Par téléphone ? Ou je dois faire le voyage jusqu'à Munich pour dire à l'homme qui m'a pris ma femme que ma fille est morte ? C'est trop pour moi.

— Je comprends parfaitement.

— Je n'ai même pas encore récupéré le corps, parce qu'il est retenu pour les besoins de l'enquête, et je sens que j'ai à peine les forces suffisantes pour affronter l'enterrement quand on me la rendra. Comment pourrais-je avertir ces gens ?

— Alors, ne le faites pas. Ne faites rien qui vous coûte.

— D'un autre côté…

— D'un autre côté ?

— …

— …

— Excusez-moi…

— …

— Il y a autre chose, mais…

— …

— …

— …

— Je suis un peu… Excusez-moi. Je prends des calmants.

— Ne vous inquiétez pas.

— Je disais qu'il y a autre chose.

— …

— …

— Je vous écoute.

— Voilà, il y a deux ans Adele a eu une petite fille. On ne sait pas qui est le père, Adele ne l'a jamais dit à personne. Cette enfant est une pure merveille, docteur, croyez-moi, je ne le dis pas parce que je suis son grand-père, c'est vraiment une personne nouvelle, différente : une petite brunette, enfin plus exactement elle est "mulâtre", avec des traits japonais, des cheveux bouclés et des yeux bleus. Comme si les races s'unissaient en elle, vous voyez ce que je veux dire ?

— Oui, très bien.

— Ce n'est pas un propos raciste, j'espère que vous me comprenez, je dis "races" par commodité.

— Je comprends.

— Elle est à la fois africaine, asiatique et européenne. Elle est petite, mais déjà très en avance : elle parle, comprend, dessine de façon prodigieuse pour ses deux ans. Elle a grandi avec sa mère et moi parce que nous vivions ensemble. Je suis son grand-père, mais je suis aussi une sorte de père pour elle.

— Bien sûr.

— Et évidemment c'est pour elle que je me bats, docteur. Si elle n'était pas là, je me serais déjà jeté d'un pont.

— Alors heureusement qu'elle est là.

— Si on veut. Marina a déjà vu la petite, Adele l'a emmenée quand elle allait voir sa mère en été. Tout à

253

l'heure quand je me suis interrompu, vous vous souvenez, quand je n'ai pas fini ma phrase ?

— Oui.

— J'allais dire que ces derniers temps, Marina semblait tirer un grand bénéfice de ses rencontres avec sa petite-fille. Son état s'améliorait. C'est du moins ce que constatait ma fille. Au point qu'elle avait décidé de la lui amener plus souvent, à commencer par ce Noël que nous devions aller passer avec Marina, puisqu'elle m'avait demandé de partir en Allemagne avec la petite et elle, et que j'avais accepté. C'est pourquoi, même si je ne lui disais rien, parce que je n'en ai pas envie, pas la force, elle se manifesterait sûrement, et là, il faudrait que je lui apprenne qu'Adele est morte et que je ne l'ai même pas avertie...

— Je comprends, docteur Carrera. Vous avez raison.

— Cette femme m'a fait du mal, mais elle a souffert et souffre encore beaucoup, plus que moi, et pour elle cette tragédie pourrait être...

— ...

— ... bref, je n'arrive pas à me désintéresser d'elle, mais en même temps, je n'ai ni la force ni l'envie de m'occuper d'elle. Vous comprenez ?

— Oui, je comprends, et vous savez une chose ? Vous avez bien fait de m'appeler, parce que je peux vous aider. Je parlerai au confrère allemand qui suit votre ex-femme, et à elle aussi, si c'est possible. Et je parlerai au père de la jeune fille, et à la jeune fille. Quel âge a-t-elle déjà ?

— Qui, Greta ?

— La sœur de votre fille.

— Oui, Greta. Douze ans. Mais vous ne devez pas…

— Je ne sais pas l'allemand, mais ils doivent connaître l'anglais, non ? Il est pilote, il le parle sûrement. Si vous en êtes d'accord, je m'occupe de leur parler à tous et vous n'avez pas à vous en soucier.

— Mais comment faire ? Vous êtes à Lampedusa, vous devez travailler. Je pensais à un avocat, un chargé de mission, je voulais seulement vous demander de m'indi—

— Écoutez, je suis arrivé ce soir, mais en fait je ne dois reprendre mon service que dans une semaine. Il se trouve que je n'avais rien à faire à Rome, or ici il y a toujours du travail, avec le centre d'accueil qui sature et tous les survivants du naufrage encore là. Mais si vous me donnez leurs coordonnées, je reprends l'avion demain, je vais à Palerme, puis à Munich et je parle à ces personnes. Aucun chargé de mission ne saurait être plus indiqué que moi, croyez-moi.

— Mais c'est trop. Je ne saurais comment—

— C'est mon métier après tout. M'occuper des fragilités quand il y a urgence.

— En effet on est dans l'urgence.

— Et surtout dans la fragilité.

— Oui aussi, bien sûr. L'état de Marina est ce qu'il est, Greta est encore une enfant…

— Je ne parlais pas d'elles.

— De qui parliez-vous ?

— De vous, docteur Carrera. Maintenant, il faut penser à vous. Il ne faut penser qu'à vous, vous avez toutes les

255

bonnes raisons de ne pas vouloir vous occuper des autres. Vous me comprenez ?

— Oui…

— Je vous parle en psychiatre, mais aussi en ami, si vous me le permettez. Maintenant vous ne devez penser à personne d'autre qu'à vous.

— Et à la petite.

— Non ! Ne mélangez pas tout, docteur Carrera. Vous êtes en danger en ce moment, parce que ce qui vous est arrivé est terrible et pourrait vous abattre. Vous ne devez pas penser aux autres, c'est vous qui êtes en danger. En avion par exemple, vous vous souvenez comment on doit se comporter en cas d'urgence ? La consigne pour les masques à oxygène ?

— Enfiler le sien d'abord et penser ensuite à celui des enfants…

— Exact. Tout à l'heure vous avez dit que sans votre petite-fille, vous vous seriez déjà jeté d'un pont. Et moi je vous ai répondu qu'au contraire sa présence est une chance. En la circonstance vous jeter d'un pont est exclu. Mais il est aussi exclu de vous laisser aller, de vous abandonner. Vous ne le pouvez pas parce qu'il y a la petite. Comment s'appelle-t-elle ?

— Miraijin.

— Pardon ?

— Mirai-jin. C'est un nom japonais.

— Mirai-jin. C'est joli.

— Cela signifie « homme nouveau », « homme de l'avenir ». « Homme » parce qu'Adele n'a pas voulu connaître le sexe avant, et qu'elle était sûre que ce serait un garçon.

256

— Je comprends, mais ça va aussi pour une fille.

— Tout à fait. Et elle est si féminine. Miraijin, j'entends. Encore si petite, mais nom d'une pipe, c'est vraiment une femme, vous savez.

— Je veux bien le croire.

— Elle a des manières…

— …

— Excusez-moi, je vous ai interrompu. Vous disiez ?

— Je disais qu'il faut penser à vous, maintenant, à faire en sorte d'avoir envie de vous lever tous les matins.

— Oh ! pour ça il y a Miraijin.

— Non ! De cette façon, vous n'êtes qu'une feuille ballottée par le vent. Vous devez puiser cette envie en vous. Sinon vous ne pourrez pas remplir votre rôle auprès de votre petite-fille. Les enfants sont incroyables, vous savez : ils perçoivent davantage ce qu'on tait que ce qu'on dit. Si vous vous occupiez de Miraijin en ayant le cœur vide, vous lui transmettriez ce vide. Si au contraire vous essayez de combler ce vide, et peu importe que vous y parveniez ou pas, ce qui compte c'est *d'essayer*, alors vous lui transmettrez cet effort, et cet effort, c'est tout simplement *la vie*. Croyez-moi. Je m'occupe tous les jours de gens qui ont tout perdu et qui sont souvent les seuls survivants d'une famille entière. Ils ont les pires problèmes matériels et parfois aussi de méchantes maladies, mais savez-vous sur quoi nous travaillons ?

— Non…

— Nous travaillons sur les désirs, sur les plaisirs. Parce que même dans la situation la plus désastreuse, les désirs et les plaisirs survivent. C'est nous qui les censurons. Quand nous sommes frappés par le deuil, nous censurons notre libido, alors que c'est précisément elle qui peut nous sauver. Vous aimez jouer au foot ? Alors jouez au foot. Vous aimez marcher au bord de la mer, manger de la mayonnaise, vous vernir les ongles, attraper des lézards, chanter ? Faites-le. Ça ne résoudra pas un seul de vos problèmes, mais ça ne les aggravera pas non plus et pendant ce temps, votre corps se sera soustrait à la dictature de la douleur, qui voudrait le mortifier.

— Et moi, que devrais-je faire ?

— Je ne sais pas, c'est complexe, on ne peut pas en parler au téléphone. Mais en premier lieu, vous devez vous souvenir que vous êtes fragile en ce moment, que vous êtes en danger. Et vous devez essayer de sauver du naufrage tout ce que vous aimez. Vous jouez encore au tennis ?

— Oui.

— Aussi bien que quand vous étiez jeune ?

— Ma foi, je me défends.

— Alors jouez au tennis. C'est un exemple.

— Entendu, mais Miraijin ? Je ne veux plus la quitter, c'est clair ? Pas même pour jouer au tennis. Je ne veux plus confier un être que j'aime à quelqu'un d'autre, surfeurs, alpinistes, baby-sitters…

— Je suis d'accord avec vous, c'est tout à fait compréhensible. Mais personne ne vous interdit de l'emmener quand vous allez jouer.

— C'est ce que je dois faire pour retrouver l'envie de vivre ? Aller jouer au tennis en emmenant Miraijin ?

— Je ne dis pas que vous retrouverez la joie de vivre. Vous ne la retrouverez probablement pas. Mais en attendant, vous vivrez. Et vous ferez une chose que le deuil voudrait censurer, parce qu'elle vous procure du plaisir.

— Mon père était un lecteur acharné de science-fiction. Il avait la collection presque complète des romans d'Urania du numéro 1 au numéro 899. C'était une véritable obsession, à tel point qu'il ne lui en manquait que quatre. À partir du moment où ma sœur Irene est morte, en 1981, jusqu'à sa propre mort il y a huit ans, il n'en a plus acheté ni lu un seul.

— Voilà. C'est exactement ce que je vous recommande de *ne pas* faire. Vous savez ce qui vous procure du plaisir : faites-le, ne vous punissez pas. Emmenez toujours la petite avec vous et occupez-vous d'elle pendant que vous faites ce que vous aimez. Il n'y a pas d'autre solution. Bien sûr il vaudrait mieux que quelqu'un vous suive dans cette démarche, mais si je me souviens bien, vous n'avez guère de sympathie pour nous, les psychiatres.

— Pour les psychanalystes. J'ai toujours été cerné par les psychanalystes et ça n'a pas empêché mes proches de souffrir comme des bêtes, sauf qu'au final, c'était ma faute. C'est aux psychanalystes que j'en veux : je n'ai rien contre les psychiatres.

— Vous n'avez rien non plus contre les psychanalystes, croyez-moi. Mais quoi qu'il en soit, je ne vous conseille pas de forcer maintenant votre penchant naturel. Si vous ne voulez pas vous en remettre à l'un de mes confrères, avancez seul. L'important, bien sûr, c'est que vous pensiez à vous. Que vous mettiez votre masque. Que vous respiriez. Que vous restiez en vie.

— Merci du conseil. J'essaierai de le suivre.

— Il le faut, j'insiste. Et envoyez-moi par texto les noms et adresses des personnes que je dois rencontrer en Allemagne, afin que je puisse partir demain.

— Cela me va droit au cœur, docteur Carradori. Vraiment.

— Comme je vous le disais, c'est mon travail.

— Et j'entends bien vous payer pour cela.

— C'est hors de question, docteur Carrera. Je disais que c'est mon travail au sens où je sais le faire.

— Alors au moins pour les frais de voyage, permettez-moi de—

— Ne vous inquiétez pas. Je n'ai pas payé un billet d'avion depuis des années. Ce n'est pas ça qui va me ruiner.

— Docteur, je ne sais que dire. Je suis ému.

— Ne dites rien. Ou si, je sais quels propos tenir au pilote, à la jeune fille, ainsi qu'à mon confrère de la clinique ; mais pour m'adresser à votre ex-femme, j'ai besoin de connaître vos intentions.

— À quel sujet ?

— Si elle souhaitait venir en Italie pour l'enterrement, accepteriez-vous de la revoir, de l'héberger chez vous ?

— Je ne crois pas qu'elle soit en état de voyager, docteur Carradori. Je crois qu'elle n'est pas autonome.

— J'ai compris, mais on ne sait jamais. Je sais par expérience que certains chocs peuvent entraîner la suspension temporaire d'un syndrome invalidant, qui certes n'est pas une guérison, mais qui, sur le moment, peut lever les empêchements physiques engendrés par le syndrome.

— Je ne verrais aucune difficulté à l'héberger.

— Et pour ce qui est de la petite, de Mirai-jin. Pensez-vous pouvoir la lui amener de temps en temps, là où elle réside, comme le faisait votre fille ? Je me rends compte que c'est prématuré, mais tôt ou tard cette question se posera.

— Je pense pouvoir la lui amener, oui.

— Quand vous irez mieux bien sûr. Maintenant suivez mon conseil, concentrez-vous sur votre masque.

— D'accord, docteur. Merci infiniment.

— Alors envoyez-moi par texto les informations dont j'ai besoin, s'il vous plaît. Adresses, noms, numéros de téléphone. Ou plutôt par WhatsApp, ici le téléphone est pire qu'Internet. Plus vite vous le ferez, plus vite je partirai.

— Je vais le faire tout de suite, docteur Carradori.

— Parfait. Et moi je partirai demain.

— Merci vraiment.

— Vous avez été bien inspiré de m'appeler, vous savez.

— Je m'en aperçois.

— Et cela signifie que vous voulez mettre le masque.

— Je l'ai déjà mis une fois, docteur. Quand ma sœur est morte.

— C'est exact. Et maintenant vous allez le remettre.

— Il n'y a pas d'autre solution…

— En effet. Et sachez que… vous m'êtes cher, si vous voyez ce que je veux dire.

— Vous aussi vous m'êtes cher, docteur Carradori.

— Si j'ai le temps à mon retour de Munich, je m'arrêterai à Florence, d'accord ? Pour vous donner les nouvelles en personne.

— Bien sûr que je suis d'accord. Mais je vous prie de ne pas bousculer votre—

— Je vous ai dit « si j'ai le temps ». Comme je vous le répète, je reprends mon service dans une semaine.

— D'accord.

— Vous me présenterez la petite. Et pourquoi pas, nous pourrons échanger quelques balles, d'accord ?

— Au tennis ?

— Oui, je ne joue presque plus, c'est vrai, mais pour nous amuser. De toute façon quand j'étais jeune et entraîné, vous m'avez mis 6-0 6-1, alors…

— Fichtre, il y a quarante ans.

— On emmène la petite et on joue, ok ?

— Ok.

— Alors je vous dis au revoir. J'attends les informations nécessaires.

— Je vous les envoie tout de suite.

— Au revoir, docteur Carrera.

— Au revoir, docteur Carradori. Et merci pour tout.

— Courage. Et à bientôt.

— À bientôt. »

Brabantì
(2015)

Bolgheri, 19 août 2015

Chère Luisa,

Depuis des années désormais quand je parle avec toi, j'ai l'impression de ne pas parler seulement avec toi. Par « toi » j'entends la fille que j'aime depuis mes vingt ans, qui est devenue une femme, une mère, et même aujourd'hui une grand-mère. Depuis longtemps quand je parle avec toi, à côté de cette fille ou de la part d'elle qui survit en toi, j'ai vraiment l'impression de parler aussi à une étrangère. Pour être tout à fait sincère : j'ai l'impression de parler avec ta psychanalyste, comment s'appelle-t-elle ? Madame Briccolì, Strippolì ? Je le détecte, Luisa. Je le détecte parce que désormais je reconnais au vol la voix des psychanalystes qui me parlent à travers les gens que j'aime. J'ai eu affaire avec ça ma vie durant. Je le détecte.

C'est vrai : tes révélations sur Giacomo hier, après toutes ces années, m'ont bouleversé. Mais les paroles que tu as prononcées après ont été pires, ma Luisa, bien pires. Parce que dans ton incapacité de me parler de Giacomo, je peux encore en me forçant reconnaître la fille que j'aime, me dire « il en est allé ainsi » et l'accepter. J'ai cinquante-six ans et j'ai dû accepter pire. Mais que, devant ma surprise quand tu as fini par te décider à vider ton sac (et, aussi, c'est vrai, devant ma colère, assez justifiée, accorde-le-moi), tu fasses une énième pirouette au lieu de me demander simplement pardon, pour te défendre contre moi, parce que soudain je devenais le danger auquel te soustraire, voire le violeur de frontières à repousser, celui qui projette ses propres fautes sur toi, ça ne te ressemble pas. Ça lui ressemble à elle, comment elle s'appelle ? Madame Propolì ? Struffellì ? Comment elle s'appelle, bon sang ? C'est pas d'elle peut-être la tirade que tu m'as sortie sur l'héroïsme ? Sur ma vision héroïque de la vie, qui manipule et écrase mes proches ?

Je me trompe, Luisa ?

En réalité, je suis ainsi, j'ai toujours été ainsi, depuis mon adolescence : j'ai très peu changé et personne ne le sait mieux que toi. J'ai une vision héroïque de la vie ? Je dois toujours me voir comme un héros ? Possible, mais c'est le cas depuis toujours, il n'y a rien de neuf. Il n'y a jamais rien de neuf chez moi, à la limite voilà ce qu'on pourrait me reprocher. Tu es ennuyeux, Marco. Voilà ce que tu pouvais me dire. Mais cela étant, les choses changent si brutalement toutes seules que je n'ai jamais eu le privilège de vivre une vie ennuyeuse. Maintenant par exemple, je dois réexaminer une longue période de vie, la reconsidérer de fond en comble à la lumière de ce que tu ne m'as jamais dit pendant toutes ces années.

Parce que j'ai accusé Giacomo. Je l'ai accusé ouvertement, à propos de cette nuit de malheur. C'était une époque où Irene allait mal, et c'était visible. Pendant tout l'été, je ne l'ai perdue de vue qu'un seul soir, ce soir-là, pour sortir avec toi : mais il restait avec elle et ça me rassurait. J'ai quitté la maison sans inquiétude, tu comprends, parce qu'il restait avec elle. C'est pour ça que je l'ai désigné comme responsable après. J'ai encore devant les yeux son visage congestionné pendant que je débitais mes accusations. Je l'ai traité de lâche. Je lui ai dit qu'Irene était morte par sa faute. J'ai fait ça, et je sais que c'est terrible, et je m'en suis repenti toute ma vie. Mais je ne l'aurais jamais fait si j'avais su qu'il était amoureux de toi, lui aussi.

Soyons clairs, je comprends que tu ne m'aies rien dit à l'époque. Tu avais quinze ans, tout cela était plus grand que toi. Et tant que nous ne nous étions pas retrouvés, je comprends que tu aies gardé le silence : tu étais partie vivre à Paris, on ne se voyait plus, comment pouvais-tu m'en parler ? En revanche, Luisa, je ne comprends pas pourquoi tu ne me l'as pas révélé quand nous avons recommencé à nous fréquenter. Pourquoi ne m'avoir rien dit pendant toutes ces années ? Veux-tu que j'énumère les occasions qui s'en sont présentées ? Tous ces moments sont gravés dans ma mémoire, et tu n'étais plus une gamine, tu étais une femme, tu avais deux enfants, tu allais affronter le choc d'un divorce, tu pouvais me mettre au courant : pourquoi ne l'as-tu pas fait ?

Pourquoi as-tu continué à me laisser croire que Giacomo me fuyait, alors que c'était toi qu'il fuyait ?

Puis, quand ça s'est gâté, divorces, déménagements, on est ensemble, on n'est plus ensemble, pendant toutes ces années, je comprends à nouveau que tu ne me l'aies pas dit. Mais nom de nom, quand on a recommencé à s'écrire, alors que mes parents mouraient et que Giacomo était revenu sur la scène : pourquoi ne m'en as-tu pas parlé à ce moment-là, pourquoi ne me l'as-tu pas écrit ? Ou quand ils sont morts et que tu es venue à l'enterrement de maman, et que Giacomo était là et que je vous ai même accompagnés à l'aéroport ensemble : pourquoi ne m'avoir rien dit à ce moment-là ? Ou l'été ? Pourquoi ne me l'as-tu pas dit pendant ces trois jours que nous avons passés à Londres ? Giacomo avait disparu de nouveau et de nouveau j'en étais blessé. Pourquoi ne m'as-tu pas dit dans cette chambre fabuleuse au Langham Hotel qu'il n'était pas venu à l'enterrement de papa parce qu'il avait peur de t'y rencontrer ? Et en août à Bolgheri, quand tu es revenue de Kastellorizo et que nous avons passé ensemble le reste de l'été ? Pourquoi ne me l'as-tu pas dit quand nous sommes allés toi et moi répandre sur la mer, aux Mulinelli, les cendres mêlées de ma mère et de mon père, et que l'absence de Giacomo était si énorme ? Pourquoi sur le pédalo du docteur Silberman, alors que nous dispersions les cendres au crépuscule, ne m'as-tu pas dit que Giacomo aussi a toujours été amoureux de toi ? Que c'était le vrai motif de sa fuite ? Et que pendant qu'il ne répondait pas aux mails que je m'obstinais à lui envoyer, année après année, dans l'espoir qu'il me pardonne, il t'écrivait ? Et pourquoi ne me l'as-tu pas dit à une quelconque occasion à Bolgheri, en août, pendant toutes les années qui ont suivi ? Tu n'aurais eu qu'à me prendre à part un matin, comme tu l'as fait hier, et me dire tout ce que tu ne m'avais jamais dit.

Mais surtout vu que j'avais désormais appris à vivre avec cette culpabilité, pourquoi au contraire hier matin m'as-tu pris à part et me l'as-tu dit ? Pour quelle raison démente m'obliges-tu à reconsidérer maintenant ma rupture avec mon frère ? Après tout ce qui m'est arrivé ? Ne t'occupe pas de savoir si j'étais en colère ou pas, hier je t'ai demandé une seule chose : pourquoi-me-le-dis-tu-maintenant.

Mais rien à faire, à ce moment-là Madame truc bidule, Braccioli, Croccantì, se dresse en ta défense. Je me trompe ? Comment ce type se permet-il de vous mettre en cause, de protester ? Toutes les complications sont toujours venues de lui, de sa famille calamiteuse, de sa vie calamiteuse : comment se permet-il de récriminer ? Avec sa vision héroïque de la vie, avec sa prétention que les gens soient infaillibles, héroïques, justement ?

Je me trompe, Luisa ?

Ne vous laissez pas accuser, Madame, ne vous laissez pas culpabiliser, vous êtes la victime, vous aviez quinze ans, votre vie a été marquée par le naufrage de cette famille : elle t'a dit ça, non ?

Brabantì. Voilà comment elle s'appelle. Madame Brabantì.

J'ai compté, Luisa, et il ressort que nous deux on s'est quittés une fois de plus qu'on ne s'est remis ensemble. Je te jure. Donc, d'un point de vue technique, je n'aurais même pas lieu de te le dire, mais dans une heure, je vais t'accompagner à l'aéroport, tu partiras et nous nous saluerons, alors je te le dis quand même, et cette fois il sera bon de ne pas y revenir :

adieu.

Marco

Faire jaser
(2013)

Après la mort d'Irene, il fallut des années pour qu'un Carrera recommence à respirer normalement – et certains n'y arrivèrent plus jamais. Ils étaient une famille, la douleur les dispersa. Trente et un ans plus tard, la mort d'Adele trouva le noyau familial déjà brisé : les cendres de Probo et Letizia dispersées dans la mer Tyrrhénienne centrale, Marco et Giacomo incapables de se parler, rien qui pût se déchirer davantage qu'il ne l'était déjà. Alors cette mort, pourtant tout aussi énorme, sembla moins grave. Elle sembla moins grave surtout parce qu'une seule personne en subit les conséquences, Marco, et que Marco seul résista à la perte de sa fille comme la famille entière n'avait pas été capable de résister à celle d'Irene. Le docteur Carradori, ex-psychanalyste de sa femme, vint à son secours avec quelques gestes salvateurs, qui suffirent pour que Marco reste debout et continue de vivre une vie qu'il n'aurait jamais voulu vivre.

Le premier geste de Carradori consista à se charger d'informer de la tragédie la mère d'Adele, son ancienne patiente, en faisant le déplacement jusqu'en Haute-Bavière, à la clinique où elle était hospitalisée. En dépit de la terrible nouvelle qu'il apportait, il sut ranimer chez elle la confiance dont il jouissait quinze ans plus tôt, l'émouvoir (une des expressions de sa maladie étant une indifférence apparente à toute stimulation) et surtout à faire valoir une règle d'or dans la gestion du stress post-traumatique, qui impliquait la prédominance sur tout autre état d'âme de la pitié réciproque entre survivants. Ainsi, grâce à son intervention, Marco et elle retrouvèrent une relation que leur séparation avait complètement coupée. Carradori était conscient d'avoir joué de hasard en se mêlant de la vie d'êtres humains si proches de la rupture, mais il ne fut pas surpris qu'en fin de compte, *ça ait marché* – pour employer une expression peu professionnelle : ça marchait auprès des populations frappées par les grands malheurs collectifs et ça marchait aussi dans les petites tragédies individuelles. Et il fut soulagé, parce qu'il reçut ainsi la preuve que les théories auxquelles il avait consacré sa vie étaient fondées.

Voici ce qui se passa : de même qu'un drame brise souvent le pacte qui soude une famille, causant un naufrage inexorable, ce même drame peut produire l'effet contraire si la famille a déjà explosé et rapprocher les membres survivants, même si pendant des années ils se sont opposés, blessés, éloignés et ignorés de toutes leurs forces. C'était la théorie de la pierre jetée dans l'eau : dans une eau calme la pierre produit une turbulence, tandis qu'elle apporte le calme dans une eau agitée.

Au nom de leur petite-fille donc, Marco et Marina recommencèrent à se voir. Marco allait de temps en temps en Allemagne avec l'enfant, il l'emmenait à la clinique de Marina, restait avec elles et Greta, l'autre fille de Marina, dans la chambre ou au jardin, et parfois les sortait même dans un parc des alentours. Il n'éprouvait plus rien de négatif à l'égard de son ex-femme – il n'avait que de la pitié pour la vie minimale qui était son lot et pour la condition de *shakul*, qu'ils partageaient. Dans ces occasions, il accomplissait un devoir qu'il sentait nécessaire – le devoir que sa fille avait rempli avec constance et tendresse tant qu'elle avait été en vie et qui à présent, par le jeu d'une sorte d'héritage renversé, était retombé sur lui.

Le deuxième geste de Carradori fut d'offrir un hamac à Marco Carrera. Il le lui apporta à Florence, en rentrant de sa première visite à la clinique de Marina : un hamac à support pliant, de fabrication japonaise, qu'on pouvait transporter dans un sac et monter en deux minutes n'importe où. Un petit hamac. Un hamac pour enfant. Au téléphone, quand Marco lui avait annoncé la mort d'Adele, Carradori l'avait encouragé à faire ce qu'il aimait, à se révolter contre l'idée que le deuil doive forcément le paralyser, et Marco lui avait laissé entrevoir une ouverture en lui opposant, non pas une objection idéologique (« plus rien ne pourra jamais me faire plaisir »), mais une donnée concrète : dorénavant il voulait rester tout le temps avec la petite, il voulait que personne d'autre ne la garde et il était impossible de jouer au tennis (sur le moment, sans y avoir réfléchi, le tennis fut le seul plaisir qui lui était venu à l'esprit) avec une gamine de deux ans sur les bras. Alors Carradori lui avait suggéré de l'emmener avec lui, toujours, partout, et c'était le bon conseil, bien sûr, mais c'était une chose de le donner comme ça au téléphone et débrouille-toi, et c'en était une autre de débarquer chez lui avec la solution concrète au problème.

Il était tombé sur ce hamac dans un magasin de sport à l'aéroport de Munich alors qu'il flânait en attendant l'embarquement de son vol, et quelque chose de plus fort que lui l'avait poussé à l'offrir à Marco. C'était la promotion de la semaine, 62,99 euros au lieu de 104. Il s'appelait Hanmokku – ce qui était la translittération Hepburn de ハンモック, « hamac » en japonais. Il était disponible en plusieurs couleurs et tailles, pour adulte et pour enfant : le support était en acier léger, très facile à replier et d'un encombrement minime – à peu près l'équivalent d'un sac de tennis. Carradori connaissait le fonctionnement de la psyché humaine sous la dictature du deuil et il savait que pour la pousser à se révolter, il fallait passer par d'autres rébellions périphériques, y compris insensées, voire dangereuses, il éprouva donc l'impulsion de l'offrir à Marco Carrera pour qu'il en fasse l'instrument de sa rébellion – sinon directement contre le deuil, au moins contre ses rituels de mortification. Quoi qu'il désirât faire, même le soir, même la nuit, il ne serait pas obligé d'y renoncer pour rester à la maison avec la petite : puisqu'il n'entendait pas la confier à une baby-sitter, il pourrait l'emmener et elle dormirait dans ce hamac, là où il serait. À y bien réfléchir ne serait-ce qu'une minute, cette idée apparaissait insensée, parce que,

272

primo, la poussette remplissait déjà cette fonction et que, secundo, ce n'était pas ça le vrai problème, mais le désespoir qui rugissait dans la poitrine de Marco, son incapacité à ne serait-ce que mentionner les plaisirs de l'existence – et ils le savaient pertinemment tous les deux. Mais justement parce qu'ils le savaient tous les deux et grâce à cette phrase salutaire, qui laissait croire au contraire qu'il s'agissait d'un problème pratique et que Marco avait lâchée par hasard, par distraction, par manque de sens des réalités, par honte ou pour toute autre raison, ce hamac réussit à créer la bulle dans laquelle Marco put appliquer le conseil de Carradori, grâce au fait aussi que c'était un hamac et pas autre chose, qu'un hamac en soi suscite l'enthousiasme, que celui-ci était doté d'un support transportable, que Marco jusque-là avait ignoré l'existence de hamacs dotés de support transportable, qu'en plus il était japonais, que Miraijin était un nom japonais et que le mystère de sa conception comportait assurément quelque chose de japonais. Bref le hamac était un malentendu (comme toujours : dans les jardins, les cabanes, les chambres même, les hamacs ne sont toujours que des malentendus), mais il fallait un malentendu pour que Marco Carrera conçoive sa révolte. Grâce à l'insolence de cet objet, Marco Carrera réussit à être insolent à l'égard de son deuil.

Va pour le tennis : les tournois catégorie plus de cinquante ans dans toute la Toscane, puis plus de cinquante-cinq ans, et les doubles plus de cent ans, contre ses anciens adversaires de jeunesse, sans cheveux, sans arbitre, en nocturne. Il montait le hamac sur le court, en hiver sous la structure gonflable, y déposait la petite qui s'était endormie dans la voiture, en hiver l'emmaillotait dans une couverture, elle dormait, il jouait (et gagnait presque toujours), puis il démontait le tout et rentrait chez lui, parfois la coupe à la main, l'air aussi dégagé qu'il était venu. Ce comportement faisait jaser, comme on dit. Les gens jasaient, il le savait et ça lui plaisait – mais ce n'est pas ce plaisir qui le protégea.

Il se rendit disponible à nouveau pour des colloques. Depuis des années, il ne se tenait plus informé de sa discipline, depuis des années il était devenu un oculiste lambda, loin de la ferveur de la recherche. Il ne pouvait pas espérer se remettre à niveau. Mais il avait des amis neurologues ou psychiatres, passionnés d'art, de musique, qui organisaient des colloques pour unir leurs passions, et Marco Carrera pouvait encore y participer en déclinant les siennes : pour l'œil, pour la photo, pour les animaux. Se concentrer deux ou trois fois par an sur le mystère qu'est regarder et être regardé, construire un raisonnement qui relie, mettons, le strabisme, la réfraction totale et la vache d'*Atom Earth Mother*, monter sur une estrade pour le présenter à un auditoire, à Florence, Prato, Chianciano Terme, fut pour lui très gratifiant. Il emmenait la petite, même pendant les séances en journée, il signalait effrontément sa présence en dressant le hamac au premier rang, même si elle ne dormait pas et préférait rester assise à côté de lui, il écoutait les interventions des autres, prononçait sa communication, puis levait le campement et repartait chez lui en zappant apéritifs et dîners officiels. Là aussi, le naturel avec lequel,

274

grâce au hamac, il acceptait qu'on jase sur son compte plutôt que de se séparer de Miraijin était transgressif et donc conférait de l'*eros* – aurait dit Carradori – à l'effort par lequel il échappait à l'empire du deuil. Mais ce ne fut pas non plus ce plaisir qui le sauva.

Il recommença à jouer aux jeux d'argent : ce fut sa vraie rébellion, son salut. Qu'il le veuille ou non, Marco Carrera n'avait jamais éprouvé dans toute sa vie de plaisir comparable à celui du jeu – un plaisir qu'il avait toutefois sacrifié depuis longtemps au dieu de la famille. Alors il cessa de le sacrifier. Sa passion pour le jeu ne s'était pas éteinte au cours de toutes ces années et ça n'avait pas été un mince effort de la tenir à l'écart de sa vie. D'ailleurs il n'avait pas réussi à l'éliminer pour de bon et avait toujours senti qu'elle *l'attendait*, ensevelie sous la montagne d'activités plus décentes qu'entre-temps il lui avait préférées, mais prête à refaire surface sans crier gare pour montrer au monde sa véritable nature, comme le hurlement des loups à la fin de ce morceau déchirant de Joni Mitchell que, justement pour cette raison et dès sa sortie (à la fin des années soixante-dix, quand le monde n'était peuplé que de jeunes) personne n'aimait, sauf lui. Sa passion l'avait attendu à Rome, à l'époque de Marina, mais surtout après son retour à Florence où, par le biais du tennis, il avait rencontré un fils de famille siennois, un certain Luigi Dami Tamburini qui – fait rare – n'était pas comme l'oiseau sur la branche, mais gérait un riche patrimoine familial : production vinicole (du brunello di Montalcino), gestion de biens immobiliers autant à Florence qu'à Sienne, exploitation d'une source d'eau minérale sur le monte Amiata, contrôle d'une petite banque d'affaires familiale et d'une fondation qui en dépendait et s'occupait d'iconographie du XXe siècle. Fondation, soit dit en passant, à qui Marco Carrera avait donné l'intégralité des archives photographiques de sa mère, puisque son siège, de même que celui de la banque, se trouvait à Florence et non à Sienne, s'ôtant ainsi d'un coup d'un seul une grosse épine du pied. Avoir emmené cet homme à la victoire dans un double en tournoi de bienfaisance lui avait valu ses premières invitations dans la villa de Dami Tamburini à Vico Alto, où ce dernier le convia de plus en plus souvent au fur et à mesure que leur partenariat au tennis s'affirmait, y compris dans les tournois catégorie plus de cent. De son vivant, Adele s'inquiétait un peu de ces invitations, car Dami Tamburini aussi faisait jaser, en raison de son habitude notoire de transformer sa maison en cercle de jeu clandestin ; mais Marco la rassurait parce que les invitations qui lui étaient adressées – appelons-les de type A – étaient pour des dîners élégants, où planait éventuellement une forte odeur de franc-maçonnerie, mais pas de jeu d'argent.

Mais il n'eut qu'à évoquer son passé de joueur et son désir de le ressusciter pour basculer aussitôt dans la partie obscure de la vie de Dami Tamburini. Du moins en théorie car dès sa première invitation que nous définirons de type B, Marco Carrera comprit que quelque chose ne collait pas : cette vie n'avait rien d'obscur, ce n'était qu'une variante légèrement pétillante de la vie plate des invitations de type A. La seule différence était la présence au milieu

276

des canapés d'une roulette et d'une table de chemin de fer, où les invités jouaient, c'est vrai, mais de façon distraite en conversant et plaisantant. À tout dire, en dilettantes : aucun démon du jeu, rien de sérieux ; beaucoup de participants étaient les mêmes qu'aux dîners de type A, il n'y avait pas de mordus et le fait que Marco arrive équipé d'un hamac qu'il montait dans un petit bureau pour la fillette endormie suscitait des regards attendris. Les gens étaient détendus, il ne flottait pas la plus petite odeur de faillite, or c'était précisément ce qui lui manquait depuis l'époque où il fréquentait les tables de jeu : l'odeur de la faillite, sans laquelle il n'éprouvait aucun plaisir, mais surtout – et voilà ce qui le taraudait – sans laquelle on ne fait pas jaser. Par conséquent, grâce à un raisonnement semblable à ceux qui conduisent les scientifiques à prouver l'existence des choses invisibles en démontrant l'impossibilité de leur inexistence, Marco Carrera acquit la conviction qu'il devait forcément exister des invitations de type C.

En effet, les invitations à des soirées de jeu édulcorées ne servaient qu'à couvrir les vraies, par exemple en s'adressant à des commissaires de police, des inspecteurs des douanes, des magistrats, qui aimaient la grande vie et n'hésiteraient pas à user de leur pouvoir pour éviter que les fonctionnaires sous leurs ordres ne fassent une descente dans un cercle clandestin où ils avaient leurs habitudes. Mais ce qu'ils fréquentaient n'était que le simulacre du vrai cercle de jeu, expressément conçu pour le masquer. Sans compter que le secret total qui entourait les invitations de type C constituait aussi un paravent efficace.

Grâce à ces couvertures, le cercle clandestin proprement dit pouvait être aussi ténébreux et sauvage que Marco Carrera le souhaitait. Pour lui, les mondanités n'avaient aucun sens, la seule chose dont il avait besoin était un rugissement dans ses reins qui couvre celui qui lui déchirait le cerveau : il lui fallait l'abaissement de l'image de soi jusqu'au degré zéro des joueurs enragés, la révolte contre le deuil, l'abjection, l'indécence et la consolation de mériter a posteriori toutes les punitions reçues.

Ça ne plaisantait pas. Pour commencer, les participants, qu'ils se connaissent ou non, devaient utiliser un nom de guerre. Dami Tamburini, en Siennois fidèle aux couleurs de son quartier, se faisait appeler Dragon. Un substitut du procureur d'Arezzo, unique survivant d'un bataillon d'invités institutionnels présents aux soirées de type B, Desperado ; la femme du consul allemand à Florence, une femme sensuelle à la poitrine opulente, Lady Oscar ; un sympathique restaurateur de San Casciano in Val di Pesa, affligé d'une tache de naissance en forme d'Afrique à la base du cou, Rambo ; un ex-ministre nonagénaire de l'Italie pré-berlusconienne, The Machine. Puis il y avait des joueurs que Marco ne connaissait pas et qui pour lui n'étaient vraiment que El Patron, George Eliot, Polichinelle, Girl Interrupted, le Negus, Philip K. Dick, Mandrake – et autour d'eux on respirait à plein nez l'odeur de la faillite. Il y avait les pellicules sur les épaules, les fronts en sueur, les cravates desserrées, la toux psychogène, la superstition à tout crin et le regard halluciné de celui qui va miser plus qu'il ne peut se permettre de perdre.

Puis il y avait maître Maranghi, notaire, qui ne jouait pas, mais garantissait l'intervention en urgence de la puissance juridique dans les transferts de propriété de biens meubles et immeubles qui s'avéraient parfois nécessaires ; et un médecin, Zorro, qui lui jouait, mais assurait aussi les urgences en cas d'infarctus, apoplexie et évanouissements. Pour Marco Carrera, ce cercle de jeu faisait l'affaire. Que Dami Tamburini le lui ait caché, faisait son affaire aussi. De même que d'y avoir gagné ses entrées par un comportement qui frisait le chantage. Il avait réussi à trouver la zone de sa vie au-delà de laquelle il n'y avait de place que pour le hurlement des loups, comme à la fin de la chanson de Joni Mitchell, quand même la guitare cesse de miauler. Ce cercle-là faisait son affaire.

Dans le bureau où Marco Carrera l'installait, Miraijin avait toujours la bonne réaction : elle dormait. Il venait vérifier de temps à autre, et si par hasard il la trouvait réveillée, il restait un peu à côté d'elle, la berçait tout doucement dans le hamac jusqu'à ce qu'elle se rendorme, puis retournait à la table de jeu ; et, comme dans sa jeunesse, il gagnait. À la roulette, au chemin de fer, à Texas Hold'em, il gagnait presque toujours, mais surtout, qu'il fût perdant ou gagnant, la fillette dans son hamac lui donnait l'excuse parfaite pour arrêter au bon moment – ce que les joueurs ne font jamais –, et c'était là sa véritable force. Du reste il n'était pas en quête du coup qui mette sa vie sur les bons rails. Il était en quête d'une raison de la continuer.

Son nom de guerre était Hanmokku.

Les regards sont une affaire de corps
(2013)

De : Marco Carrera
Envoyé – Gmail – 12 février 2013 22:11
À : enricogras.rigano@gmail.com
Objet : Texte pour colloque

Bonjour Enrico,

je t'envoie ci-dessous le texte de l'intervention que je proposerai au colloque. Après toutes ces années, je suis ému de renouer avec les colloques. Je te remercie de m'en avoir donné l'occasion et je te prie d'exprimer sincèrement ton avis si tu estimes que mon texte n'est pas à la hauteur.
Bien amicalement,

Marco

Colloque : LA PERCEPTION VISUELLE ENTRE ŒIL ET CERVEAU
Prato, 14 mars 2013, Auditorium du musée Pecci

Titre de l'intervention : LES REGARDS SONT UNE AFFAIRE
DE CORPS
Durée : 8-9 minutes
Auteur : Marco Carrera, CHU *Careggi, Florence*

« *Papi-papi-papi-papi…* » *Je suis allongé sur le lit avec ma
petite-fille Miraijin, vingt-six mois. Il s'agit de l'endormir. Je
la tiens contre moi et je caresse d'une main ses cheveux bouclés.
Mon autre main est occupée par mon téléphone portable, sur
lequel je lis un texto, ce que Miraijin n'apprécie pas.* « *Papi-
papi-papi-papi…* » *proteste-t-elle en boucle. Je suspends ma
lecture du texto, je la regarde : elle me sourit et cesse aussitôt
de m'appeler. Je me remets à lire le message en continuant
à la tenir et la caresser et elle recommence immédiatement :*
« *Papi-papi-papi-papi…* » *Je la regarde à nouveau. Elle
arrête. Je reviens à mon texto. Elle recommence. Mon corps
ne lui suffit pas, mes bras, ma chaleur, mes caresses. Elle veut
mon regard – sinon tu n'es pas là, me dit-elle, et si tu n'es pas
là, ne compte pas que je m'endorme.*

*Je suis à la station-service, je viens de faire le plein d'es-
sence. Je paie avec ma carte de crédit. Le pompiste a tapé
le montant, maintenant l'appareil électronique (j'ai appris
récemment que ça s'appelle un* POS, *acronyme de Point
Of Sale) réclame le code* PIN *(dont je sais depuis longtemps
que c'est l'acronyme de Personal Identification Number). Le
pompiste oriente le* POS *vers moi, puis se tourne résolument de
l'autre côté, vers la campagne peignée par le vent. Il le fait de
manière si ostentatoire que son mouvement paraît immense
dans un contexte où au contraire tous les gestes sont restreints,*

normaux, dépourvus de portée spécifique. Il ne ferait de geste aussi ample pour aucune autre raison au monde que me signifier qu'il ne regarde pas pendant que je tape mon code – et que par conséquent je ne devrai pas m'en prendre à lui si un jour on clone ma carte.

Dans le chant XIII du Purgatoire, Dante se trouve dans la deuxième corniche, en présence des âmes des envieux. Elles sont serrées les unes contre les autres, vêtues de drap grossier couleur du rocher contre lequel elles sont adossées et elles invoquent l'intercession des saints et de la Vierge. Virgile invite Dante à les regarder de près, et Dante voit que toutes ont les paupières cousues d'un fil de fer et que leurs larmes s'écoulent par la couture. Alors le poète a un geste merveilleux, empreint de compassion et de modernité : « Il me semblait, en marchant, faire outrage / à regarder autrui sans être vu ; / je me tournai donc vers mon conseiller sage. » C'est-à-dire qu'il détourne le regard, le dirige vers Virgile, non pas parce que la vue de ce supplice l'horrifie, mais pour ne pas outrager, en les regardant, ces âmes qui ne peuvent pas lui rendre son regard. C'est comme s'il disait qu'on ne tire pas sur des gens désarmés, qu'on ne frappe pas des personnes dans l'incapacité de se défendre.

Selon une déclaration d'un membre de son équipe au magazine de mode Notorious, Prince ne permettait pas à ses employés de le regarder. « Je l'ai carrément vu licencier un gars, rapporte ce collaborateur qui a préféré garder l'anonymat, au motif qu'il l'avait regardé. Pourquoi me regarde-t-il ? Dites-lui de s'en aller. » En Amérique, on a même inventé une expression pour cette provocation : « eye contact ». Elle a coûté son emploi à ce malheureux, mais essayez de lever les yeux sur votre voisin dans n'importe quel bar mal famé du Bronx. « Qu'est-ce que tu as fabriqué pour te faire amocher comme ça ?

— Eye contact. »

La philosophe française Baldine Saint Girons a écrit un livre, publié en 2008, qui s'intitule L'acte esthétique. Cinq réels, cinq risques de se perdre, *où elle introduit un concept philosophique assez hardi – celui d'« acte » esthétique justement. L'utilisation de ce mot, « acte », renverse complètement la conception selon laquelle regarder est synonyme de passivité, en opposition à faire. L'acte esthétique, dit Baldine Saint Girons, s'immisce ; regarder, c'est toucher à distance ; les regards sont une affaire de corps. On est loin de la passivité.*

Tous les jours, nous sommes frappés par des centaines de regards. À notre tour nous frappons du regard des centaines de personnes. La plupart du temps, personne n'y fait attention : nous ne nous apercevons pas que nous sommes regardés, les autres ne s'aperçoivent pas que nous les regardons. Il ne se passe donc rien et ces regards restent sans conséquences – mais il n'y a aucune raison de les considérer comme moins pesants que ceux que j'ai cités précédemment. Et même plus : sommes-nous si sûrs que les regards qu'on n'échange pas ne produisent rien ? Il y a des gens qui tombent amoureux en regardant tous les jours par la fenêtre la même personne qui passe dans la rue. Il y a des gens qui font une fixation sur un présentateur ou une présentatrice de télévision. Non, il n'existe pas de regards plus ou moins importants : tous quand on les décoche impliquent qu'on vient s'immiscer, et ce n'est que la combinaison des événements, c'est-à-dire le hasard, qui en détermine les conséquences.

Il s'agit de conséquences presque exclusivement émotionnelles. Prenons le pompiste. Imaginons qu'il ne tourne pas le visage de façon aussi manifeste, imaginons qu'au contraire, il fixe les yeux sur mes doigts pendant que je tape mon code secret ; ou même seulement qu'il me dévisage au lieu de laisser son regard errer sur les champs ; cela me dérangerait, c'est sûr, et ma réaction, réprimée ou pas, serait très proche de celle de Prince avec son employé : pourquoi ce type me regarde-t-il ? Même si je ne vais pas jusqu'à penser qu'il essaie de mémoriser mon code pour l'utiliser dans une carte trafiquée, je me sentirais violé. C'est la preuve que les regards sont des armes puissantes qui produisent des chocs émotionnels même quand ils ne sont pas lancés dans ce but. Il est arrivé à tout le monde de se sentir soudain humilié quand la personne à qui on parle jette un coup d'œil rapide à sa montre. Ce qui change et rend les regards des gens plus ou moins soutenables, c'est la qualité de l'attention qu'ils véhiculent. Voici un homme, debout au bord de l'autoroute à côté de sa voiture arrêtée : nous passons à cent trente kilomètres-heure et en un éclair nous comprenons qu'il est en train d'uriner. C'est probablement quelqu'un de sérieux, estimé, respecté et parfaitement sain d'esprit : cependant aux prises avec une envie irrépressible, il s'est trouvé contraint à ce geste — disons — socialement extrême. « Au diable, se sera-t-il dit, ça vaut toujours mieux que de faire dans mon pantalon » — mais pour rien au monde il n'accomplirait ce à quoi il s'est résolu en regardant vers nous qui, en passant,

284

le voyons. Il nous tourne le dos, il réduit à zéro son attention à notre égard et ce faisant, il annule le choc que nos regards produiraient sur lui. En réalité, de dos ou de face, ça ne change pas grand-chose puisqu'il est très improbable que nous le connaissions, et pourtant pour lui, ça change tout. Cela signifie que l'acte le plus important qui s'accomplit à cet instant n'est pas qu'il urine en plein air, mais que nous le voyions faire. S'il était dans l'impossibilité de nous tourner le dos, l'acte le plus important serait qu'il nous voie le voir. On est loin de la passivité.

« Je suis ce que je vois », a dit Alexandre Hollan : en tant que peintre, il est naturel qu'il oriente cette identité dans la direction où se porte son regard ; mais, de la même façon, Kate Moss pourrait atteindre son identité en inversant le sens de circulation et affirmer : « Je suis ce que les autres voient de moi. » L'instrument dans lequel l'être s'affirme reste le même – le regard. En revanche le regard électronique des dispositifs automatiques – innocents par définition – est devenu le réceptacle parfait des plus lourdes responsabilités. Le bombardier de l'aviation américaine Thomas Ferebee, à bord de l'Enola Gay, demanda à ses yeux de lui dire le bon moment pour larguer la bombe atomique sur Hiroshima ; ce sont ses yeux toujours qui virent quelques instants après l'horrible champignon soulevé par l'explosion. Cela signifie qu'il s'immisça. Aujourd'hui les Américains utilisent des bombardiers sans équipage, appelés drones, qui lâchent leurs bombes au commandement de l'algorithme qui les guide. Sans regard direct, personne n'est là pour s'immiscer et ce n'est la faute de personne.

Et puis il y a la contemplation, l'acte esthétique le plus créatif et le plus mystificateur. Tenez, par exemple, Miraijin s'est endormie et au lieu de lire mon texto, je la contemple : c'est une petite fille, une petite fille normale qui dort — mais mon regard la transforme en ce qu'il y a de plus beau au monde.

Les loups ne s'attaquent pas
aux cerfs malchanceux
(2016)

Le premier coup tombe à plat : Dragon lui présente le
nouveau joueur (Blizzard, voici Hanmokku ; Hanmokku,
voici Blizzard ; enchanté, enchanté), et Marco Carrera serre
cette main sans rien remarquer. Il sourit à peine et passe à
autre chose : il est distrait, il rumine sur sa – potentielle –
abjection, puisqu'il est quand même venu jouer ce soir,
alors que Miraijin a trente-huit de fièvre. Mais c'est un jour
spécial, on est le 29 février et Marco Carrera n'a pas résisté.
Il n'est pas superstitieux, il ne croit pas aux porte-bonheur,
mais il se laisse inspirer par les nombres et les dates anni-
versaires, et un jour qui ne revient que tous les quatre ans
est un bon jour pour jouer. Alors il est là. Après tout, a-t-il
pensé, trente-huit ce n'est pas une grosse fièvre, et la petite
ne semble pas malade. Il lui a donné du Doliprane en se
disant qu'au pire il pourrait toujours aller à l'hôpital de
Sienne. Jusqu'ici, tout s'est bien passé : comme toujours,
elle s'est endormie dans la voiture et a dormi pendant tout
le trajet entre Florence et Vico Alto ; comme toujours, elle
s'est réveillée à la villa, histoire de lui faciliter les opérations

de débarquement – aidé, comme toujours, par le grand Manuel, l'employé philippin de Dami Tamburini qui l'attendait au bout de l'allée ; et comme toujours, elle s'est rendormie dès qu'il l'a déposée dans son hamac, installé comme toujours dans le « bureau de la douleur », ainsi dénommé parce que c'est là qu'un ancêtre de Dami Tamburini, Francesco Saverio, vicomte de Talamone, avait écrit son journal intime, intitulé donc *La douleur*, dans lequel il exhalait l'atroce souffrance que lui causaient les trahisons de son épouse Luigina. Tout a été comme toujours, mais il n'en reste pas moins que la petite a de la fièvre, et que Marco Carrera continue à se trouver abject. Voilà pourquoi il n'a rien remarqué quand Dami Tamburini lui a présenté l'Innommable. Mais ensuite son regard tombe une deuxième fois sur cet homme filiforme encore debout à l'autre extrémité de la pièce, à côté du maître de maison et, alors qu'il ne l'a pas reconnu de près, il le reconnaît de loin. Et pendant qu'il y est, il reconnaît aussi son nom de guerre, Blizzard, resté lettre morte quelques secondes plus tôt. Incrédule, Marco retraverse la pièce vers le nouveau venu qui, en revanche, l'ayant reconnu tout de suite, le suit des yeux et l'attend en souriant.

« Alors tu… bredouille-t-il, mais l'Innommable l'interrompt aussitôt.

— Pourriez-vous me montrer les toilettes s'il vous plaît ? », lui dit-il en le prenant par le bras et en s'éloignant de Dami Tamburini occupé à recevoir ses invités.

Ils sortent. Marco Carrera se dirige effectivement vers les toilettes. Il regarde son ancien ami, encore stupéfait de se retrouver face à face avec lui à l'improviste après toutes ces années, de ne pas l'avoir reconnu, et son cœur bat la chamade : le garçon qui voici quarante ans lui a sauvé la vie est devenu une sorte de vieux portemanteau ambulant engoncé dans un complet élimé et décousu : des cheveux blancs de savant fou, le dos voûté comme un point d'interrogation, la peau du visage ravagée par une mauvaise hygiène de vie, les dents jaunes et des tatouages sinueux qui remontent le long du cou comme des tentacules – des tatouages qu'il porte *mal*, si on peut s'exprimer ainsi, comme si on les lui avait faits de force.

Pourtant il continue de sourire.

« Duccio… », dit Marco.

C'est le garçon qu'il a trahi voici quarante ans, dont il a gâché la réputation, qu'il a pratiquement contraint à disparaître de la circulation – de fait il ne l'avait jamais revu et il en avait éprouvé un sentiment de culpabilité lancinant, qui toutefois n'avait pas duré, parce que deux ans plus tard il avait été balayé par la mort d'Irene, comme tout le reste, pour ne jamais refaire surface et au contraire sombrer définitivement devant les autres désastres qui s'étaient abattus sur sa vie, si bien que pendant des décennies, et jusqu'à quelques minutes en arrière, sa mémoire n'avait plus eu de place ni pour ce sentiment de culpabilité, ni pour l'Innommable lui-même. Mais maintenant qu'il se retrouve face à lui, si vieux et mal en point, il est stupéfait de ne pas avoir pensé à lui tous les jours, de l'avoir tout bonnement oublié. Comment est-ce possible ?

« C'est toi *Ammoccu* ? lui demande l'Innommable.

— Oui, répond Marco, mais toi com—

— Alors rentre chez toi. Tout de suite. »

Il semble parler difficilement, comme si ses capacités d'élocution avaient été endommagées : du reste, sa mauvaise mine est compatible avec toute sorte de maladies.

« Crois-moi, répète-t-il. Il vaut mieux que tu ne joues pas ce soir. »

Mais à cause de cette difficulté qu'il doit surmonter, il semble prononcer les mots de façon plus intense, avec plus de satisfaction.

« Et pourquoi ? », demande Marco Carrera.

Ils sont arrivés aux toilettes où deux miroirs opposés multiplient indéfiniment leur image.

« Regarde-moi, dit l'Innommable, et essaie de comprendre ce que je te dis : ne joue pas ce soir. Rentre chez toi. Je te le dis en ami. »

Il sourit à nouveau, ouvertement, en découvrant sa panoplie de crocs jaunes qui se chevauchent.

Pendant un long moment, dans la tête de Marco Carrera, c'est l'embouteillage, parce que trop de réactions opposées se bousculent et font obstruction. Prendre l'Innommable au mot et repartir séance tenante, sans même lui demander d'explication, parce que son conseil impérieux s'ajoute au signal que lui a déjà envoyé ce soir la fièvre de Miraijin. Au contraire, l'interroger sur les raisons de cette réapparition théâtrale, sur quoi elle se fonde, à quel titre, avec quelles intentions. Lui demander pardon avec trente-sept ans de retard. Non, l'affronter et l'envoyer

290

paître comme il en aurait la tentation dans un accès de colère – et au fait, pourquoi tout à coup cette colère ? Parce que cette injonction n'a franchement rien d'amical et qu'elle ressemble plutôt à un avertissement mafieux ? Ou seulement parce que, lorsqu'on fait du mal à quelqu'un, ensuite on le déteste – oui, nous, on le déteste – et qu'on ne supporte rien de sa part ?

« Duccio, finit-il par dire, en s'efforçant de garder son calme, je viens jouer toutes les semaines. Je sais où je suis ici, je connais tous les joueurs, c'est chez moi. Et voilà que tu débarques pour me dire de m'en aller ? Pourquoi ? Et où étais-tu tout ce temps ? Qu'as-tu fait ? Pourquoi es-tu là ? Pourquoi es-tu si mal habillé ? »

Dans l'enfilade d'images que renvoient les miroirs, le complet noir de l'Innommable semble se découdre à chaque reflet : pire qu'un employé des pompes funèbres, pense Marco. Pire qu'un croque-mort.

« Je suis ici pour travailler, répond l'Innommable, et c'est ma tenue professionnelle. La nature m'a voulu moche, ça aide, mais pour que je puisse bien faire mon travail, ma présence doit être très désagréable, et l'habillement est essentiel.

— Mais de quoi parles-tu ? Quel travail ? »

L'Innommable laisse un instant son regard flotter dans le vague en tournant la tête vers le plafond et, à cet instant, Marco revoit en lui le garçon qui remportait les slaloms à l'Abetone et qu'on surnommait Blizzard. Ou peut-être pas, peut-être qu'il l'imagine seulement.

L'Innommable prend une profonde inspiration.

« Alors, dit-il, je porte malheur comme tu le sais. Je porte malheur à tout le monde, sauf à ceux qui sont avec moi comme tu le sais aussi, n'est-ce pas ? C'était quoi déjà ? La théorie de l'œil du cyclone…. Bref, puisque à un certain moment ma réputation a, disons, pris de l'ampleur et qu'il n'y avait plus moyen d'y échapper, j'ai décidé de l'exploiter.

— C'est-à-dire ?

— C'est-à-dire que maintenant j'en vis.

— Mais encore ?

— J'en ai fait un métier. Je porte malheur contre rétribution. Ne ris pas, parce que ce soir j'ai été engagé par ton ami ici, pour que cet Ammoccu, c'est-à-dire toi, joue de malchance. Mais une *grande* malchance. Le *maximum* de la malchance. C'est pour ça que je te dis de partir. Crois-moi. Ce n'est pas une plaisanterie. »

De nouveau, cette élocution difficile qui lui fait mastiquer les mots semble conférer plus de sens à ses paroles, plus de saveur.

« Mais qu'est-ce que tu racontes ? balbutie Marco Carrera qui a du mal à cacher sa stupéfaction.

— Marco, je vis maintenant à Naples, tu comprends ? C'est comme si j'étais torero et que j'habitais à Séville. Les gens me signalent leur cible et me paient pour que je lui porte malheur, je le fais, depuis des années, et ça marche chaque fois. Je travaille tous les jours, à Naples et ailleurs. Jeu, affaires, amour, sport, brouilles familiales : je suis l'antenne qui montre à la malchance où elle doit frapper, et je suis en train de t'expliquer que ce matin j'ai pris l'avion pour qu'elle vienne frapper cet Ammoccu. "Pour le faire pleurer" a été la requête. Ton ami me paie très cher.

— Mon ami, mais qui ?

— Ton ami. Le maître de maison.

— Mais pourquoi ? C'est mon ami justement. Pourquoi me voudrait-il autant de mal ?

— Écoute, je ne demande jamais leurs raisons à mes clients. Je ne sais pas ce qui lui trotte par la tête, demain matin je rentre à Naples et je ne le reverrai plus. Si tu veux mon avis, c'est un malade mental, mais pas le genre qui compte les doigts de sa main et n'en trouve que trois. Un autre type de folie. Note que c'est une opinion superficielle, parce que je ne le connais pas du tout, alors je peux me tromper. Ce que je sais, c'est qu'il veut te voir pleurer, alors je te le répète, rentre chez toi… Je me contenterai de l'acompte sans encaisser le reste, et tout est bien qui finit bien. »

De l'embouteillage de pensées émerge de plus en plus clairement la réaction que Marco Carrera compte avoir, qu'il aura. Au lieu de se résorber, l'adrénaline libérée depuis le matin en prévision de la soirée chez Dami Tamburini augmente. Mais il lui manque encore les mots pour l'exprimer. Marco reste donc silencieux.

« Pars, insiste l'Innommable. Fais l'impasse. Ma mère m'a raconté ce qui t'est arrivé. Rentre chez toi. »

Marco sursaute.

« Ta mère est encore en vie ?

— Oui.

— Mais quel âge a-t-elle ?

— Quatre-vingt-douze.

— Et comment va-t-elle ? »

L'Innommable fait une grimace – difficile à interpréter : son visage marqué de rides est traversé par quelque chose de sauvage. D'amer et de sauvage.

« Elle va bien, répond-il, mais pas grâce à moi, soyons clair. Je la néglige. Ce sont mes cousins qui s'occupent d'elle, de braves types qui guettent l'héritage. Ils se démènent, magouillent, et pour la mettre dans leur poche, ils l'entourent beaucoup plus qu'ils ne l'ont fait pour leur propre mère, morte seule dans un sanatorium. Ils ne se rendent pas compte que l'héritage leur est déjà acquis, puisque moi je n'en veux pas : s'ils le savaient, ils lui fileraient de la mort-aux-rats. C'est ma façon de la protéger : laisser croire à mes cousins qu'ils ont besoin de l'embobiner pour m'exclure du testament. »

Il s'arrête. La grimace disparaît d'un coup, comme elle est venue.

« Pendant toutes ces années, elle m'a parlé de toi, reprend-il, elle m'a toujours tenu au courant. Elle est bien triste de ce qui t'est arrivé. Rentre chez toi. »

Et ainsi Marco Carrera découvre qu'on le plaint. Il n'y avait jamais pensé : il est revenu vivre dans les lieux de son enfance, il a recommencé à fréquenter les vieux amis, les clubs sportifs d'autrefois, et n'a jamais parlé de ce qui lui était arrivé, de ce qui continuait à lui arriver. Irene. Marina. Adele. Il n'a pleuré sur l'épaule de personne, il a tenu bon, il a continué son chemin et maintenant il se découvre l'objet de récits qui suscitent la pitié jusque chez l'Innommable, dont pourtant la vie est dépeuplée. Ça lui donne d'un seul coup les mots pour s'exprimer.

« Écoute, Duccio, attaque-t-il, je te remercie de m'avoir averti, mais je ne rentrerai pas chez moi, parce que je ne crois pas que tu portes malheur. Je ne l'ai jamais cru et je me suis toujours élevé contre ceux qui le prétendaient. J'ai fait une erreur, il y a de nombreuses années, une seule : une erreur grave, je l'admets, parce que j'étais secoué, seul et con, et c'est clair que tu as payé les conséquences de mon erreur, je t'en demande pardon, si je pouvais revenir en arrière, je te jure que je ne le referais pas. N'empêche qu'à l'époque déjà, je ne croyais pas à ces histoires. Ajoute que je te dois la vie, donc je ne peux pas avoir peur de toi. Après, si tu me dis que Dami Tamburini – qui, outre mon ami, est mon partenaire de double, seule raison pour laquelle ces dernières années il a pu s'offrir quelques petites victoires auxquelles il semble tenir plus qu'à tout dans la vie – t'a engagé pour me faire pleurer au lieu de baiser la trace de mes pas, selon une expression qu'employait ma mère, alors là c'est sûr, j'ai envie de jouer : tu sais ce que c'est, quand le jeu se durcit... »

Maintenant c'est l'Innommable qui ne cache pas un certain ahurissement. À l'évidence, et depuis Dieu sait combien d'années, il n'est pas habitué à tomber sur quelqu'un qui *n'y croit pas*.

« Surtout, continue Marco, maintenant que tu m'as dit pourquoi tu es ici, j'ai un énorme avantage et j'entends en profiter. De toute façon, en matière de chance et malchance, je vais te montrer quelque chose. Suis-moi. »

Il sort des toilettes, suivi par l'Innommable et se dirige vers le bureau de la douleur. Il l'invite à ne pas faire de bruit en posant un doigt sur ses lèvres et ouvre délicatement la porte. Il le fait entrer, se glisse à l'intérieur lui aussi et referme la porte encore plus délicatement. La fillette dort, un bras pendant hors du hamac. Marco le remet contre son corps, approche les lèvres de son front à peine moite, frais.

« C'est ma petite-fille, dit-il à voix basse, elle s'appelle Miraijin. Elle a cinq ans et demi. Là où je suis, elle est. Toujours. Mon nom de guerre est Hanmokku à cause de ce hamac où elle dort. Tu vois ? Le support est démontable. Mon ami te l'avait dit ?

— Non.

— Voilà… »

Marco caresse une dernière fois le front de la petite, puis revient vers la porte et l'ouvre : ils sortent du bureau sur la pointe des pieds.

« Je te le répète, dit-il après avoir fermé la porte, je ne crois pas en certaines choses, mais je t'assure que si le pouvoir de porter chance ou malchance existait dans ce monde, elle serait imbattable. Et elle est ici, à côté de moi, elle me protège. Alors il vaut peut-être mieux que tu rentres chez toi. Je ne voudrais pas te faire rater ton coup, tu comprends, je ne voudrais pas ruiner ta réputation. »

Il sourit. L'Innommable et lui ont le même âge. Ils étaient amis intimes à l'époque où on le surnommait Colibri. Ils ont participé aux mêmes compétitions de ski, écouté de la musique fabuleuse pendant des centaines d'après-midi dans les années où il sortait un chef-d'œuvre par semaine. Ils se sont initiés ensemble aux courses, à la roulette, aux dés, au poker. Ils ont écumé les bordels et les casinos de la moitié de l'Europe. Leurs souvenirs communs ont quelque chose de glorieux.

« Ne joue pas avec le feu, dit l'Innommable. Va-t'en. »

Puis les choses ont changé brutalement, et maintenant ils se font pitié. Mais l'Innommable est seul, vieux, au bout du rouleau, tandis que Marco Carrera pourrait passer pour son fils, il est en forme et envisage encore un avenir parce qu'il a Miraijin. Soudain le dessein qui l'a amené ici lui apparaît clairement : tout, depuis l'intuition de Carradori quand il lui a offert ce hamac jusqu'à son propre culot de l'utiliser comme il l'a fait – en envoyant balader le grand-père aimant qu'il s'efforce d'être et que tout le monde voit en lui –, tout convergeait vers ce 29 février, jour qui n'existe pas. Ainsi que tout l'amour répandu dans le monde, tout le temps gaspillé et toute la douleur éprouvée : c'était autant de force, de puissance, de destin qui convergeaient là.

« Les loups ne s'attaquent pas aux cerfs malchanceux, Duccio. Ils s'attaquent aux faibles. »

Troisième lettre sur le colibri

(2018)

Marco Carrera
Piazza Savonarola 12
50132 Florence

Paris, 19 décembre 2018

Marco,

Je lis un bouquin sur Fabrizio De André, écrit par Dori Ghezzi en collaboration avec deux professeurs, deux linguistes. C'est un livre surprenant et je viens de tomber sur ce passage où les deux linguistes expliquent le sens du mot « emménalgie » :

« De emmenô, un verbe grec qui signifie "rester dans", "s'en tenir à", "persévérer dans". Un tourment mélancolique dû au désir de continuer au-delà de toute limite. Mais c'est un verbe insidieux. Parce que emmenô signifie aussi "soustraire aux lois, aux décisions d'autrui". Ce qui est le destin *de tous les êtres humains – et pas seulement, si Dieu aussi est obligé de se plier aux impératifs du libre arbitre – quand ils se trouvent aux prises avec les limites de temps qui les déterminent. Un mot qui est un poison et un remède pour la blessure que nous inflige un avenir dont on est privé ; un mot par conséquent qui dans un certain sens ne sert à rien. Parce que, en réalité, même s'il soigne "une" blessure, le véritable et indéracinable espoir de tous les êtres humains, quand ils sont honnêtes avec eux-mêmes, c'est qu'il n'y ait jamais de blessure. »*

Mais Marco, ce verbe, c'est toi. Côté persévérance, tu n'as pas ton égal, mais tu ne l'as pas non plus pour te soustraire au changement, tout à fait comme le verbe insidieux dont parlent les deux linguistes : tu t'en tiens à, tu continues au-delà de toute limite, mais aussi, fatalement, tu te soustrais aux lois et aux décisions d'autrui.

Et j'ai compris tout à coup (voilà pourquoi tout à coup je t'écris, même si je sais que tu ne me répondras pas) que tu es vraiment un colibri. C'est évident. Ça m'est venu comme une illumination : tu es vraiment un colibri. Mais pas pour les raisons qui ont motivé ce surnom : tu es un colibri parce que comme le colibri, tu mets toute ton énergie à rester immobile. Soixante-dix battements d'aile à la seconde pour rester là où tu es déjà. En cela, tu es formidable. Tu réussis à t'arrêter dans le monde et dans le temps, tu réussis à arrêter le monde et le temps autour de toi, et même parfois tu réussis à le remonter, à retrouver le temps perdu, tout comme le colibri est capable de voler à reculons. Et c'est pour cette raison qu'il fait si bon vivre près de toi.

Pourtant ce qui t'est naturel se révèle d'une grande difficulté pour les autres.

Pourtant la tendance au changement, même quand il est probable qu'il n'apportera rien de mieux, fait partie de l'instinct humain et toi, tu ne l'envisages pas.

Pourtant, surtout, cette façon de rester toujours immobile en déployant tant d'efforts, parfois n'est pas un remède, c'est une blessure. Et c'est pour cette raison qu'il est impossible de vivre près de toi.

J'ai passé ma vie à me demander pourquoi tu n'avais pas réussi à faire ce qui a longtemps semblé ton désir le plus cher : franchir ce pas qui t'aurait permis de vivre avec moi. Je me suis demandé ce qui en toi, quand nous étions très proches (c'est arrivé plusieurs fois pendant toutes ces années), te tirait en arrière, te faisant soudain rejeter ce que, un instant plus tôt, tu avais attiré. Tout à coup aujourd'hui, j'ai compris qu'en réalité c'est le contraire qui s'est passé, que c'est moi qui n'ai pas réussi à vivre avec toi. Parce que pour vivre avec toi, il faut réussir à s'arrêter, et que je n'en ai jamais été capable. Le résultat ne change pas, nous nous sommes manqués dans toutes les acceptions que l'on peut donner à ce verbe : mais ce point de vue nouveau me remplit d'une tristesse nouvelle elle aussi, et atroce, parce que je m'aperçois que peut-être tout cela n'a jamais dépendu que de moi.

Le fait aussi de le comprendre si tard est atroce, mais mieux vaut tard que jamais.

Marco. Dehors il y a des explosions, des cris, des sirènes d'ambulance. C'est samedi, et tous les samedis ici, c'est la révolution, mais c'est devenu normal. Les gilets jaunes qui cassent tout, c'est normal désormais. Me passer de toi, c'est normal désormais.

Bon Noël.

Luisa

Les choses comme elles sont
(2016)

« Allô ?

— Docteur Carradori, bonjour. C'est Carrera.

— Bonjour. Comment allez-vous ?

— Bien. Et vous ?

— Bien moi aussi, merci.

— Je vous dérange ? Où êtes-vous en ce moment ?

— Non, vous ne me dérangez pas du tout. Je suis à Rome. En formation avant de retourner au Brésil.

— Au Brésil ? Pourquoi ?

— Ah oui ! En Italie on l'ignore, mais il y a quatre mois, le Brésil a connu une des catastrophes environnementales les plus graves de l'histoire. Bento Rodrigues, ça vous dit quelque chose ?

— Non.

— C'est un village dans l'État de Minas Gerais. Mais il vaut peut-être mieux dire *c'était* un village.

— Que s'est-il passé ?

— Il a été englouti sous les boues toxiques issues de l'extraction des oxydes de fer. Un bassin de décantation a cédé, vous voyez le tableau. Ça fait quatre mois.

— Beaucoup de morts ?

— Pas beaucoup. Dix-sept. Mais le problème, c'est qu'une zone grande comme la moitié de l'Italie a été contaminée, rivières comprises, ainsi qu'une grande portion de la côte atlantique, qui se trouve pourtant à des centaines de kilomètres. Des dizaines de milliers de personnes ont tout perdu et ont dû être évacuées.

— Je n'en savais vraiment rien.

— On en a à peine parlé en Italie. Deux ou trois articles, et stop. Depuis des mois, personne n'en parle plus. Mais c'est une vraie catastrophe. Les habitants veulent rester dans leur région, sauf que leur région n'est plus sûre. Si on les laisse là, ils mourront de cancers. Si on les éloigne, ils perdent l'envie de vivre. Et puis où les emmener ? C'est vraiment un désastre.

— Je regrette…

— C'est comme ça. Mais vous, docteur Carrera, comment allez-vous ? Dites-moi que vous allez bien.

— Eh bien, oui, ça va bien.

— Tant mieux. La petite ?

— Une merveille.

— Quel âge a-t-elle maintenant ?

— Cinq ans et demi.

— Nom de nom. Mais c'est vrai, bien sûr : on s'est vus quand, la dernière fois ?

— Ça fait déjà trois ans.

— C'est vrai, et elle avait deux ans et demi. En somme, tout va bien.

— Oui ça va. Sauf que…

— Sauf que ?

— Il y a une chose dont je voudrais vous parler.

— Je vous écoute.

— Mais avant il faut, enfin, je dois vous avouer quelque chose.

— À savoir ?

— Le hamac. Celui que vous m'avez offert.

— Oui.

— Je m'en sers.

— Vous m'en voyez ravi.

— Mais pas seulement pour le tennis et les conférences comme je vous l'ai dit.

— Ah non ? Et dans quels autres cas l'utilisez-vous ?

— Quand j'étais jeune, je jouais aux jeux de hasard, vous le saviez ?

— Oui. Votre femme m'en avait parlé en consultation.

— Poker, chemin de fer, roulette. Puis j'ai arrêté.

— Elle me l'avait dit aussi.

— J'ai recommencé.

— Bien. Et ça vous plaît toujours ?

— Avec la petite qui dort dans le hamac.

— Logique.

— Dans la pièce voisine.

— Bien sûr, c'était exactement pour ça que—

— Parfois toute la nuit. Jusqu'à l'aube.

304

— D'accord, où est le mal ? À moins que vous ayez perdu trop d'argent. Vous avez perdu trop d'argent ?

— Non, non. Au contraire…

— …

— …

— Dites-moi, docteur Carrera.

— Hier soir. C'est-à-dire cette nuit. Bref il y a dix heures…

— Oui ?

— J'ai *gagné* trop d'argent.

— Que voulez-vous dire ?

— Je veux dire que j'ai gagné une somme abracadabrante. Et j'ai fait une chose abracadabrante.

— À savoir ?

— J'avais été alerté au début de la soirée par un vieil ami que je n'avais pas revu depuis plus de trente ans. Un professionnel, disons. Il mériterait un récit à lui tout seul, mais cela nous emmènerait trop loin. Après tout ce temps, je l'ai revu là où je vais jouer presque toutes les semaines depuis trois ans. Il m'a pris à part pour me dire tout à trac : "Pars, rentre chez toi." Je lui ai demandé pourquoi. "Parce qu'on veut ta perte." Je lui ai demandé qui. "Le big boss ici : il m'a engagé pour te ruiner, il veut te voir pleurer. Je n'avais pas compris qu'il s'agissait de toi."

— Mais comment avait-il pu ne pas le comprendre si vous êtes de vieux amis ?

— Parce que nous jouons sous pseudonyme. Il savait qu'il devait nuire à un certain Hanmokku et quand on nous a présentés, il a découvert que Hanmokku, c'était moi.

— Ah.

— Qui soit dit en passant est le nom du hamac que vous m'avez offert.

— En effet.

— Bref, voilà ce qu'il m'a dit. Et celui qu'il appelait le big boss, c'était le maître de céans, Luigi Dami Tamburini. Vous avez déjà entendu ce nom ?

— Non. J'aurais dû ?

— C'est un nom assez connu en Toscane. Une famille d'aristocrates siennois. Mais je vous le demandais comme ça, peu importe. Ce qui importe, c'est que Dami Tamburini est mon partenaire de double dans les tournois plus de cent, quelqu'un que jusqu'à hier soir j'aurais appelé un ami.

— Plus de cent ?

— C'est-à-dire la somme des âges des deux joueurs. Il y a des types sacrément forts.

— Ah…

— Bref, ce vieil ami m'informe que Dami Tamburini voulait ma perte. Or Miraijin avait de la fièvre et hier soir j'avais déjà beaucoup hésité à aller jouer. Dans ces conditions, à votre avis que fait-on ?

— Que fait-on ?

— On lève le camp, voilà ce qu'on fait. Ensuite, le lendemain, on essaie de comprendre de quoi il retourne. Exact ?

— Exact.

306

— On essaie de comprendre s'il est vrai ou pas que votre partenaire de double a engagé un professionnel pour vous ruiner. Et si c'est le cas, pourquoi. Mais à froid, n'est-ce pas ? Posément.

— Exact.

— Pas moi.

— Vous êtes resté ?

— Oui, je suis resté jouer.

— Et vous avez gagné cette somme abracadabrante.

— Oui.

— Vous l'avez gagnée contre votre partenaire de double ou contre votre vieil ami ?

— Contre mon partenaire de double, celui qui voulait me voir pleurer. Mais je suis passé à un cheveu de la ruine. Un tout petit cheveu.

— À savoir ?

— À savoir que j'en suis arrivé à jouer une somme que je n'avais pas.

— Combien ?

— Je ne vous le dirai pas, j'ai honte. Une somme que je n'avais pas, que je n'ai pas, et ma vie se serait sérieusement compliquée si je l'avais perdue.

— Mais vous ne l'avez pas perdue.

— Non. Grâce à un valet de carreau contre un valet de trèfle.

— À quoi jouiez-vous ?

— Au Texas Hold'em.

— Mais encore ?

— C'est le poker à la texane.

— C'est très différent du poker normal ?

— Disons que c'est plus compliqué. On joue avec deux cartes cachées par joueur, plus cinq cartes communes.

— Genre Telesina.

— Oui, ça y ressemble.

— On dit Telesina ou Teresina ? Je n'ai jamais compris.

— Les deux, je crois. Ce sont des déformations italiennes de Tennessee, qui est son nom américain.

— Vraiment ?

— Oui. En Amérique, le poker varie selon l'État où l'on joue. La variante texane est la plus répandue. Elle a été étudiée pour contrôler les gains et les pertes, pour que les gens ne se ruinent pas comme ça arrive en général au Tennessee. Mais hier soir, ça n'a pas marché. Hier soir, je suis passé à un cheveu de la ruine.

— Mais vous avez gagné.

— Oui. Et c'est Dami Tamburini qui s'est ruiné. Il a commencé à perdre et à exiger de rejouer pour se refaire, puis il a perdu encore et rejoué, encore et encore, à la fin on n'était plus que lui et moi, à la fin c'était une affaire entre nous deux, un règlement de compte personnel. Je n'ai pas abandonné, je ne me suis pas arrêté. En vingt minutes, même pas, en un quart d'heure, j'ai gagné une somme indécente.

— Combien ?

— J'ai honte de le dire.

— Mais pourquoi ? Ce n'est pas vous qui avez perdu cet argent.

— Je ne l'ai pas perdu, mais j'y ai une responsabilité.

— Combien ?

— Huit cent quarante mille.

— Fichtre !

— Ben, à force de doubler la mise…

— Et votre ami a tout cet argent ?

— Le problème n'est pas là. Sa famille possède une banque d'affaires, des terres, du vin, de l'eau, des immeubles… C'est moi qui n'en ai pas voulu. C'est la raison pour laquelle je vous appelle.

— Comment ça, vous n'en avez pas voulu ? Pourquoi ?

— Parce que c'est trop ! Ça dépasse l'entendement. Il y avait aussi le notaire comme toujours, qui est à disposition en cas de grosses pertes, il ne savait pas à quel saint se vouer.

— Vous voulez dire que vous avez gagné huit cent mille euros et que vous les avez laissés là ?

— Huit cent quarante mille. Oui.

— Bigre…

— Vous me prenez pour un fou ?

— Non. Seulement c'est insolite.

— Je n'en ai pas voulu, mais j'ai demandé quelque chose en échange.

— Et qu'avez-vous demandé ?

— Voyez-vous, docteur Carradori, c'était l'aube. Miraijin dormait dans son hamac dans la pièce voisine, bourrée de Doliprane. Moi j'étais là, lessivé, avec quatre autres types encore plus lessivés que moi. Deux heures après, il me fallait prendre mon service à l'hôpital. Sur la table, il y avait la faillite d'un homme qui, encore six heures avant, était mon ami…

— Et alors ? Qu'avez-vous demandé ?

— En plus, j'avais honte de tout. D'être allé jouer alors que Miraijin avait de la fièvre. De ne pas être rentré chez moi quand on m'a dit de le faire. De m'être acharné quand je perdais, sans m'arrêter comme je le fais d'habitude. Et de m'être acharné encore plus quand j'ai commencé à gagner, gagner, gagner au point d'en arriver à cette somme invraisemblable.

— Ma foi, c'était le choc. Qu'avez-vous demandé ?

— J'avais honte d'être un joueur, et même d'être ce que j'étais, de ce qu'a été ma vie. D'avoir perdu toutes les personnes que j'ai aimées, parce que d'une façon ou d'une autre, docteur Carradori, ils sont tous partis, il n'y a plus personne...

— Nous avons dit qu'il y avait la petite...

— J'avais honte d'elle aussi, reléguée dans un hamac, j'avais honte *pour* elle : j'avais honte et je me faisais peine, une peine profonde, terrible. Et j'ai fait une chose qu'un joueur ne fait jamais.

— Qu'avez-vous fait ?

— J'ai déballé tout ce que je suis en train de vous dire à ces quatre pauvres types qui avaient sûrement aussi honte que moi. Et j'ai dit plus, des choses que d'habitude on n'entend pas aux tables de jeu, même si tout le monde les éprouve.

— À savoir ?

— J'ai dit qu'à mesure que je gagnais tout cet argent, ma vie quotidienne devenait de plus en plus misérable. Je gagnais cinquante mille euros et je pensais à m'acheter une voiture neuve parce que la mienne soudain était un tas de ferraille. Mais avant je n'avais jamais pensé que c'était un tas de ferraille. Vous comprenez ?

— Je comprends.

— C'est typique des joueurs : mépriser leur vie, penser la changer en gagnant, même si en réalité ils n'ont jamais vraiment eu ce désir. J'avais dépassé les deux cent mille et je me voyais aux Maldives ou en Polynésie, dans des endroits luxueux où en réalité je n'ai jamais eu envie d'aller. Quatre cent mille, et ont débarqué assistants, domestiques, cuisinières, chauffeurs, nurses, comme si ça me manquait, comme si je ne désirais qu'arrêter de m'occuper de moi et de Miraijin. Six cent mille et voilà que j'arrêtais de travailler, je prenais ma retraite comme si tout à coup le travail que je fais depuis trente-cinq ans, pour lequel je me suis sacrifié et auquel j'ai consacré tant de temps, me rebutait. Mais ce n'est pas vrai. La vie que je mène ne me rebute pas, au contraire, elle me plaît, parce que contrairement à beaucoup d'autres, elle a un but, et ce but consiste à donner au monde l'homme du futur, que par un immense et douloureux privilège, il m'a été donné d'élever.

— Vous avez dit tout ça ?

— Oui. Puis à la fin, j'ai dit ce que tout joueur sait pertinemment, c'est-à-dire qu'il n'est pas possible de faire bon usage de l'argent gagné au jeu. Et que pour toutes ces raisons, je ne voulais pas de ces huit cent quarante mille euros.

— Et votre ami ? Et les autres ? Qu'ont-ils dit ?

— Tout le monde pleurait. Je vous jure. Ils comptaient me faire pleurer, c'est moi qui les ai fait pleurer. Mais pas de douleur, je les ai fait pleurer d'émotion. C'était pathétique et pourtant c'est la seule chose dont je n'ai pas honte.

— Et qu'avez-vous demandé à la place de vos gains ?

— J'ai demandé la restitution des archives photographiques de ma mère. Je les avais données à la fondation de ce Dami Tamburini, autre longue histoire que je ne vais pas vous raconter. Il y a quelques années, je les avais données à la fondation pilotée par sa banque et je les ai réclamées.

— Pourquoi ?

— Parce que soudain, après avoir éprouvé cette peine dont je vous ai parlé, j'ai eu l'impression de voir enfin les choses comme elles sont. Je me suis rendu compte que cet homme ne possédait de précieux que ces archives qui lui venaient de moi.

— Bravo.

— Je n'avais pas donné ces photos, je m'en étais débarrassé. Sous prétexte que je les confiais à quelqu'un qui les valoriserait mieux que moi, je m'étais défait de ce que ma mère avait laissé derrière elle, la trace de son passage sur cette Terre. Demain je les récupérerai. Voilà mon gain de la nuit dernière.

— Et vous ne le regrettez pas ?

— En aucune manière. Voyez-vous, je n'ai pas de problèmes d'argent. J'ai toujours aimé travailler et je n'ai jamais voulu vivre de mes rentes. Pour moi, cet argent était l'enfer. Et le jeu, une connerie d'ado que je n'avais jamais dépassée et qui continuait à me menacer. Je me suis trimbalé cette menace toute ma vie, mais cette nuit je l'ai vue pour ce qu'elle est. Cette nuit, j'ai tout vu pour ce qu'il est. Les choses telles qu'elles sont. J'avais besoin de le dire à quelqu'un. J'ai pensé vous le dire à vous.

— Vous avez bien fait.

— Maintenant je vous laisse. Je vous ai déjà fait perdre trop de temps.

— Mais que dites-vous ? Vous avez très bien fait de m'appeler.

— Je vous remercie, docteur Carradori. J'espère vous voir bientôt.

— Je viendrai. Comme ça, vous me montrerez les photos de votre mère.

— Avec plaisir. Elles sont très belles.

— J'en suis sûr.

— Au revoir, docteur Carradori.

— Au revoir, docteur Carrera. »

Dernière
(2018)

Luisa Lattes
23, rue du Docteur-Blanche
75016 Paris
France

Florence, 27 décembre 2018

Chère Luisa,

je te réponds. Tu savais peut-être que j'allais le faire cette fois : tes considérations sur le colibri, l'emménalgie, les raisons pour lesquelles nous n'avons pas vécu ensemble ne peuvent pas tomber dans le vide. Mais cela ne signifie pas que j'aie l'intention de recommencer à t'écrire. Une chose est très claire pour moi, c'est que je ne peux pas me permettre de reprendre une quelconque relation avec toi.

Avant tout, à propos de bouger et rester immobile, je remarque que tu as encore déménagé. Pourquoi ? Aurais-tu quitté aussi le philosophe juif ? Et si oui, pourquoi ? Ou s'agit-il d'un bureau ? Et si c'est un bureau, pourquoi l'as-tu pris si loin de chez toi ? Je n'arrive pas à imaginer d'autres hypothèses puisque j'exclus que vous ayez simplement déménagé en restant ensemble : je ne vois pas un philosophe qui a toujours vécu dans le Marais, comme tu me l'as décrit, plier bagages un beau matin et migrer dans le seizième.

Le fait est qu'on comprend sans mal que le mouvement obéit à un motif alors qu'il est plus difficile de saisir qu'il en va de même pour l'immobilité. Mais c'est parce que notre époque a attribué une valeur croissante au changement, y compris quand il est une fin en soi, et que tout le monde veut le changement. Si bien que, rien à faire, au bout du compte, celui qui bouge est courageux et celui qui reste frileux, celui qui change est inspiré et celui qui ne change pas obtus. Notre époque en a décidé ainsi. C'est pour cela que j'apprécie que tu te sois rendu compte (si j'ai bien compris ta lettre) qu'il faut aussi du courage et de l'énergie pour rester immobile.

Je pense à toi. Combien de fois as-tu déménagé ? Combien de fois as-tu changé de travail ? Combien d'amours, maris, compagnons, enfants, avortements, maisons de campagne, maisons à la mer, habitudes, engouements, douleurs, plaisirs se sont succédé dans ta vie ? Juste pour ce que j'en sais, Luisa, et je ne sais évidemment pas tout, les nombres sont ahurissants. Combien d'énergie as-tu dépensée pour tout ça ? Énormément. Et tu te retrouves à cinquante-deux ans à m'écrire à moi, qui – c'est vrai – suis resté plus ou moins immobile.

Je dis « *plus ou moins* », parce qu'il y a eu des changements dans ma vie aussi, tu le sais : des coups de boutoir terribles qui m'ont délogé de là où je comptais rester et ont sapé mes forces.

Tous les changements que j'ai connus, Luisa, ont été en pire. Je sais bien que ce n'est pas le cas pour tout le monde, au contraire notre imaginaire est peuplé d'histoires lumineuses, édifiantes, de changements voulus avec ténacité qui ont amélioré la vie des individus et même des masses. Je ne perdrai pas de temps à les citer. Mais pour moi, il en est allé autrement.

Je ne joue pas les victimes, Luisa : c'est juste pour te dire que moi non plus je ne suis pas resté immobile, alors que j'aurais bien aimé. Si ça n'avait tenu qu'à moi, je n'aurais pas bougé, mais ça n'a pas été possible, et chacun des changements que j'ai subis a produit un choc terrible qui m'a emporté comme un fétu, me projetant dans une autre vie, puis une autre, puis une autre encore, des vies auxquelles j'ai dû m'adapter brutalement, sans transition. Comprends-tu le soulagement que j'éprouve à retenir tout ce que je peux ?

Oui, je crois moi aussi que si tu avais réussi à t'arrêter, nous aurions pu vivre ensemble. Mais un destin est un destin, et si je suis le colibri, tu es le lion ou la gazelle de ce proverbe que franchement j'ai toujours trouvé débile, qui parle de se lever tous les matins et se mettre de toute façon à courir.

Maintenant j'ai une mission à remplir, qui donne un sens à tout ce que j'ai eu et n'ai pas eu, toi comprise : élever l'homme nouveau, et l'homme nouveau est la fillette de huit

316

ans qui dort sous ce toit. *Elle deviendra une femme. Elle deviendra l'homme nouveau. Elle est née pour ça et je ne laisserai pas les changements l'abîmer. Je n'ai de force que pour ça, et pour te répondre cette fois. Je regrette, Luisa, mais c'est la dernière lettre que je t'écris. Je t'ai beaucoup aimée, vraiment, pendant quarante ans, tu as été la première et la dernière chose à laquelle j'ai pensé chaque jour de ma vie. Mais il n'en est plus ainsi parce que maintenant ma première pensée est pour elle, la dernière aussi, et entre les deux il y a d'autres pensées pour elle. Désormais, je ne peux vivre qu'ainsi.*

Je t'embrasse

Marco

L'homme nouveau
(2016-29)

Il y a des êtres qui se démènent toute leur vie, désireux d'avancer, connaître, conquérir, découvrir, progresser, pour s'apercevoir qu'en définitive ils n'ont jamais cherché que la vibration qui les a jetés dans le monde : pour ceux-là, les points de départ et d'arrivée coïncident. Puis il y en a d'autres qui parcourent une longue route aventureuse tout en restant immobiles, parce que c'est le monde qui glisse sous leurs pieds et qu'ils se retrouvent très loin de leur point de départ : Marco Carrera était de ceux-là. Désormais, c'était clair : sa vie avait un but. Toutes n'en avaient pas, la sienne oui. Les épisodes douloureux qui l'avaient marquée avaient un but eux aussi, rien ne lui était arrivé par hasard.

Certes, il n'avait pas eu une existence banale : il avait toujours porté les stigmates de l'exception, à commencer par sa petite taille, qui pendant quinze ans l'avait tenu à l'écart de ses semblables, pour continuer avec le traitement qui l'avait réintégré parmi eux, déclenchant une croissance de loin supérieure à ce qu'attendait le spécialiste qui le lui avait prescrit, et en un laps de temps beaucoup plus court. Personne ne s'était mis martel en tête pour en découvrir la raison, mais le fait est que les résultats du traitement administré à Marco à l'automne 1974 avaient été hors norme : seize centimètres en huit mois, c'est-à-dire qu'il était passé d'un mètre cinquante-six en octobre (la moyenne des garçons de son âge était d'un mètre soixante-dix) à un mètre soixante-douze en juin suivant (ce qui était la moyenne), puis sa croissance s'était arrêtée d'un coup. Ou pour mieux dire, sa croissance s'était stabilisée exactement sur la moyenne des garçons de son âge : un mètre soixante-quatorze à seize ans, un mètre soixante-seize à dix-sept ans, un mètre soixante-dix-huit à dix-huit ans et un dernier centimètre l'année suivante, juste de quoi l'amener, adulte, légèrement au-dessus de la statistique nationale.

Pas la moindre explication. Le docteur Vavassori s'attendait aux deux tiers à peine de ces chiffres, en quinze mois et pas en huit, c'est-à-dire une stature qui aurait transformé le sérieux retard de croissance de Marco Carrera en une petite taille normale. Toujours bercée par sa foi dans les éclairs de génie de D'Arcy Wentworth, Letizia était convaincue que le traitement n'y était pour rien et que la courbe de son fils serait montée de toute façon grâce aux instructions imprimées dans son code génétique : simplement tout était prévu dans sa nature depuis le début, d'abord la croissance insuffisante, puis la flambée démesurée, puis (c'était le plus étrange et, selon elle, ne s'expliquait qu'avec Thompson) l'alignement sur l'anthropométrie traditionnelle. Pour sa part, Probo était partagé : d'un côté il se réjouissait du succès de la tentative dont il avait été le fervent instigateur, mais d'un autre, il se demandait si l'on ne devait pas considérer comme un échec un résultat si éloigné des attentes, même s'il était meilleur ; c'est-à-dire si cela ne signifiait pas qu'on avait totalement perdu le contrôle de l'action exercée sur le corps de son fils, avec, du coup, toutes sortes de conséquences potentielles. Et il avait craint – une crainte qui ne l'avait plus quitté, même si, après la mort d'Irene, elle avait comme le reste perdu en intensité – de devoir découvrir le prix à payer pour ce coup de hasard. Stérilité, maladies dégénératives, tumeurs, malformations : et si un beau jour, dans le futur, quand personne ne penserait plus à ce traitement, ce qui l'avait rendu plus efficace que prévu présentait à son fils une addition exorbitante ? Il avait posé la question au docteur Vavassori, lequel avait répondu que, s'agissant d'un protocole expérimental, le risque d'effets collatéraux imprévus, y compris très différés, avait été pris en compte et dûment spécifié dans les documents que Probo avait signés : mais qu'un succès supérieur aux attentes augmente ce risque, voilà qui révélait, selon lui, une inquiétude saugrenue, voire légèrement paranoïaque. Soit dit en passant, c'était bien la première fois que Probo se faisait traiter de paranoïaque.

De son côté, emporté par sa croissance, Marco n'avait eu le temps de réfléchir à rien. Autant par le passé son corps avait refusé avec obstination de grandir, autant à présent il grandissait avec violence : disons que Marco habitait ce phénomène, en essayant de suivre le rythme.

Entre novembre et juin, il avait grandi de deux centimètres par mois – ce qui signifiait un kilo et demi ou une demi-pointure de chaussure de plus par mois – et ça avait été sa seule occupation. Il n'avait éprouvé ni inquiétude, ni peur, ni honte, ni irritation, il n'avait pas posé de conditions : il s'était plutôt abandonné à cette révolution, faisant preuve d'une plasticité et d'une résilience qui, plus tard, dans les moments difficiles, allaient l'aider à survivre. Son corps avait sauté à pieds joints par-dessus l'adolescence, sa constitution d'enfant était passée d'un seul coup à celle d'un jeune homme, mais sans le traumatiser, parce que, à ce qu'il savait, c'était précisément le but du traitement. Au bout de quelques années, le fait d'avoir été un colibri devint pour lui un souvenir comme un autre.

Mais à partir de cette expérience, sa vie continua à se dérouler de la même façon : en restant figée pendant des années, tandis que celle des autres avançait, avant d'entrer soudain en éruption avec un événement exceptionnel qui le projetait dans un ailleurs nouveau et inconnu. Cette transition survenait en général dans la douleur et la question qui le menaçait alors, avec tout son poids de colère et de victimisation, était : mais pourquoi faut-il toujours que ça tombe sur moi ?

Souvent, parmi les six serviteurs honnêtes de notre quête (qui, comment, quand, où, quoi et pourquoi), c'est le *quand* qui sépare le salut de l'enfer : Marco Carrera ne s'est pas posé cette question tant qu'il n'a pas eu la réponse, et c'est la raison pour laquelle lui, qui désirait rester immobile, a réussi à avancer autant et à un tel prix, sans s'écrouler. Ce n'est qu'au bon moment, c'est-à-dire le plus sombre, que la lumière s'était faite dans son esprit : tout, tout était arrivé dans un seul but, et la réponse s'était présentée – simple, précise, un pur nectar : Miraijin. Miraijin était l'homme nouveau, et ce depuis que sa mère l'avait conçue. Elle était née pour changer le monde et le privilège avait été donné à lui, Marco Carrera, de l'élever.

Du vivant d'Adele, il n'y avait pas eu la moindre discussion à ce sujet. Elle ne se lassait pas de le répéter et Marco n'objectait rien, au contraire il abondait dans son sens : l'humanité recommençait à partir de cette petite, l'humanité recommençait à Miraijin, même si en réalité c'était pure complaisance à l'égard de sa fille, comme des années avant, quand il jouait avec le fil dans son dos. C'est vrai, pensait-il, elle n'a pas toujours été à la fête, cette fiction lui permet peut-être de tenir bon : le destin me malmène et moi, en échange, j'engendre l'homme nouveau…

Mais Adele est partie trop tôt, et Marco n'était pas préparé du tout à affronter ce vide : comme il l'a toujours fait dans le passé – sans le décider et cette fois sans même s'en rendre compte – il est simplement resté debout dans le cratère fumant et l'a habité malgré tout, mais ça ne suffisait plus. Pour ne pas se laisser submerger par le désespoir, il lui fallait une force et une détermination qu'il ne se sentait pas posséder. Pendant un certain temps au début, il avait vécu avec sauvagerie, en suivant les conseils du docteur Carradori. Oui, avec sauvagerie, en ne se préoccupant que de veiller sur Miraijin et de mordre à pleines dents dans ce qui lui restait de vie. Certes sa méthode ne constituait pas un modèle de puériculture, surtout pas ses nuits à la table de jeu pendant que la petite dormait dans son hamac, mais elle lui avait permis de franchir le pas décisif, c'est-à-dire comprendre.

La lumière s'était faite quand il avait accompli un geste autrement difficile à expliquer : renoncer au gain fabuleux sur lequel s'était soldé un impitoyable duel au poker contre son ami Dami Tamburini. Voilà le bon moment pour se poser des questions, toutes les questions, même les plus déchirantes, le moment de s'en remettre au plus exigeant des six serviteurs honnêtes : *pourquoi* ? Soudain tout était clair, la douleur éprouvée au fil des années se muait en basalte sur lequel se fondait le monde nouveau, les souvenirs devenaient destin, le passé avenir. Pourquoi ça tombe sur moi de renoncer à ce pactole ? Pourquoi ça tombe sur moi d'échapper à une catastrophe aérienne ? Pourquoi ça tombe sur moi de perdre une sœur de cette façon ? Pourquoi ça tombe sur moi de vivre un divorce aussi difficile ? Pourquoi ça tombe sur moi de mettre fin matériellement à la vie de mon père ? Pourquoi ça tombe sur moi d'enterrer une fille de vingt-deux ans ?

Maintenant il avait une réponse, c'était ce nom qui avait fait irruption dans sa vie – Miraijin –, et ce qu'Adele avait toujours répété à son sujet, sérieusement, fermement, sans le moindre doute : ce sera l'homme nouveau, papa, l'humanité recommencera à partir d'elle. Désormais Marco Carrera y croyait vraiment. Il avait beaucoup souffert, c'était vrai, pour un but très élevé : donner au monde l'homme nouveau, mais seulement après avoir résisté aux coups et aux flèches d'une injurieuse fortune, comme dit Hamlet. Cette idée d'illuminé s'était insérée à la perfection dans son existence sobre et emplie de douleur, d'une certaine façon elle l'avait même complétée – raison pour laquelle elle avait aussitôt cessé d'être une idée d'illuminé.

Du reste, la petite était spéciale, c'est vrai. Sa beauté physique s'épanouissait de jour en jour, une beauté inouïe, réservée jusque-là aux avatars des jeux vidéo : grande pour son âge, élancée, une masse souple de cheveux frisés, la peau brun sombre, des yeux en amande d'un bleu de fond de piscine – on dirait un assemblage d'options choisies dans un menu déroulant. Ce sont ses yeux qui tous les jours confortent Marco Carrera dans la conviction que sa petite-fille représente un point à la ligne : ophtalmologue et spécialiste du système visuel depuis quarante ans, convaincu d'avoir vu tous les types d'yeux existant dans la nature, humains et non humains, devant ceux de Miraijin, il se sent comme l'astronaute qui pour la première fois découvre la Terre depuis l'espace. Il n'a vu, et photographié, quelque chose d'approchant que chez le ragdoll angora d'une de ses amies américaines, qui s'appelait Jagger (le chat), il est allé repêcher cette photo dans ses dossiers (elle datait de 1986) et a imprimé un détail de ces yeux, saisis à l'instant où ils fixent l'objectif : mais cette image non plus ne donne pas une idée juste, parce que le chat Jagger était blanc, alors que Miraijin est noire.

Malgré toute cette étrangeté, Miraijin lui est aussi splendidement familière. Par exemple la pointe de bleu clair dans ces yeux uniques au monde est la même que chez

Irene – et c'est toujours un choc. Ce beau corps sportif qui se développe harmonieusement d'année en année est le même que Marco a vu grandir chez Adele. Ses fossettes aux joues quand elle rit appartiennent à Giacomo et contrairement aux siennes, ne semblent pas destinées à disparaître avec l'âge. Mais ce qui l'émeut le plus dans le corps d'extraterrestre de Miraijin, c'est son minuscule grain de beauté entre le petit doigt et l'annulaire de la main droite, identique à celui d'Adele, identique au sien : invisible aux regards, ce petit point est la marque de fabrique des Carrera. Combien de fois il a glissé ses doigts entre ceux d'Adele pour faire coïncider leurs grains de beauté, pas seulement quand elle était petite, mais après aussi, c'était leur « point de force », disaient-ils, et ils les ont unis y compris quand ils barbotaient dans la piscine de la maternité, pendant que Miraijin venait au monde. Maintenant Marco Carrera peut continuer avec Miraijin parce que, dans la tempête génétique qui s'est déchaînée pour la faire naître si *nouvelle*, ce petit grain de beauté a réussi à survivre.

Mais plus encore que l'aspect physique, qui donne un corps bien réel à la plus éclairée des utopies d'intégration entre les peuples, ce qui est impressionnant chez cette créature, c'est qu'elle est toujours dans le juste. Toujours. Bébé déjà elle ne pleurait que lorsqu'elle devait pleurer, ne dormait que lorsqu'elle devait dormir et apprenait tout de suite ce qu'elle avait à apprendre, facilitant la tâche de la personne qui s'occupait d'elle. Ça n'a pas changé en grandissant, elle faisait toujours ce qu'il fallait au moment où il le fallait, avec, c'est vrai, de temps en temps la surprise d'un geste ou d'un comportement hors norme, mais seulement pour que sa mère, lui, le pédiatre, les maîtresses, les professeurs le reçoivent comme une *amélioration* de la norme. En étudiant ce phénomène, Marco Carrera a acquis la conviction que Miraijin est vraiment destinée à changer le monde : parce que, en réalité, ces comportements hors norme ne sont pas toujours une amélioration, parfois ils ne sont qu'une façon de faire différente, mais chez elle, on les *voit* comme une amélioration. Ce qui revient à dire que sa personne, son visage lisse, ses yeux halogènes, sa voix dépolie, son expression, son sourire, ses fossettes aux joues, tout son corps en réalité, pour menu et provisoire qu'il soit encore, possède l'ascendant des condottieri. C'est un de ces corps qui a le don de persuader. Un de ces corps que les autres tendent à imiter.

Il n'y a pas une expérience où Miraijin n'ait adopté la bonne attitude dès la première tentative. Dans tous les sports qu'elle a approchés, du tennis au judo, elle a toujours sidéré l'instructeur par sa vocation naturelle. La première fois où elle s'est trouvée aux prises avec un cheval, elle s'est tout de suite placée derrière pour lui caresser la queue. « Non ma chérie, ne te mets pas là, c'est dangereux, il pourrait te donner un coup de pied parce que les chevaux ne supp… » Mais le cheval – ou plus exactement la jument (Dolly, une quarter texane baie de treize ans, docile mais ombrageuse, très sensible au mors, d'ailleurs pas plus tard que la veille elle avait désarçonné un type d'Arezzo qui prétendait la diriger comme un fiacre en tirant les rênes d'un côté et de l'autre, que Miraijin dès lors montera régulièrement pendant les sept années à venir, jusqu'au moment où on la laissera au pré en attendant qu'elle rende l'âme au dieu des chevaux) – la jument se montre exceptionnellement heureuse de sa présence et la laisse rien moins que brosser sa queue, signe selon la monitrice de la qualité du rapport qui s'est instauré. Ce qui laisse pantois si l'on considère que c'est la première fois que Miraijin entre en contact avec la gent équine. À l'école, elle enchante les maîtresses par sa capacité de concentration et sa façon d'améliorer celle de toute la classe. Elle dessine très bien. Elle n'a pas plus tôt appris à écrire qu'elle respecte scrupuleusement les accents graves et aigus, comme ne le font même plus les professeurs. La phrase qui jaillit chaque fois qu'elle s'essaie à quelque chose est : « Elle semble née pour. »

Marco un jour la sonde : « Tu te rends compte, Miraijin, que tu réussis tout ce que tu entreprends ? Comment fais-tu ? » Et la réponse vient : « Je regarde comment fait le professeur. » Donc ce corps prédestiné, que tout le monde voudra imiter, est si charismatique parce qu'il sait imiter les autres corps. Emporté par son rôle de mentor, Marco se livre à des expériences : il lui montre tous les jours les matches de basket de la NBA à la télévision et quand, au bout d'une semaine, il lui donne un ballon de basket, la voilà capable de reproduire à la perfection les mouvements des joueurs – feintes, pied de pivot, double-pas – sans connaître les règles de ce sport. Voilà qu'au premier cours de snowboard (qu'elle préfère au ski) elle est déjà capable d'exécuter avec précision les mouvements qu'on lui apprend et donc de descendre et tourner sans tomber. Passons à la danse : non que Marco apprécie les enfants qui dansent, au contraire il les a en horreur, mais l'expérience valait d'être tentée et après deux après-midi à regarder la vidéo de la jeune Iranienne qui défie le régime en dansant le shuffle dans la rue, voilà que Miraijin sait danser le shuffle. Passons à la musique, le piano, voilà que tout de suite, la première fois qu'elle touche le clavier et que le professeur lui dit de jouer au hasard, mais en essayant de faire des choses différentes à chaque main, elle y arrive, ses deux mains suivent deux configurations rythmiques différentes – au petit bonheur, d'accord, mais indépendantes l'une de l'autre : et si ce n'est pas un prodige, dit le professeur, c'est de toute façon un très beau début, et en effet voilà qu'un an après à peine, Marco entre dans sa chambre pour lui demander quelle est cette musique qu'elle écoute, il s'agit de *River Flows in You* de Yiruma, mais Miraijin ne l'écoute pas, elle la joue. Redoutable. Et alors voilà Marco qui entreprend à soixante ans de surveiller ses gestes, ses comportements, et pendant qu'il y est, ses expressions et son langage comme il ne l'a jamais fait jusque-là, s'efforçant de les purger de toutes les laideurs qui, si elle les imitait, pourraient ternir sa pureté. Donc, en commençant par lui, Marco Carrera, voilà que le monde s'améliore.

Ah ! Miraijin ! Neuf ans ! Dix ! Onze ! Douze ! Quel plaisir d'organiser ton anniversaire, le 20 octobre, quelle aventure de t'accompagner au cœur du monde pendant que le monde va droit dans le mur ! Ces sports où tu réussis si bien, ne t'y attarde pas : ce serait dommage de faire de toi une championne. Le piano, la danse, le dessin, l'équitation : cultive ce que tu aimes, mais ne te laisse pas dévorer, ne deviens pas une enfant prodige, parce que tu es destinée à quelque chose de bien plus important. Tu as raison, refuse l'esprit de compétition. Tu as raison, redoute le réchauffement climatique. Tu as raison, regarde les vidéos débiles sur YouTube avec tes copines et fais exprès des fautes dans les contrôles en classe pour ne pas creuser une trop grande distance avec elles. N'oublie pas que tu es l'homme nouveau et que pour toi tout est facile, mais tu ne dois pas te distinguer des autres, tu ne dois pas les laisser à la traîne : au contraire, tu dois les entraîner avec toi, et c'est là la difficulté. Treize ans, Miraijin ! Le cinéclub à la maison avec ton grand-père tous les lundis soir, les vieux films regardés à l'ancienne mode, en DVD à la télévision, en mangeant les sushis que tu auras préparés (parce que bien sûr tu cuisineras à merveille, et bien sûr autant des recettes italiennes que des spécialités exotiques), *The Big Lebowski*, *Gatsby le Magnifique*, *Vol au-dessus d'un nid de coucou*, *Donnie Darko*, *Ghost World*, *Le Pigeon*, *Usual Suspects* (qui t'ennuiera mortellement parce que, au bout de cinq minutes, par le jeu du montage cut et des premiers plans, tu auras déjà compris que Keyser Söze est Kevin Spacey), ou bien regardés à la nouvelle mode, en streaming, sur tablette, avec tes copines, *Spring Breakers*, *Coyote Girls*, *Juno*, *Avant toi*, *A Star is Born*, ou les vieilles séries, *Stranger Things*, *Black Mirror*, *La Casa de papel*, *Breaking Bad* – mais jamais en salle, parce que le cinéma en salle

329

mourra de sa belle mort et que même toi, tu n'y pourras rien. Quatorze ans ! Ah ! Miraijin, ne cède pas à la hâte de la beauté qui éclate, la tienne et celle des garçons autour de toi, laisse agir le temps, aie confiance : tu tomberas amoureuse, tu douteras, tu diras non, tu ne douteras plus, tu diras oui, tu seras heureuse, tu seras malheureuse, tu seras heureuse à nouveau, tout arrivera quand ce sera le moment. Tu as raison, prends ton temps. C'est bien, ennuie-toi et lis des romans, *Le docteur Jivago*, petite chérie à son grand-père, *Martin Eden*, *Les Hauts de Hurlevent*, la saga de Harry Potter, bons choix ; mais aussi d'autres livres dont ton grand-père n'aura jamais entendu parler : *Febbre*, *Le Pouvoir*, *LaRose*, *Chroniques du monde émergé*, et puis les bandes dessinées, les mangas surtout, comme ta mère, et alors pourquoi pas *Miraijin Chaos* qui est à l'origine de ton nom, et ensuite aussi les sagas plus célèbres d'Osamu Tezuka, *Astro Boy*, *Next World*, *Dororo*, mais aussi des mangas d'autres auteurs, vieux toujours, mais un peu moins, comme *Sailor Moon*, ça elle va te plaire *Sailor Moon*, comme elle plaisait à ta mère, et puisque la science-fiction t'intéressera, tu pourras aussi chercher ton bonheur parmi les huit cent quatre-vingt-treize fascicules d'Urania de ton arrière-grand-père, c'est bien, tu es l'homme nouveau, mais tu te soucieras de savoir d'où tu viens et alors ton grand-père te conseillera les nouvelles de Heinlein, *Les routes doivent rouler*, *L'Homme qui vendit la lune*, il dira que ce sont les meilleures nouvelles de science-fiction qu'il ait jamais lues, lui qui n'en a pratiquement pas lu d'autres, mais peu importe parce qu'elles te plairont, elles te montreront depuis combien de temps on attend l'homme nouveau, avec quelle poésie et quelle naïveté on l'a rêvé et imaginé des milliers de fois. Quinze ans, Miraijin : et pourquoi tu ne créerais pas une chaîne à toi sur YouTube ? Allez, essaie, qu'est-ce que tu risques ? Allez, courage, vas-y ! Alors tu te laisseras persuader et contre toute attente, ton grand-père – que tu auras toujours cru sévère, mais qui ne l'est pas (parce qu'il est souverainement inutile d'être sévère avec les enfants, puisque ceux qui en ont besoin, comme toi Miraijin, placent la sévérité en qui bon leur semble, tandis qu'elle produit l'inverse de l'effet recherché chez ceux qui n'en ont pas besoin, voire la défient) – ton grand-père sera d'accord, et lui aussi t'encouragera, et alors tu créeras ta chaîne YouTube, ou plutôt non, au début tu posteras simplement des vidéos tournées avec ton téléphone, où tu répéteras ce qui t'aura rendue si populaire parmi les jeunes de ton âge, c'est-à-dire que tu parleras de choses à partager avec eux, des films et des séries télévisées à voir, des livres à lire et des vêtements à porter, des plats à cuisiner et des danses à apprendre, des coiffures à essayer et des jeux auxquels jouer et des endroits à visiter et des précautions à adopter pour respecter la nature, donnant l'occasion à des inconnus de faire ce que tous les gens qui t'ont rencontrée dans la vie réelle ont eu envie de faire, c'est-à-dire t'imiter, et en somme tu deviendras *cette chose-là*, qui aura un nom anglais bien précis, que toutefois ton grand-père t'interdira de prononcer – la voilà la sévérité, en réalité ce sera une plaisanterie de sa part – et toi, c'est vrai, tu ne le prononceras pas, tu ne le prononceras jamais. Seize ans ! Dix-sept ! Et ton destin te rattrapera d'un bond, parce que tu deviendras célèbre, très célèbre, soudain ta chaîne YouTube recevra des millions de visites, un succès aberrant si on pense qu'elle s'occupera de choses simples, sérieuses, *normales*, et tandis que ton pays sombrera, beaucoup d'adolescents s'accrocheront à toi, beaucoup d'enfants aussi, ils voudront faire ce que tu fais, devenir comme toi, voir le monde avec tes yeux incroyables, et ils te suivront, de plus en plus nombreux, ce qui signifie aussi de l'argent, Miraijin, des flots d'argent, qui ne te scandaliseront pas et ne te détourneront pas de ton chemin, tu en donneras une grosse partie à ceux qui en ont besoin évidemment, mais tu mettras de côté le reste, parce que être riche quand tout le monde s'appauvrit est un énorme avantage si on doit changer le monde, et ton grand-père désormais sera à la retraite et se consacrera entièrement à tes affaires, pour que tu ne perdes pas le fil de la vie normale, tes études, les sorties pédagogiques, le piano, les séjours linguistiques à Londres, les fêtes, les concerts, une partie des vacances à Bolgheri avec ton grand-père et l'autre avec tes amies qui t'inviteront partout pour ne pas avoir à te quitter, il s'occupera des aspects pratiques liés à cette célébrité que tu vas conquérir pendant ce temps afin que – pensera-t-il, et il aura raison – ce ne soit pas la célébrité qui te conquière, parce que – pensera-t-il, et il aura raison – si tu perdais le fil de ta vie normale, tu deviendrais immédiatement une entreprise, un produit, une marque, et tu serais tout de suite harcelée par des agents, des fondés de pouvoir, des promoteurs, des imprésarios, des entrepreneurs, des exploiteurs, qu'il voudra au contraire tenir à distance de façon à ce que ne restent près de toi que de vraies personnes, les enfants, les jeunes, garçons et filles, qui en t'imitant se rebelleront contre le désastre provoqué par leurs parents, et donc au bout du compte, il se passera à nouveau dans la vie de Marco Carrera ce qu'il s'est toujours passé, à savoir : il restera immobile, enraciné, et essaiera de toutes ses forces d'immobiliser aussi le temps autour de lui, qui évidemment ira de l'avant pour toi Miraijin, et voilà, tu as eu dix-huit ans, cela semblera impossible, Miraijin majeure, une jeune femme, très belle, à l'influence cathartique et de plus en plus séminale, au sens où naîtra de toi, désormais ce ne sera plus un secret, la nouvelle humanité capable de survivre à la ruine dont l'ancienne est responsable, de toi et des personnes comme toi, parce que le vrai changement, le seul que ton grand-père encouragera, ce sera qu'on cherchera *les personnes comme toi*, Miraijin, les élus, les hommes nouveaux, les femmes du futur, qu'on les trouvera, qu'on les rassemblera et qu'on les déploiera tous ensemble pour, commençons par le début, sauver le monde avant de le changer, parce que le monde sera en danger, exactement comme beaucoup de gens l'avaient redouté dans les années précédentes, mais sans être écoutés, et comme cela avait été imaginé des milliers de fois pendant tout le siècle précédent dans les livres, les BD, les dessins animés, les mangas, les films, l'art, la musique, et malgré cela ils seront nombreux à refuser jusqu'au bout d'y croire, ou, pour d'autres, à y croire trop tard et s'en étonner, bref toi

Miraijin, et tes semblables, serez recrutés et entraînés pour mener la guerre que personne n'aura voulu mener avant, même si depuis longtemps il sera clair qu'il s'agissait bien d'une guerre, une guerre féroce entre la vérité et la liberté, toi, les personnes comme toi et tout votre public d'enfants et d'adolescents (en très grand nombre), de jeunes hommes et jeunes femmes (en grand nombre), d'adultes (en petit nombre) et de vieux (en très petit nombre) rangés dans le camp de la vérité, puisque la liberté désormais aura été transformée en un concept hostile, à faire grincer les dents, et criminellement pluriel – *les* libertés, les libertés infinies entre lesquelles ce mot aura été dépecé comme le zèbre par le troupeau de hyènes qui le dévore, liberté de choisir toujours ce qu'on préfère, liberté de récuser toute autorité qui s'y oppose, liberté de ne pas se soumettre aux lois qui vous déplaisent, de ne pas respecter les valeurs fondatrices, la tradition, les institutions, le pacte social, les accords établis, liberté de ne pas se rendre à l'évidence, liberté de se dresser contre la culture, contre l'art et contre la science, liberté de soigner selon des protocoles non reconnus par la communauté ou, au contraire, de ne pas soigner du tout, ne pas vacciner, ne pas utiliser d'antibiotiques, liberté de ne pas croire à des faits avérés, liberté de croire au contraire à de fausses nouvelles et liberté d'en répandre, et aussi liberté de produire des émissions dangereuses, des déchets toxiques, des résidus radioactifs, liberté de déverser dans les mers des matières non biodégradables, de polluer les nappes phréatiques et les fonds marins, liberté pour les femmes d'être machistes, pour les hommes d'être sexistes, liberté de tirer sur l'individu qui s'introduit chez vous, liberté de repousser les naufragés et de les renvoyer dans les prisons des dictatures, liberté de laisser se noyer les naufragés, de haïr les religions qui ne sont pas la vôtre, les façons de manger et s'habiller qui ne sont pas les vôtres, liberté de mépriser les végétariens et les végans, liberté de chasser les éléphants, les baleines, les rhinocéros, les girafes, les loups, les porcs-épics, les mouflons, liberté d'être cruel, impoli, égoïste, ignorant, homophobe, antisémite, islamophobe, raciste, négationniste, fasciste, nazi, liberté de prononcer les mots « nègre », « anormal », « bohémien », « paralysé », « mongolien », « pédé », voire de les crier, liberté de suivre exclusivement son bon vouloir et son intérêt, de faire les mauvais choix en pleine connaissance de cause et de combattre sans pitié quiconque voudra les bannir, parce que c'est eux qu'on considérera comme les garants de la liberté, et pas la Constitution. Tandis que d'autres se battront dans la vie réelle et que la lutte sera dure, toi, Miraijin, et tes semblables, par votre exemple, grâce au charisme de l'homme nouveau, vous devrez combattre sur Internet, c'est-à-dire en terrain ennemi, dans le bouillon de culture où prolifèrent les métastases de la liberté et vous aurez le devoir de défendre et garder en vie – là, sur Internet, pour les enfants et les adolescents, par vos jeux, vos récits dans vos langues maternelles et vos listes de ce qu'on peut faire et ne pas faire, c'est-à-dire par le *discernement* – la normalité qui sera en voie de disparition, la compassion qui sera en voie de disparition, la vieille bonté européenne qui sera en voie de disparition, celle des émigrants et des exilés morts loin de chez eux, des domestiques, des paysans, des mineurs, des manœuvres, des marins qui se sont tués à la tâche pour que leurs enfants vivent mieux, des missionnaires mangés par les cannibales, des intellectuels, des poètes, des architectes, des ingénieurs, des scientifiques persécutés par les tyrans et alors, vu ta célébrité et le simple fait que tu agisses au nom et en défense de la vérité, même la plus banale et quotidienne, contre la liberté de la fouler aux pieds, tu seras en danger. Dix-neuf ans Miraijin, et tout changera – ce sera la première fois pour toi et une fois de plus pour ton grand-père – parce que tu devras quitter ta maison, ta vie, ta ville, et vivre dans la clandestinité, te déplacer sans cesse, menacée, diffamée, mais aussi admirée et défendue comme un trésor, protégée pour que tu puisses continuer à témoigner que le monde a été un bel endroit, sain, accueillant, riche en biens gratuits et qu'il pourrait l'être encore, et le programme dont tu feras partie *Souvenez-vous de votre avenir* (parce que c'est de cela qu'il s'agira désormais, d'un programme au sens propre de doctrine, énoncé de préceptes à suivre, de changements de comportement à adopter et de résultats à atteindre, mis au point par les meilleurs esprits qui se battront à tes côtés), tu continueras à le défendre depuis tes bases clandestines, mais aussi dans des champs de coquelicots, sur des glaciers, en pleine mer, et le nombre de tes partisans ne cessera d'augmenter, et l'humanité aura déjà commencé à changer, les enfants et les adolescents à qui tu te seras adressée les premières années auront grandi, ils se détacheront de leurs parents, s'opposeront à eux si nécessaire, penseront au pluriel, grâce à ta beauté centripète ils seront attirés par la différence, la culture viendra en tête de leurs intérêts, ils se chercheront, se trouveront, feront alliance, y resteront fidèles et seront nombreux à savoir quoi faire, tandis que le vieux monde mourra, grâce à toi aussi, et même, de l'avis de ton grand-père, *surtout* grâce à toi, ton grand-père qui sera resté seul, fier et seul, inquiet et seul, comme les autres il te suivra à travers le téléphone, l'ordinateur, et il découvrira que depuis que tu vis loin de lui, tu parles très souvent de lui, et ça le touchera, et il repensera aux années qu'il t'a consacrées, dix-sept désormais, mais qui seront passées, lui semblera-t-il, en un éclair, tandis qu'il se souviendra à peine de celles où tu n'étais pas encore là, lointaines, estompées, et il t'attendra dans le vieil appartement de la piazza Savonarola ou dans la vieille maison de Bolgheri, tous deux encore là grâce à ses efforts, où tu viendras le voir dès que tu pourras, *sous escorte*, Miraijin, parce que tu te déplaceras sous escorte, tu iras le voir et tu le trouveras en forme, encore jeune, encore actif, resté immobile, sa spécialité, pendant qu'autour de lui tout aura changé, mais avec la certitude que pour lui aussi viendra le moment de bouger et changer, de fond en comble, tout à coup, comme ça a toujours été le cas, et ce moment finira par arriver, et ce ne sera pas un moment agréable, parce qu'il rapportera un papier de l'hôpital, un bilan qui, sans laisser place au doute, sans précautions oratoires, parlera d'une tumeur au pancréas, un carcinome aux dimensions imposantes et déjà très étendu – mais comment ça ? alors que ton grand-père aura fait des contrôles réguliers tous les six mois, et que six mois plus tôt il n'y avait rien ? Comment cette tumeur aura-t-elle fait en six mois pour apparaître, grandir et proliférer autant ? Comment aura-t-elle bien pu faire ? Elle aura fait comme avait fait son corps à quinze ans, Miraijin, parce que telle a toujours été la façon de grandir de Marco Carrera, inscrite depuis le début dans ses chromosomes, comme le pensait sa mère, ou seulement parce que sera arrivé le jour J que redoutait son père, où il devrait payer le prix de sa croissance rapide, et bref, à soixante-dix ans cancer, bon sang, et mauvais en plus, et tu sentiras tes jambes se dérober, Miraijin, quand il te le dira, parce qu'il faudra qu'il te le dise, et ce monde que tu seras en train de sauver s'écroulera sur toi, et il te dira « je vais me battre », mais tu comprendras très bien qu'il pensera « je suis mort », comme avait pensé sa mère quand ça avait été son tour, il le pensera parce qu'il est médecin et qu'il saura qu'il est mort, lui pourtant qui pourra dire qu'il a eu un but dans la vie, lui qui aurait dû mourir un soir de mai voilà un demi-siècle, il était sur la liste, tout était réglé, mais au dernier moment il avait été épargné, Miraijin, parce que s'il était mort à ce moment-là, il n'aurait pas pu te voir naître dans l'eau, t'élever et t'offrir à cette Terre.

À disposition
(2030)

Cher grand-père,

Je te prie de ne pas prendre en compte ce que je t'ai dit hier soir. J'ai continué à pleurer pendant tout le voyage de retour, j'étais désespérée, je n'ai pas dormi, mais j'ai fini par comprendre. J'ai tout compris, j'ai parfaitement compris. J'ai compris et je suis prête. Tu ne m'as jamais rien demandé, tu m'as toujours donné, donné et donné, et si un jour tu me demandes une seule chose, même énorme comme celle-ci, je te la donnerai. Excuse-moi pour hier. Oublie. Aujourd'hui est un autre jour, et je suis à ta disposition.

Dans quelques jours je serai de nouveau près de toi. Je me suis retirée provisoirement du programme et je me consacrerai à toi, et je veux que tu saches que je suis fière de toi. Je suis fière du courage dont tu as fait preuve ces derniers mois et aussi de la pureté de la décision que tu as prise, mais surtout je suis fière que toi, mon idole, m'aies demandé à moi de t'aider. Je t'aiderai, grand-père chéri, tu ne dois te préoccuper de rien. Je sais comment faire, j'ai traité ces questions *pour le programme. Oscar connaît les bonnes personnes, tu n'auras rien à faire, et moi non plus je n'aurai rien à faire, ne t'inquiète pas. Simplement ce que tu désires maintenant arrivera. Et nous serons ensemble tous les deux.*

Ta Miraijin

Les invasions barbares
(2030)

« Tu es réveillé ? demande Miraijin.

— Oui.

— Carradori est arrivé.

— Enfin. Où est-il ?

— Je lui ai dit que tu te reposais. Il est allé se promener sur la plage avec grand-mère.

— Oh ! »

Miraijin s'accroupit près du lit.

« Il faut que je t'avoue quelque chose, dit-elle.

— Quoi ?

— Je n'arrive pas à ne pas te le dire.

— Qu'est-ce que tu as fait ?

— Tu promets de ne pas te fâcher ?

— Promis.

— J'ai entamé une psychanalyse. »

Il est tenté de lui répondre en citant l'exclamation de Francesco Ferrucci : « Lâche qui tue un homme mort ! », mais il se retient. Miraijin ne mérite pas ce cynisme. Si elle lui a révélé sa décision, ce n'est pas pour qu'ils en rient.

C'est dans un élan de sincérité. Quelle force lui faut-il pour être à côté de lui en ce moment, le sourire aux lèvres ? Elle a droit à une vraie réponse.

« Il en a de la chance, répond Marco Carrera. J'aimerais bien être à sa place.

— Pourquoi ?

— Il aura accès à ton inconscient. Et il est sûrement très beau, lui aussi. »

Miraijin baisse les yeux, comme toujours quand on la complimente. Alors Marco tend le bras vers sa tête et un élancement zèbre tout son côté droit. Mais ça en valait la peine, parce que sa main désormais peut caresser (pour la dernière fois ? l'avant-dernière fois ?) ces cheveux incroyables. Il les touche et il se passe quelque chose d'indescriptible : ils sont bouclés, il le sent, mais ils semblent liquides ; non, pas liquides, fluides ; non, ce n'est pas ça non plus ; il a l'impression de plonger la main dans un bol de chantilly. Mais une chantilly d'un noir de jais.

« Et comment ça se passe pour toi ?

— Bien.

— C'est un homme ou une femme ?

— Un homme.

— Et comment est-il ?

— Maigre, beau. Il te ressemble. Je me suis déjà attachée à lui.

— L'avons-nous invité aussi ? » Cette boutade lui a échappé, mais elle n'est pas cynique comme la précédente.

« Idiot… »

Miraijin se relève.

342

« Appelle Rodrigo quand tu voudras venir, dit-elle. Il est devant la porte, on dirait une sentinelle. Je lui ai donné une chaise, mais il préfère rester debout. »

Elle quitte la chambre. C'est celle où a toujours dormi Probo, la plus belle de la maison, avec sa porte-fenêtre qui ouvre sur le jardin. À la mort de son père, Marco ne l'a pas prise pour lui, comme cela aurait été naturel, il a préféré celle de sa mère. Pourquoi ? Il ne s'en souvient pas. Lucia, la fille de madame Ivana, l'a aussitôt rebaptisée « chambre d'amis » : mais pendant ce dernier quart de siècle il n'y a pas eu d'invités. Marco Carrera ne se souvient pas que quelqu'un ait occupé cette chambre depuis la mort de Probo. Est-ce possible ? Les copines que Miraijin invitait il y a encore quelques années dormaient toujours avec elle. Luisa peut-être ? La dernière fois qu'elle est venue, quand sa maison à côté avait déjà été vendue, et qu'en effet elle a dormi chez lui : a-t-elle occupé cette chambre ? Marco Carrera ne s'en souvient pas. Cela remonte à si longtemps. Tout ici s'est passé il y a si longtemps.

Mais il pourrait ouvrir la porte-fenêtre et le lui demander : « Luisa, quand tu es venue la dernière fois, tu as dormi dans cette chambre ? » Parce que Luisa est dehors, dans le jardin, Marco peut la voir à travers le rideau. Elle parle avec Giacomo, parce que Giacomo aussi est là. D'ailleurs c'est lui qui parle, elle écoute. Que lui dit-il ? Voici Miraijin qui passe, elle effleure la main de son grand-oncle que, jusqu'à hier, elle n'avait jamais vu et continue hors du champ visuel de Marco. Va-t-elle retrouver sa grand-mère et Carradori sur la plage ?

343

Cette idée de les inviter, qui vient de Miraijin, est phénoménale. « Comme dans ce film que tu m'as fait voir au ciné-club, a-t-elle dit, comme ça s'appelait ? » Marco Carrera ne se souvenait pas du titre. Il ne se souvenait pas du film non plus à vrai dire. Les métastases ont attaqué le cerveau, sa mémoire a des intermittences.

Cette idée de les inviter était phénoménale et déconcertante. Marco ne l'avait pas envisagé une seconde. Désormais sa vie avait été ce qu'elle avait été, il n'aurait jamais imaginé *l'améliorer* juste à la fin. Depuis combien d'années n'avait-il pas de nouvelles de Luisa ? Beaucoup : le chiffre précis lui échappe. De Giacomo ? Plus encore. Avec Luisa, c'est lui qui a rompu, il s'en souvient bien, les dernières années elle lui a écrit des lettres, mais il n'a jamais répondu. Avec Giacomo, ça a été le contraire : pendant des années Marco lui a écrit sans jamais recevoir de réponse, jusqu'au jour où il s'est fait une raison. Ça aussi, Marco s'en souvient très bien. Comment pouvait-on *les inviter* ? « Mais tu serais d'accord, grand-père ? lui a demandé Miraijin. Ça te ferait plaisir ? » Il avait été déconcerté. « Je ne sais pas », avait-il répondu, mais il n'était même pas sûr de ne pas le savoir : une phrase seulement lui était revenue en mémoire, qui s'accordait bien avec la situation : « *Ubi nihil vales, ibi nihil velis* » – sans se souvenir qui l'avait prononcée. Mais il se souvenait bien de sa signification : là où tu ne peux rien, garde-toi de vouloir – parce que c'était exactement ainsi qu'il se sentait. Elle avait probablement perçu son désarroi, parce qu'elle avait ajouté un de ces arguments irrésistibles qui faisaient d'elle ce qu'elle était. « En réalité ce n'est pas pour toi que je le demande, avait-elle dit, c'est pour moi, pour nous qui restons. » *Pour nous qui restons* : en somme elle avait pensé à tout le monde, elle qui était loin de connaître tout le monde. Elle connaissait sa grand-mère, elle connaissait Greta et très vaguement Carradori ; elle ne connaissait l'existence des deux autres que parce qu'il lui avait parlé d'eux, elle ne les avait jamais vus et pourtant elle les avait pris en compte. Telle était Miraijin Carrera. Présenté de la sorte, cela devenait un cadeau que Marco leur ferait, *à eux qui restaient*, et le sentiment d'impuissance disparaissait. En plus cette idée qui l'attirait avait quelque chose d'obscène, d'impudique : alors il avait répondu que oui, bien sûr, ça lui ferait plaisir, mais qu'à son avis ils ne pourraient pas venir. « Ne t'inquiète pas pour ça, je m'en occupe », avait répondu Miraijin. C'était douze jours plus tôt, dans le salon de l'appartement de la piazza Savonarola transformé en chambre d'hôpital. Comment s'y était-elle prise, on l'ignore, mais ils étaient venus tous les cinq, en dépit de la brièveté du préavis. Rien ne résiste à cette fille.

Ils sont venus, Giacomo d'Amérique, Luisa de Paris, Marina et Greta d'Allemagne et Carradori de Lampedusa. Et puis il y a Oscar, le fiancé de Miraijin, qui arrive de Barcelone, plus Rodrigo, l'infirmier, qui fera le travail, et les trois garçons de l'escorte, espagnols eux aussi. La maison de Bolgheri n'a jamais été aussi internationale. Guido, l'infirmier qui s'occupait de lui à Florence, n'a pas pu l'accompagner, il est retenu auprès de sa mère handicapée – et c'est une chance, parce que sinon il aurait fallu trouver un prétexte pour l'empêcher de venir : croyant, très pratiquant, il n'est pas du genre à approuver certaines choses. Ils se sont dit au revoir avec émotion, parce que Guido a compris que Marco ne reviendrait pas. Certes il ne pensait pas que ce serait aussi rapide, mais la décision de ne pas reprendre le traitement et de s'installer au bord de la mer fin mai était éloquente. Guido regrettait beaucoup de ne pas pouvoir le suivre, et il s'était mis à pleurer, mais il avait la charge de sa mère et ne pouvait pas s'éloigner de Florence.

D'ailleurs, dans cette affaire, l'émotion serait partout, si bien que Marco s'est fait un point d'honneur de ne pas la montrer, pour éviter que cela ne tourne aux grandes eaux. Non, s'est-il dit, si cette chose a un sens, ce doit être une espèce de fête, une expérience de vie, joyeuse. Peut-être ne pourra-t-elle pas être vraiment joyeuse, mais dans ses modalités, Miraijin a traité leurs invités comme des gens vivants, qui repartiront vivants aux quatre coins du monde d'où ils viennent, par conséquent elle a veillé à ce que leur hospitalité soit à la hauteur. Chambres préparées avec soin, poisson frais, pâtes maison, légumes du potager – même si dans son état Marco n'a pas pu goûter la bonne cuisine. Il ne peut plus manger et, depuis de longs mois déjà, ne s'alimente que par gastrostomie percutanée endoscopique, c'est-à-dire une petite sonde qu'on lui a placée au milieu du ventre. Cependant, même sans pouvoir en profiter, il a aidé sa petite-fille à préparer le dîner et le déjeuner du lendemain comme s'il s'agissait d'une réception. D'un autre côté, il connaît les goûts de ses invités : Giacomo,

346

fruits de mer ; Luisa, langoustines ; Marina, mozzarella di buffala… Informations qui toutes remontent à plus de trente ans, certes, mais les goûts ne changent pas, tout au plus des interdits avaient pu surgir pour des raisons de santé – et dans ce cas il serait là, présidant avec sa sonde, pour les consoler. Mais ça n'a pas été nécessaire. Personne ne s'est vu interdire son aliment préféré – ce qu'on peut considérer comme le signe d'une certaine chance.

Et voici un danger supplémentaire dans ce que Marco a décidé de faire. Le premier est le cynisme, nous l'avons dit – le cynisme et le sarcasme : Marco Carrera, homme du vieux monde, a régulièrement utilisé les deux, mais le monde nouveau de Miraijin bannit cynisme et sarcasme. Il y a l'ironie, pas plus. Le deuxième danger est l'émotion, et nous en avons parlé aussi. Le troisième est la victimisation – voire carrément l'envie, genre : mais regardez-les, je meurs et ils mangent des langoustines. C'est pourquoi Marco s'est surveillé strictement pendant les deux repas, et avant encore, quand il a accueilli les invités à leur arrivée. Pas d'émotion, pas de remarques cyniques, pas d'apitoiement sur soi. C'est un cadeau qu'il leur fait, n'est-ce pas ? Alors il doit se débrouiller pour qu'ils se sentent bien. Leur présence ici devra se transformer en un beau souvenir. Marco doit être parfait.

Il se redresse et s'assied dans son lit. De nouveau des élancements, des douleurs. De fait ce serait le moment de prendre sa morphine – mais vu la situation, ça n'aurait pas beaucoup de sens. Cela étant, la douleur domptée, Marco serait encore autonome, parce qu'il est loin de la fin. Y compris du point de vue physique : disons, il n'est pas encore devenu un zombie comme son père et sa mère – et ne le deviendra jamais. C'est fondamental pour donner un sens à ce qu'il va faire : Marco Carrera veut s'en aller, pas libérer les autres de sa présence.

Le premier jour, à leur arrivée, il a carrément voulu faire un tour à vélo dans la pinède avec Miraijin. Et il y est arrivé, tout seul, même s'il était très faible, qu'il allait tout doucement et devait zigzaguer, les garçons de l'escorte le suivaient à pied, prêts à plonger pour le rattraper au vol au cas où il perdrait l'équilibre. Voilà, ça prêtait à rire et en effet, après, à la maison, Miraijin et lui en ont ri : ce n'était ni du cynisme ni du sarcasme.

Certes, pense-t-il, s'il s'administrait de la morphine (par voie orale, pas par intraveineuse), il pourrait aussi aller au jardin sur ses jambes. Mais une fois là-bas, il lui faudrait de toute façon s'asseoir dans le fauteuil roulant, et en plus ça ferait un beau micmac avec les différents produits. Danger numéro quatre, être pathétique : Hé ! Regardez-moi, je me débrouille tout seul !

Mais il peut aller seul du lit au fauteuil roulant, ça oui. Il faut traverser toute la chambre parce que Rodrigo a laissé le fauteuil loin du lit, pour décourager une telle initiative. Marco Carrera se met debout et, d'un pas mal assuré, tirant le pied à perfusion qui lui offre aussi un léger appui, il parcourt la distance qui le sépare de la chaise roulante. Attention à ne pas tomber maintenant, pense-t-il. Attention à ne pas se casser le col du fémur maintenant. Il arrive au fauteuil, vérifie que le frein est mis, il n'est pas mis, il le met. Il vise bien et s'assied délicatement pour ne pas subir de contrecoup. C'est fait. Ça a été à la fois douloureux et simple. Une fois assis, il peut appeler l'infirmier. « Rodrigo », dit-il doucement. Trop doucement ? Non : Rodrigo entre aussitôt et ne lui reproche pas de s'être levé et d'être allé tout seul jusqu'au fauteuil. « Allons au jardin s'il vous plaît. On le fera là-bas. »

C'est un après-midi tiède et lumineux. Les pittosporums sont en fleur, ainsi que le bougainvillée et les jasmins ; la pelouse a été tondue ce matin et le parfum qui se dégage de ce mélange est enthousiasmant. Luisa quitte Giacomo et vient à sa rencontre. Marco la regarde, dorée par le soleil qui commence à baisser : quel âge a-t-elle ? Soixante-quatre ? Soixante-trois ? Soixante-cinq ? Elle n'a pas fait refaire un millimètre de ce corps et de ce visage que Marco a si ardemment désirés. Elle est encore très belle. Derrière elle, Giacomo s'approche. Giacomo aussi a aimé ce corps et ce visage. Giacomo aussi est resté beau. Cinquième danger : s'alanguir. Par chance, au même moment, Miraijin apparaît à l'orée du sentier, suivie d'Oscar, Marina, Greta et Carradori. Donc tout le monde est là, pense Marco, on peut y aller.

Il est ému, son cœur bat fort dans sa poitrine.

Carradori arrive près de lui et le salue chaleureusement. Il s'excuse de son retard et Marco le rassure, il sait que Carradori a été pris dans un énorme embouteillage sur l'Aurelia, il est désolé pour lui, qui s'y est trouvé coincé. Comme toujours cet homme ne serait rien sans la puissance magnétique qui passe dans ses yeux. Ils ont le même âge, mais il semble plus vieux. Ou plutôt non, c'est lui, Marco, qui semble plus jeune. Malgré l'amaigrissement, la maladie et le traitement, il ne fait pas du tout ses soixante et onze ans. Ses cheveux ont résisté à la chimio, ils sont encore tous là en masse, fins et à peine grisonnants, soulevés par la brise de l'après-midi. Le sens de cette affaire au fond est tout entier là, dans son apparence encore passable. Dans le fait de s'en aller ainsi, avant l'horreur.

Personne ne parle. Personne ne sait que dire. Marco fait le signe convenu avec Rodrigo, qui rentre dans la maison. Il a beaucoup pensé à comment se comporter en ces derniers moments, à ce qu'il va faire, à ce qu'il va dire. Il a écarté toutes les idées pathétiques qui lui sont venues à l'esprit, donc : pas de musique (dans un premier temps il avait pensé à *Don't cry no tears* de Neil Young, mais tout de suite après ça l'a révolté) ; pas de discours d'au revoir, par pitié ; pas de solennité ; pas d'émotion, pas d'attendrissement, pas d'apitoiement. Juste une étreinte, ça oui, avec ceux qui auront envie de le serrer dans leurs bras, comme quand on part, et quelques précisions techniques pour bien expliquer à toutes les personnes présentes qu'elles ne sont pas complices et encore moins responsables de quoi que ce soit.

Personne ne souffle mot quand Rodrigo revient avec les produits, et tandis qu'il raccorde les poches aux canules sur le pied à perfusion, Marco parle.

« Donc, je vous remercie d'être là, je suis très heureux de vous avoir à mes côtés. Comme vous le savez, cette invitation est une idée de Miraijin et puisque vous êtes tous venus, je dois en conclure que vous l'avez jugée bonne. Mais maintenant vous... »

Soudain Giacomo laisse échapper deux sanglots, deux, sonores, l'un à la suite de l'autre en l'espace de deux secondes. Marco est juste devant lui et pendant ces deux secondes il a le temps de voir son beau visage maigre, d'abord ravagé par une grimace de désespoir, se recomposer aussitôt dans l'expression concentrée que Giacomo affiche depuis qu'il est descendu du taxi la veille. Il a bien résisté à tout, Giacomo, depuis le moment délicat où ils se sont revus après tant d'années jusqu'à celui, à la sortie du dîner, où ils ont parlé un peu en tête-à-tête, lui de ses filles et Marco de Miraijin. Il a résisté à tout jusqu'à ces deux secondes, quand l'édifice a semblé s'écrouler. Mais heureusement il a réussi à reprendre le contrôle.

« Excusez-moi », murmure-t-il.

Et il se remet à l'écoute, digne, les mains entre les cuisses, comme si de rien n'était. En fin de compte, la scène a plutôt été drôle.

« Je disais que vous n'êtes pas obligés d'être présents. Je suis très heureux de vous avoir revus et d'avoir parlé avec chacun de vous. Sauf avec vous docteur Carradori : je n'ai pas pu parler avec vous à cause de l'embouteillage qui vous a considérablement retardé. Mais bon, si l'un de vous veut rentrer dans la maison ou aller sur la plage ou ailleurs, je souhaite qu'il le fasse, sans se sentir en devoir de rester ici. »

Il s'arrête et regarde son auditoire. Giacomo tient bon. Miraijin enlace Oscar qui entoure ses épaules lumineuses de son beau bras bronzé. Luisa a une expression triste, mais ferme. Marina ne soutient son regard qu'une seconde, puis baisse les yeux et secoue la tête.

« Non, je…, dit-elle, c'est peut-être mieux si… je rentre. »

Elle relève les yeux, sourit et s'en va. Elle est très marquée par le temps – par le temps et les médicaments. La gazelle blessée. Mais au fil des années, elle va de mieux en mieux grâce aux attentions de Miraijin, au point de recommencer à se déplacer et vivre de façon autonome. Marco la suit du regard jusqu'au moment où elle disparaît par la porte de la cuisine, puis il pose les yeux sur Greta, la sœur d'Adele.

« Et toi ? »

Greta est une belle Allemande de trente ans aux cheveux très courts et aux bras tatoués. Adele a tout juste eu le temps de sympathiser avec elle avant de mourir, mais ensuite Miraijin et Greta ont noué une relation intense et profonde, comme si c'étaient elles les deux sœurs – et il faut y voir le fruit des efforts de Marco qui, pendant des années, a emmené sa petite-fille en Allemagne. À présent, vu l'état de Marina, on peut dire que grâce à ces voyages en Allemagne et à l'intimité qui s'est instaurée entre la sœur de sa mère et elle, Miraijin ne restera pas seule au monde.

« Non, Marco, répond Greta. Je reste. »

Les traits de son visage sont durs comme sa prononciation, mais lumineux aussi, avec quelque chose de triomphant. On les dirait gravés dans du métal. Marco respire profondément, chasse la pensée de Marina qui pleure seule dans la maison – comme c'est difficile nom de nom – et il reprend.

« Je voudrais vous dire deux mots en médecin, que j'ai été pendant quarante ans, pour que vous mesuriez bien que je vais agir seul, en pleine autonomie et lucidité d'esprit. Rodrigo que voici me rendra simplement service en m'offrant vingt, trente secondes de paix. Mais je pourrais tout faire tout seul. »

Il montre les deux poches que Rodrigo a fixées sur le pied à perfusion et reliées au circuit de tuyaux qui aboutit à la veine de son bras droit.

« La première poche contient un mélange de midazolam, qui est une benzodiazépine, et de propofol qui est un agent hypnotique puissant. Tous deux sont employés communément pour les anesthésies générales. J'ai prévu un dosage généreux qui garantit une sédation profonde. La deuxième poche contient une infusion rapide de potassium non dilué, qui fera le sale boulot. Je ne vous dirai pas comment je suis entré en possession de ces substances, mais je vous assure que personne n'a été informé de l'utilisation que j'en ferai. Simplement ces quarante années de médecine m'ont permis de me les procurer sans devoir solliciter la complicité de personne. »

C'est le mensonge prévu dans le scénario et Marco réussit à le prononcer de façon crédible. En réalité, il n'aurait pas pu se procurer le potassium concentré et c'est pour cela qu'il a demandé l'aide de Miraijin. C'est elle qui l'a trouvé. Ou plutôt Miraijin a trouvé Rodrigo, et Rodrigo se l'est procuré. Mais Marco ne veut pas qu'on le sache.

« Bientôt, quand je vous aurai dit au revoir, j'ouvrirai le robinet rouge, celui des anesthésiants, qui s'écouleront dans ma veine. Quand les anesthésiants auront fait leur effet, Rodrigo me rendra le service d'ouvrir cet autre robinet, le bleu, qui enverra dans ma veine le potassium concentré et en quelques minutes tout sera fini. Concrètement, vous me verrez m'endormir. Je dis que Rodrigo m'offre vingt ou trente secondes de paix parce que si je voulais agir seul, je devrais rester vigilant pendant la phase de sédation, pour ouvrir le robinet bleu avant de m'endormir, et ce serait dommage. Je perdrais le bénéfice de l'opération, c'est-à-dire la douceur avec laquelle les anesthésiants me feront partir. »

Comme il l'avait espéré, ces paroles arides, ces termes techniques ont refroidi la situation, et en effet tous les dangers que Marco voulait éviter semblent s'être éloignés. Son cœur a ralenti, l'émotion est passée. Il parle de sa mort, mais on dirait qu'il décrit une opération de la cornée.

« Le potassium provoquera des arythmies, qui conduiront à une fibrillation ventriculaire, jusqu'au moment où se produira l'arrêt cardiaque. Il n'est pas prévu que mon corps se donne en spectacle : tout au plus, en cas de tachycardie, il pourrait y avoir quelques petits mouvements avant la fibrillation, mais j'estime que c'est improbable. »

Soudain la pensée d'Irene surgit en traître. Irene serait fière de lui en ce moment. Irene qui s'est suicidée quand elle était à peine plus âgée que Miraijin.

Il inspire, chasse cette pensée, reprend :

« Ensuite, quand tout sera fini, Miraijin appellera le Samu. Une ambulance viendra de Castagneto Carducci. On constatera le décès. Miraijin expliquera mon état, montrera mon dossier médical et personne ne cherchera plus loin. Dans ma vision des choses, il n'y a aucune raison que vous soyez encore ici quand arrivera l'ambulance, mais de toute façon soyez tranquilles, si vous décidez de rester quand même, on ne vous interrogera pas, vous ne serez pas obligés de donner un faux témoignage. Je vous assure que personne n'aura envie d'enquêter. »

Voilà, le discours est fini. Marco est très fier de lui, de s'être souvenu de tout, d'avoir tout expliqué, de façon professionnelle. Personne ne s'est éclipsé à la suite de Marina et les deux sanglots réprimés par Giacomo ont été le seul signe d'émotion qui ait teinté son exposé. Miraijin se dégage des bras d'Oscar et vient vers lui. Elle se penche, l'embrasse.

« Bravo, grand-père », dit-elle.

Marco a une illumination – parce que, comme on l'a dit, sa mémoire a des intermittences.

« *Les Invasions barbares*, lui dit-il à l'oreille. Ce vieux film dont on ne retrouvait pas le titre. C'est ça.

— C'est vrai, murmure Miraijin. *Les Invasions barbares*. »

Elle lui caresse les cheveux, et lui les siens. Puis elle se place debout à côté du fauteuil roulant, de l'autre côté par rapport à Rodrigo. Tel un sphinx, silencieux, l'infirmier a posé la main sur le pied à perfusion comme si c'était une lance. Il est prêt.

355

Greta s'approche. Elle se penche elle aussi, comme a fait Miraijin, elle l'embrasse avec la même chaleur. Marco respire son parfum aux arômes âpres qui évoquent les agrumes. Puis il la regarde en face. Les yeux à peine plus liquides que la normale, elle sourit.

« Adieu, Marco, dit-elle.

— Au revoir », répond-il.

Greta se redresse et retourne à sa place. Ils ont chacun leur place, rien à faire : c'est un spectacle.

C'est le tour de Carradori. Il s'approche et tend la main à Marco, pour qu'il décide ce qu'il veut en faire ; Marco opte pour une poignée de main sportive, comme on en échange à la fin d'une partie de tennis. On entend paf. Élancement douloureux.

« Vous m'êtes cher, dit Carradori.

— On peut se tutoyer dorénavant », est la réponse de Marco. Ils éclatent de rire. Avec Carradori un peu de cynisme ne nuit pas, ils sont de la même génération.

Oscar. Marco n'a fait sa connaissance qu'il y a quelques mois, en pleine chimio, quand il est venu voir Miraijin qui s'était installée à Florence pour l'assister. Éprouvé comme il l'était, il avait apprécié sa puissance, il en avait même tiré bénéfice parce qu'elle est contagieuse. C'est une sorte de version masculine de Miraijin, un chef, quelqu'un qui vous entraîne – un grand espoir lui aussi pour le monde nouveau.

« Tenez bon tous, lui dit Marco en l'embrassant.

— *Claro* », dit-il.

Puis il ajoute quelque chose que somme toute il n'était pas obligé de dire.

« *Su vida es mi vida.* »

Il serre les mains de Miraijin, effleure ses lèvres des siennes et laisse la place.

Et maintenant ?

Bien que rien n'ait plus beaucoup d'importance, Marco se demande qui viendra en premier de Giacomo ou de Luisa : quelle est la hiérarchie ? Ils se le demandent peut-être aussi puisque pendant quelques secondes l'hésitation les paralyse. Puis c'est Giacomo qui s'approche. Les deux frères s'embrassent et le nœud à l'estomac les rattrape insidieusement. Ces deux sanglots de tout à l'heure les ont effrayés tous les deux, parce que pleurer maintenant serait une catastrophe, ça gâcherait tout. En attendant, ils restent dans les bras l'un de l'autre, s'étreignent.

« Excuse-moi, dit Giacomo.

— Non, toi, excuse-moi », dit Marco.

Ils s'écartent. Ils reniflent tous les deux. Rien de plus. C'est fait. Vient le tour de Luisa.

La voici. Le cœur de Marco recommence à battre fort. Ses yeux couleur de sauge. Ses cheveux châtains encore brillants, baignés de soleil. La douceur de son cou, son odeur de mer, celle de toujours. Marco n'a pas préparé de phrase pour elle. Il a décidé de lui dire la première chose qui lui viendrait à l'esprit et à cet instant précis, pendant qu'il la regarde, une pensée arrive.

« Tu sais quel jour on est ? lui demande-t-il.

— Non.

— Le 2 juin. C'est quel jour ? »

Luisa sourit, hésitante.

« La fête de la République ?

— Oui. Mais encore… »

Luisa secoue la tête en souriant.

« C'est le jour le plus éloigné de mon anniversaire, reprend Marco. Six mois exactement. C'est comment déjà cette histoire de l'homme juste qui meurt le jour de son anniversaire ? C'est quoi le mot hébreu ?

— *Tzadik.*

— C'est ça. Je ne suis pas un *tzadik*. Je suis le contraire d'un *tzadik*. »

Voilà donc les derniers mots que Marco Carrera dira à Luisa Lattes ? Il aurait peut-être mieux valu, pense-t-il, que je prépare quelque chose.

« Et pourtant tu en es un, dit-elle.

— Et le mysticisme hébreu ?

— Le mysticisme hébreu se trompe. »

Sa main lui caresse la tête, le front, le visage.

« *Mon petit colibri** », murmure-t-elle.

Sa tête qui s'incline sur le côté, ses cheveux qui tombent en rideau, ce mouvement familier, sensuel, comme lorsque, il y a bien des années, elle se préparait pour…

Un baiser ! Sur la bouche ! Avec la langue ! En lui prenant le visage entre les mains ! Comme ça, alors qu'ils sont vieux, devant Giacomo, devant tout le monde !

Bravo, Luisa : si on fait dans l'obscénité, allons-y à fond. Marco saisit sa tête dans sa main pour la retenir contre lui, et bénie soit la douleur qui le transperce. Lui aussi désirait l'embrasser, c'est ce qu'il a toujours désiré, toujours. Il a commencé à le désirer précisément ici, au siècle dernier et

358

n'a plus cessé pendant cinquante ans. Mais il ne se serait pas risqué à le faire aujourd'hui. Elle, si.

Voilà, c'est fini. Luisa se redresse, se reprend. Elle recule d'un pas et retourne à sa place, la tête baissée, comme les fidèles qui viennent de recevoir l'hostie consacrée.

Voilà, c'est l'heure. Il ne reste plus qu'à procéder. L'odeur de l'après-midi est enivrante, tout éclate de lumière et de vie. La brise de mer agite à peine les haies, décoiffe les cheveux les plus disciplinés, répand un sentiment grandiose de bien-être. Dans la position où il est, Marco ne ressent aucune douleur. Il en a éprouvé tellement dans sa vie. Une vie pleine de douleur, c'est sûr. Mais toute la douleur éprouvée ne l'a jamais empêché de jouir de moments comme celui-ci, où tout semble parfait – et sa vie a aussi été remplie de ces moments. Il en faut si peu en fin de compte : une journée radieuse, quelques personnes qu'on étreint, un baiser sur la bouche. Il pourrait y en avoir d'autres, après tout...

Sixième danger, bon sang : changer d'avis. C'est peut-être aussi ce qu'ils espèrent tous autour de lui, qu'il change d'avis. Qu'il fasse semblant de croire à la guérison, qu'il reprenne son traitement, qu'il recommence à se battre, à subir des nausées interminables, des diarrhées, des aphtes dans la bouche, qu'il ne puisse plus sortir de son lit, qu'il devienne un légume, qu'il ait des escarres, que Miraijin au lieu de sauver le monde doive courir louer un matelas à eau, et les huiles, et les liniments, et l'infirmière de nuit, et la respiration qui gargouille, et la morphine à avaler, à injecter, de plus en plus souvent, à doses de plus en plus fortes, parce qu'on s'y habitue, mais il y a un maximum qu'on ne peut pas dépasser, c'est écrit dans les protocoles, et lui qui supplie Miraijin de « l'emmener » comme Probo, et Miraijin qui au lieu de sauver le monde se retrouve obligée de…

Marco se tourne vers Rodrigo, lui serre la main.

« Merci pour tout », lui dit-il. Rodrigo lui caresse l'épaule.

Marco tend le bras – douleur –, sa main atteint le robinet rouge, l'ouvre. Puis il remet sa main sur sa cuisse. Douleur. Il regarde les cinq personnes qui sont devant lui, puis lève les yeux vers Miraijin et de la main l'invite à se pencher. Elle se penche. Marco regarde cette jeune femme éblouissante pour la dernière fois. Il lève la main – douleur – et la glisse dans le mystère de ses cheveux. Elle soutient son regard avec une expression courageuse, traversée de réminiscences. L'anesthésiant commence à faire effet, tout s'éloigne. S'il agissait seul, à présent il devrait accomplir l'effort titanesque d'ouvrir la dérivation du potassium. À partir de maintenant c'est le cadeau qu'il reçoit de Rodrigo. Mais que fait Miraijin ? Avec une infinie délicatesse, elle a soulevé sa main droite et l'a remplacée dans ses cheveux par la gauche. Pas de douleur. Tout encore plus loin. Mais que fait Miraijin ? Oh voici ce qu'elle fait. C'est bien. Leurs deux mains droites croisées à la base des doigts, entre petit doigt et annulaire, les deux grains de beauté jumeaux qui se touchent. Mais bien sûr. Le « point de force »…

Tout très loin. Une paix flottante, sous-marine. Irene. Adele. Papa. Maman. Je laisse au monde cette enfant. Êtes-vous fiers de moi ?

Irene.

Adele.

Papa.

Maman.

Combien de gens sont ensevelis en nous ?

Voilà. Marco s'est endormi. Sa tête tombe sur le côté, Miraijin la soutient de sa main, la protège. Maintenant c'est au tour de Rodrigo, qui est venu de Malaga dans ce but. Il a une histoire incroyable, un père aveugle, une mère tsigane qui a été chanteuse, danseuse, artiste de rue et – dit-on – maîtresse d'Enrique Iglesias avant qu'il se mette avec Anna Kournikova, deux sœurs jumelles qu'il ne voit jamais parce qu'elles courent le monde pour des organisations humanitaires, un fiancé champion de pelote basque, un fils adoptif au Bénin. Mais tout cela n'est pas son histoire, ici, il doit seulement ouvrir le robinet bleu.

Prions pour lui et pour tous les bateaux en mer.

Ce vieux ciel
(1997)

Luisa Lattes
Poste restante
67 rue des Archives
75003 Paris
France

Rome, 17 novembre 1997

Si jamais ce vieux ciel nous tombait sur la tête,
Luisa, Luisa, ma Luisa,
sans nous laisser le temps de nous le dire,
nous deux c'est de l'amour
ou je m'y connais pas.
Écrivons ça comme ça, avec des fautes,
moi aimer toi et toi aimer moi.
Écrivons ça comme ça,
Luisa, Luisa, ma Luisa,
sur toute surface créée par le bon Dieu.

Le colibri

(Rome et bien d'autres lieux, 2015-2019)

Dettes

Avant tout, le chapitre intitulé « Aux Mulinelli » : il n'est pas simplement inspiré de la nouvelle *Le Tourbillon*, de Beppe Fenoglio, c'en est un remake. Il y a dans cette nouvelle, sans doute la plus belle jamais écrite en italien, une perfection qui aurait disparu si l'opération s'était limitée à s'approprier l'idée qui lui a donné naissance, sans en reproduire aussi le schéma. C'est sa composition qui la rend parfaite, c'est le mélange de candeur et de désespoir qui la rend aussi naturelle. C'est pourquoi j'ai décidé de la réécrire en l'adaptant à l'histoire racontée dans ce roman, en essayant de respecter au maximum cette composition et ce mélange. Ça a été pour moi une formidable leçon. Au bout du compte, pour rendre évidentes mon intention et ma dévotion, j'ai décidé de garder tels quels le début de la première phrase et la dernière – qui fatalement, c'était couru, se trouvent être les meilleures de tout le chapitre.

Dans le chapitre intitulé « L'œil du cyclone », un élément de la description physique de l'Innommable provient textuellement d'un de mes auteurs préférés, à savoir Mario Vargas Llosa : « *El hombre era alto y tan flaco que parecía siempre de perfil* » est la première phrase du roman *La guerre de la fin du monde,* sorti en version originale en 1981 et dans la traduction française d'Albert Bensoussan en 1983 (Gallimard).

Toujours dans le même chapitre, l'accident de ski du piquet enfoncé dans la cuisse est réellement arrivé – pas en compétition, pendant un entraînement – au monte Gomito, à l'Abetone, à un garçon bien en chair de Florence dont je me rappelle le nom de famille, Graziuso. Le sang sur la neige. Lui qui criait de douleur. Toutes les fois que j'y repense, je me sens mal.

Enfin le chapitre entier a été publié en avant-première dans *IL* de juillet 2017.

Dans le chapitre « Urania », les lignes au crayon papier sur la page de titre du roman de science-fiction renvoient à un épisode vrai qui me concerne et que j'ai adapté pour le roman. Dans la réalité, c'est mon père qui, au moment où je naissais dans je ne sais plus quel hôpital de Florence, a écrit ces mots sur la page de titre du roman d'Urania qu'il était en train de lire : « Bonjour Mesdames et Messieurs, je vais vous présenter mon nouvel ami… ou non, amie… mademoiselle Giovanna… ou non, peut-être monsieur Alessandro… allez savoir… Voilà voilà attention… l'infirmière arrive… on ne voit pas encore bien… voilà elle se baisse… Mesdames et Messieurs, c'est donc Alessandro ! » Le roman était *L'œil dans le ciel* de Philip K. Dick, daté, pour les raisons exposées dans le chapitre, du 12 avril 1959, même si je suis né le 1er.

Naturellement, le film cité au début du chapitre intitulé « Gospodinèèè » est *Amarcord* de Federico Fellini, sorti en salle le 13 décembre 1973.

Toujours dans le même chapitre, la phrase entre guillemets est tirée du roman *La Maison Golden* de Salman Rushdie, 2017 (traduction française de Gérard Meudal, Actes Sud).

Au début du chapitre « Un fil, un Magicien, trois lézardes », j'ai voulu rendre hommage à ce texte de prose poétique magistral de Sergio Perroni, intitulé « Sapere la strada », [*Connaître le chemin*], dans le volume *Entro a volte nel tuo sonno* [*J'entre parfois dans ton sommeil*] publié en 2018 (La nave di Teseo) : « Tu avances dans l'obscurité et tu ne te trouves pas, tu marches lentement entre tes quatre murs, mais tu ne touches pas ce que tu attendais, ce que tu effleures est inattendu, arrive trop tôt, trop tard, a des angles nouveaux, des profils inouïs, alors tu cherches à tâtons l'interrupteur le plus proche, tu allumes un instant pour t'orienter, juste un instant pour ne pas te réveiller complètement, et cet instant te suffit pour te repérer, pour reconnaître le trajet une seconde avant qu'il ne disparaisse, pour graver dans ton esprit la planimétrie de l'obscurité, et tu recommences à avancer avec la certitude de chaque pas, de chaque geste, entre des formes dont tu es sûr, persuadé de connaître ton chemin dans l'invisible, mais ce n'est que le souvenir de cette seconde qui te fait avancer, guidé par la mémoire de la lumière. » Mon hommage était bien modeste, alors je m'étais résolu à l'enlever, mais le 25 mai 2019, alors que j'écrivais encore ce roman, Perroni s'est suicidé à Taormine où il habitait. Comme c'était un ami, j'ai décidé de réintégrer mon médiocre hommage dans le roman, juste pour avoir l'opportunité d'écrire ces lignes de reconnaissance à son égard.

L'article cité à la fin du chapitre intitulé « Première lettre sur le colibri » a été écrit par Marco D'Eramo, il est sorti dans le *Manifesto* du 4 janvier 2005 et traite effectivement de l'exposition *The Aztec Empire* présentée du 15 octobre 2004 au 14 février 2005 au Guggenheim Museum de New York.

L'*Exposé sur le dhukkha* cité dans le chapitre intitulé « Weltschmerz & Co » se trouve dans *Nidāna Samyutta*, le recueil d'exposés sur les facteurs de cause, *V Gahapati Vagga*, Burma Pitaka Association, Rangoon, Myanmar.

Quelques mots sur la chanson *Gloomy Sunday* citée dans le chapitre du même nom. En Hongrie, où elle a été composée dans les années trente sous le titre *Szomorú vasárnap* avec des paroles de László Jávor sur une musique du pianiste autodidacte Rezső Seress, elle a été enregistrée pour la première fois en 1935 par le chanteur Pál Kalmár et a connu immédiatement un succès mondial. À cause de ce succès, elle est devenue aussitôt un standard de jazz, surtout grâce à la version américaine de 1936 signée par le parolier Sam Lewis. Voici le texte anglais :

Sunday is gloomy
My hours are slumberless
Dearest the shadows
I live with are numberless
Little white flowers
Will never awaken you
Not where the black coach
Of sorrow has taken you
Angels have no thoughts
Of ever returning you
Would they be angry
If I thought of joining you

Gloomy Sunday

Gloomy is Sunday
With shadows I spend it all
My heart and I
Have decided to end it all
Soon there'll be candles
And prayers that are said I know
Let them not weep
Let them know that I'm glad to go
Death is no dream

For in death I'm caressin' you
With the last breath of my soul
I'll be blessin' you

Gloomy Sunday.

Mais en même temps que cette chanson devenait célèbre, la légende se répandait dans le monde selon laquelle son inconsolable tristesse aurait poussé au suicide beaucoup de ceux qui l'avaient écoutée, noms et circonstances de la mort à l'appui. Cette sinistre réputation avait fait d'elle dans le monde entier « la chanson hongroise des suicides », provoquant censure et interdictions de diffusion. En 1941, dans le but de contrer cette réputation, on ajouta dans la version qu'en donnait Billie Holiday une strophe absente de la version originale, qui expliquait les précédentes comme le fruit d'un rêve.

Dreaming, I was only dreaming
I wake and I find you asleep
In the deep of my heart here
Darling I hope
That my dream never haunted you
My heart is tellin' you
How much I wanted you

Gloomy Sunday.

La BBC interdit quand même la diffusion radiophonique de la chanson parce qu'elle était réputée trop triste dans un moment déjà difficile pour l'Angleterre, frappée par les bombardements allemands. L'interdiction a perduré jusqu'en 2002. De très nombreuses versions se sont succédé au fil des décennies, signées de grands chanteurs et musiciens, avec ou sans la strophe supplémentaire. Parmi celles-ci, à côté de la version punk de Lydia Lunch en 1981, citée dans le chapitre, je souhaite mentionner celles d'Elvis Costello en 1994, Ricky Nelson en 1959, Marianne Faithfull en 1987, Sinéad O'Connor en 1992 et Björk en 2010. Mais il en existe des dizaines d'autres.

Naturellement, il existe aussi une version italienne, *Triste domenica*, avec des paroles de Nino Rastelli, interprétée successivement par Norma Bruni, Carlastella, Myriam Ferretti, Giovanni Vallarino et surtout, en 1952, Nilla Pizzi. Elle ne tente aucunement d'en édulcorer la tristesse, ni de rendre moins claire l'allusion au suicide pour chagrin d'amour.

Enfin il existe un mauvais film anglo-espagnol de 2006 avec Timothy Hutton et Lucía Jiménez, intitulé *The Kovak Box*, où l'on implante des puces aux gens pour les pousser à se suicider quand on leur fait écouter *Gloomy Sunday* par téléphone.

En 1968, Rezső Seress s'est suicidé en se jetant par la fenêtre de son appartement de Budapest.

Dans le chapitre intitulé « Shakul & Co », les réflexions sur les mots qui désignent les parents qui ont perdu un enfant sont tirées en partie de *Mi sa che fuori è primavera*, de Concita De Gregorio, Feltrinelli, 2015.

Toujours dans ce chapitre, les deux vers sont une citation de *Amico fragile* de Fabrizio De André.

Le livre de David Leavitt mentionné dans le chapitre « Chemin de croix » est son premier, *Quelques pas de danse en famille*, traduit par Jean-Yves Pouilloux, Denoël 1999. Il est excellent : lisez-le ou relisez-le.

La chanson de Joni Mitchell évoquée dans le chapitre « Faire jaser » est *The Wolf that Lives in Lindsey*, de l'album *Mingus* (1979). À la fin, il y a vraiment des hurlements de loup et c'est poignant.

Le chapitre « Les regards sont une affaire de corps » est la réécriture d'un texte que j'ai publié dans *La Lettura* en 2017.

La phrase « Les loups ne s'attaquent pas aux cerfs malchanceux. Ils s'attaquent aux faibles » est prononcée dans un film intitulé *Wind River*, un bon thriller qui se passe dans une réserve indienne du Wyoming et dont l'histoire sanglante et douloureuse ressemble à certains romans de Louise Erdrich. Le problème est que le film date de 2017 et que le chapitre où je cite cette phrase se déroule en 2016 : c'est donc un anachronisme. Comme je ne pouvais pas reculer le chapitre d'un an, j'ai préféré la mettre quand même plutôt que ne pas la mettre du tout. L'important ici, c'est qu'on ne m'en attribue pas la paternité : celle-ci revient à Taylor Sheridan qui a non seulement réalisé le film, mais l'a aussi écrit.

Ensuite, toujours à propos de ce chapitre, il faut attribuer à Pirandello l'évolution des péripéties de Duccio Chilleri dit l'Innommable. On trouve en effet dans sa courte nouvelle de 1911 intitulée *Le Brevet* un personnage de jeteur de sort, dénommé Rosario Chiàrchiaro qui, au lieu de combattre la réputation qui l'accompagne, décide de l'accepter pour se créer la profession de jeteur de sort professionnel. Cette nouvelle sera adaptée au cinéma par Luigi Zampa dans le film en quatre sketches *Questa è la vita* de 1954, inspiré des nouvelles de Pirandello, où le personnage de Chiàrchiaro est interprété par Totò.

Le livre mentionné dans le chapitre intitulé « Troisième lettre sur le colibri » s'intitule *Lui, io, noi*, Einaudi Stile Libero, 2018. C'est un récit à trois voix construit autour du souvenir et de l'absence de Fabrizio De André, signé par Dori Ghezzi en collaboration avec Giordano Meacci et Francesca Serafini (les deux « linguistes » cités dans le chapitre). C'est un livre qui devrait figurer dans la bibliothèque de tous ceux qui aiment De André, mais aussi de ceux qui aiment la langue italienne – et la création de ce nouveau mot *emmenalgia* (« emménalgie ») en est la preuve.

Dans le chapitre intitulé « L'homme nouveau » est mentionnée et rapidement décrite une jument appelée Dolly, qui a été le cheval de mon frère Giovanni.

Toujours dans ce chapitre, l'idée du conflit entre vérité et liberté m'a été inspirée par un article formidable de Rocco Ronchi intitulé « Metafisica del populismo », publié dans la revue *Doppiozero* du 12 novembre 2018. C'est une lecture éclairante que tout le monde devrait faire. Et pendant que je consultais sur la page d'accueil de *Doppiozero* la liste des articles disponibles pour le retrouver, un autre titre, « Souvenez-vous de votre avenir », m'a suggéré avant même toute lecture de baptiser ainsi le programme auquel collabore Miraijin. Puis j'ai lu cet article aussi, signé par Mauro Zanchi, qui rend compte de la section *Archives de l'avenir* de l'exposition *Photographie européenne 2017 – Cartes du temps. Mémoire. Archives. Avenir* (commissaires Diane Dufour, Elio Grazioli et Walter Guadagnini), installée dans plusieurs lieux à Reggio Emilia entre mai et juillet 2017 : j'en ai là aussi tiré profit.

La maxime *Ubi nihil vales, ibi nihil velis* citée dans l'avant-dernier chapitre est tirée de la monumentale œuvre posthume du philosophe occasionaliste flamand Arnold Geulincx (1624-1669), intitulée *Éthique*, dont, à ce qu'il paraît, la lecture a sauvé la vie au jeune Samuel Beckett tourmenté par des pulsions suicidaires. Beckett raconte comment il est tombé sur cette maxime dans une lettre du 16 janvier 1936 à son ami de toujours, Thomas McGreevy (à lire absolument : Samuel Beckett, *Lettres 1929-1940*, édition établie par George Craig, Martha Dow Fehsenfeld, Dan Gunn et Lois More Overbeck, traduction d'André Topia, Gallimard, 2014). La maxime apparaît ensuite dans son roman *Murphy*, écrit en anglais et publié en 1938, pendant sa thérapie avec le célèbre psychanalyste anglais Wilfred Bion, tandis que Geulincx refera surface plus tard, directement mentionné dans *Molloy*. L'élimination de la volonté comme méthode radicale pour résoudre les conflits qu'elle génère, pratiquée par tous les personnages de Beckett, vient de là. Et l'affinité de ce précepte avec l'*Exposé sur le Dhukkha* cité au chapitre « Weltschmerz & Co » n'est pas fortuite.

Enfin voici tous ceux que je désire remercier du fond du cœur, et chacun sait pourquoi :

mon épouse Manuela, mon frère Giovanni, mes enfants Umberto, Lucio, Gianni, Nina et Zeno, Valeria Solarino, Elisabetta Sgarbi, Eugenio Lio, Beppe Del Greco, Piero Brachi, Franco Purini, Marco D'Eramo, Edoardo Nesi, Mario Desiati, Pigi Battista, Daniela Viglione, Marinella Viglione, Fulvio Pierangelini, Paolo Virzì, Karen Hassan, Marco Delogu, Teresa Ciabatti, Stefano Bollani, Isabella Grande, Domenico Procacci, Antonio Troiano, Christian Rocca, Nicolas Saada, Leopoldo Fabiani, Giorgio Dell'Arti, Paolo Carbonati, Stefano Calamandrei, Filippo de Braud, Vincenzo Valentini, Michele Marzocco, Francesco Ricci, Enrico Grassi, Ginevra Bandini, Giulia Santaroni, Pierluigi Amata, Manuela Giannotti, Mario Franchini, Massimo Zampini.

CITATIONS

« Il me semblait, en marchant, faire outrage / à regarder autrui sans être vu ; / je me tournai donc vers mon conseiller sage. », p. 282, citation tirée du *Purgatoire*, chant XIII, vv. 73-75, traduit par Danièle Robert, éditions Actes Sud, 2018.

« aux coups et aux flèches d'une injurieuse fortune », p. 324, citation tirée de *Hamlet*, acte III scène 1, traduit par Jean-Michel Déprats, *Tragédies*, La Pléiade, Gallimard, 2002.

TABLE

Disons-le (1999) 11

Carte postale poste restante (1998) 14

Oui ou non (1999) 15

Malheureusement (1981) 25

L'œil du cyclone (1970-79) 28

Cette chose (1999) 37

Un enfant heureux (1960-70) 39

Un inventaire (2008) 45

Avions (2000) 51

Une phrase magique (1983) 58

La dernière nuit d'innocence (1979) 63

Urania (2008) 69

Gospodinèèèè ! (1974) 79

Deuxième lettre sur le colibri (2005) 87

Un fil, un Magicien, trois lézardes (1992-95) 88

Que du bonheur (2008) 101

Fatalities (1979) 107

Un vœu erroné (2010) 114

Comment ça s'est passé (2010) 116

Tu n'étais pas là (2005) 125

Sauf que (1988-99) 128

Arrête-toi avant (2001) 144

Forme et croissance (1973-74) 148

Première lettre sur le colibri (2005) 156

未来人 (2010) 159

Toute une vie (1998) 177

Aux Mulinelli (1974) 181

Weltschmerz & Co (2009) 187

Gloomy Sunday (1981) 193

La voilà, elle arrive (2012) 210

Shakul & Co (2012) 212

Jaugé (2009) 220

Chemin de croix (2003-2005) 226

Pour donner et pour recevoir (2012) 246

Masque (2012) 248

Brabantì (2015) 263

Faire jaser (2013) 269

Les regards sont une affaire de corps (2013) 280

Les loups ne s'attaquent pas
aux cerfs malchanceux (2016) 287

Troisième lettre sur le colibri (2018) 298

Les choses comme elles sont (2016)...................... 302

Dernière (2018) 314

L'homme nouveau (2016-29)............................... 318

À disposition (2030)... 339

Les invasions barbares (2030) 341

Ce vieux ciel (1997) 362

Le colibri.. 363

Cet ouvrage a été achevé d'imprimer sur Roto-Page
par l'Imprimerie Floch à Mayenne
pour le compte des éditions Grasset
en juillet 2021

Mise en pages
PCA 44400 Rezé

Grasset s'engage pour l'environnement en réduisant l'empreinte carbone de ses livres. Celle de cet exemplaire est de : **1,3 kg éq. CO_2** Rendez-vous sur www.grasset-durable.fr

N° d'édition : 22098 – N° d'impression : 98661
Première édition, dépôt légal : janvier 2021
Nouveau tirage, dépôt légal : juillet 2021
Imprimé en France